JIAYUAN
WANSUI

家园
万岁

蔡测海 著

图书在版编目(CIP)数据

家园万岁/蔡测海著. —北京：北京大学出版社,2013.3
ISBN 978-7-301-20297-5

Ⅰ.①家… Ⅱ.①蔡… Ⅲ.①长篇小说-中国-当代 Ⅳ.①I247.5

中国版本图书馆 CIP 数据核字(2012)第 029913 号

书　　　名：	家园万岁
著作责任者：	蔡测海 著
责 任 编 辑：	王炜烨
标 准 书 号：	ISBN 978-7-301-20297-5/I·2447
出 版 发 行：	北京大学出版社
地　　　址：	北京市海淀区成府路 205 号　100871
网　　　址：	http://www.pup.cn　新浪官方微博:@北京大学出版社
电 子 信 箱：	zpup@pup.cn
电　　　话：	邮购部 62752015　发行部 62750672
	编辑部 62750673　出版部 62754962
印 　刷 　者：	北京大学印刷厂
经 　销 　者：	新华书店
	890 毫米×1240 毫米　32 开本　9.125 印张　164 千字
	2013 年 3 月第 1 版　2013 年 3 月第 1 次印刷
定　　　价：	25.00 元

未经许可,不得以任何方式复制或抄袭本书之部分或全部内容。
版权所有,侵权必究
举报电话：(010)62752024　电子信箱：fd@pup.pku.edu.cn

目 录

- 001　代序　同窗夜话
- 003　一　玩的、用的和展品
- 005　二　他的姓名成为谋杀
- 009　三　赵常
- 015　四　天和地
- 017　五　种植
- 027　六　满人
- 030　七　月饼
- 033　八　草木世界

036	九	归去来
038	十	行走的尸体
042	十一	火笑
046	十二	手指的想象力
048	十三	不做官,但是——做什么
051	十四	女人香
053	十五	龙二的月亮
055	十六	利害
056	十七	干爹、干儿、把兄弟
059	十八	好地方
064	十九	国中无国
069	二十	这一节原本空缺
070	二十一	一些人一些人一些人……
072	二十二	赶尸的龙二又冒出来了:"我就是那样一只蚂蚁"
076	二十三	洞里彭锭
078	二十四	一本关于种植的书
083	二十五	青黄不接的日子
088	二十六	人熊和洋人
092	二十七	三川半向何处去
095	二十八	屠刀成佛

099	二十九	快乐福地
101	三十	大药方
105	三十一	天香
108	三十二	妖风
112	三十三	聪明日子聪明街
120	三十四	那些野猪
122	三十五	好亲戚
131	三十六	三川半纪事
132	三十七	热闹
136	三十八	那些草的味道
142	三十九	药性药方怪事怪病
147	四十	三川半生事
156	四十一	三川半的岳母娘
163	四十二	普通事物
167	四十三	三川半的日头
175	四十四	湘雅
178	四十五	使我嫁妇无颜色
184	四十六	和穷人一样吃饭
189	四十七	岩板上呀开哎花呀岩板上啊红
200	四十八	三川半人民的情况
207	四十九	州长

213	五十	亮瞎子
224	五十一	赵常
227	五十二	村长的牛不见了
231	五十三	把蛋蛋劁掉会怎么样
238	五十四	谷
246	五十五	穷
250	五十六	霉玉米
255	五十七	一些品种
256	五十八	人可以嫁接吗？
259	五十八	一块亮晶晶的东西
262	五十九	有种东西叫基因
270	六十	信使
273	后记	

代序
同窗夜话

是夜,茶香。同窗老友,聂震宁、赵本夫、蔡测海得以一聚,拿书稿《家园万岁》说话。

蔡测海:在我的长篇小说《非常良民陈次包》出版以后,《大家》杂志的几位编辑朋友以及读者给了鼓励和信心,还有一些年轻学者给我那本书一些精彩的评论,丰富了我的文学思想,我想再写一本书,也就只写这一本书吧。写完了这一本书,我就去过一个正常人的生活。想事做事不写事。做一般意义的社会角色,生气、愤怒、开怀大笑或者胆怯。怕老婆、怕女儿、怕保姆、怕那些真正可怕的人。于是我就寻找一些我不怕的人,借他们壮胆。于是,我写了这本书,善政,良民。好山,好水,好土地,好庄稼。

好人,好事,好言,好语,好岁月。人之初,性本善。善意是从娘肚子里带出来的。我说过马克思的哲学是善的哲学,共产主义社会是不是大善的社会?我们讲上善若水,讲观音菩萨,儒道释,也是大善。《圣经》讲善,《古兰经》要人做主的好孩子。人人友善,相依为邻,地球上就好住了。

这本书写成时,历时六年。其实,经历的时间还要长,这本书是我从娘胎里带出来的,这善意,是父母给的,这是一次善意的写作。后来的回忆和思考,是少时的乡村生活,青年时代的省城生活,京城生活,读书和游历,得师得友,认人识事,给我添上许多文字。做好一件事情,除了个人的意志和能力,还要一些别的东西。像一粒种子,要好地好气候才能长成生命一样。

这本书写完了,自信是一回事,到底是不是一回事?自信可能成功,也可是能力达到极限的表现。有创造力的东西,就有生命力。古今中外的好书都是好的例子。一本好书,一首好诗,本身也是创造力。书稿完成后很长时间我一直将它放在写字台上。第一页已经变黄,落满灰尘。我见《十月》杂志的顾建平、中国青年出版集团的龙冬、《花城》杂志的田瑛,他们都是老友,我说我写了一本什么书,他们说拿来吧。我还没敢就拿来,怕我的书稿陷害他们成为平庸的编辑,也怕他们打击我的信心。这些兄弟,从来不会对朋友手下留情。我想先找人看看。找谁呢?我想起那年在上海,把我的小说《非常良民陈次包》送给马原、陈村,还有一本留给王安忆。他们都是我敬佩的好作家、好义友。马原兄拿到我的书没说拜读,只说你老兄还在写书呀?如果我那时跳了黄浦江,或者就此罢笔,马原兄还是要负全部责任的。我的子孙后代一定要追查这次事故。

我想到我在中国文学讲习所、鲁迅文学院、北大作家班的两位同窗好友,北京的聂震宁,南京的赵本夫。聂震宁做过人民文学出版社总编辑,现在是中国出版集团总裁,编过书,也写书。赵本夫写过《卖驴》、《天下无贼》,写过很多好小说。同门师兄弟,高低不怕出丑。借人慧眼,是珠是砂,也可帮助炼一炼。

聂震宁:测海一直是位有人文情怀的作家,精神至上主义者。你写的基本上是中国乡土政治文化小说,且充满善意与平和。你不喜欢矛盾冲突,因为你没有长刺的灵魂。你也不设计大起大落的故事情节,你娓娓道来,行云流水,从善如流,决定了你的语言和叙事。你出语不伤人,叙事不伤心。你完全靠语言和诗意把小说写下去,也让人读下去。在文讲所时,我写过一篇小说叫《长乐》,你在《文艺报》写过评论,后来由《小说选刊》选载这篇小说。这篇小说是把小说写成诗。我们一定要相信人的心灵的诗化能力。《红楼梦》写一堆儿女情事,宦海野史,世间杂事。它的禅精神,诗意境,才让人百读不厌。什么是意味?意味就是人的心灵的诗化过程。

赵本夫：测海总是像个大孩子。他一双天真的眼睛，看世界、看中国、看乡土、看社会生活、看政治、看世事、看人。这世界被他看成童话，看成寓言。他也是一位敢担当有责任的好作家。很重的东西，他也是一颗童心承受，他总是会有一些忧伤，有一些焦虑。他的灵魂，有些像《边城》里的那个翠翠。他的背景，也简单得只有一条船、一条河。

蔡测海：当年邓刚对我说了一句很经典的话，他说蔡测海，你的感情是没提炼过的，质量不够呢！我深以为然。邓刚的灵魂是海水经久浸泡过的，他才能说出这句话来。我没有邓刚的灵魂。我的灵魂像故乡山林里的锦鸡，胆怯，被吓怕了。我的灵魂是吃野草上的露水的，很脆弱。风吹会掉，日晒会干。所以，我要花草和树林。我要友谊和爱，要善意和安宁。我要那样一个家园，一个不受侵害的地方。这是我的生活前提。

赵本夫：其实，无所谓强弱。强者弱者，都有个限量。看动物世界，非洲大草原的狮子、老虎、鳄鱼、秃鹰是强者，斑马跑得快，鱼游得快，老鼠会打洞，强者也无能为力。强者弱者其实都装在时间这只笼子里，到时候就完蛋了。

聂震宁：所以，最后要留下的，该是善意。本夫的《天下无贼》不也是写善意吗？善是一种很大的力量。作家要有善意和责任心，对自己对社会负责。中国作家除了公民身份，还有一个身份，就是作家协会会员。你信誓旦旦地加入作家协会，也还要对这个会员组织负责。在没有善意的地方会有罪恶，没有责任心的地方会出事故。在很多时候，很多地方，缺少足够的善意和责任心，只讲利益，不讲责任。要求社会和他人善待自己，也就要善待社会和他人，还要善待环境。美国总统说要取消遗产税，带头反对这项政策的是美国几位大富豪，比尔·盖茨、索罗斯。交遗产税是公益，不交遗产税他们是最大的利益获得者。在选择责任和利益的时候，他们选择责任。我们中华民族，是最有责任感的民族。国家兴亡，匹夫有责。测海的写作，有他一盘的写作思想。什么是思想？思想就是提出问题和回答问题。他的《家园万岁》，回答的是善意和责任的问题。他很好地继承了楚文化、湖湘文化的传统。他的写作，让他成为一位出色的南方作家。

赵本夫：测海在《家园万岁》的写作表现，善解历史，善解人意。善意也是责任心。他对历史的关怀，对生存的关怀，是让人有大感动的关怀。当然，他不是写史，也不是写论，他是在写小说。他有小说才华，也有扎实的中国小说功夫，中国式的小说语言和文化精神。他把人的活动细节当成历史的细节,个人活动史成为历史的活动。他从小处往大处写,从最低往最高处写。他的书里没有大奸大恶,他温情脉脉地讲故事。他也不回避丑恶。他如前人写《封神榜》要丑恶也化正果,让世界复原它本来的秩序,消弭仇恨与丑恶。

蔡测海：写作是净化灵魂的过程。一次全身心的写作,能让生命得到升华,有愉悦和愉悦之后的宁静。反省自己,才能反思历史。灵魂忏悔,才知人间善恶。我们总是在苦难中寻找幸福,建设幸福,建设我们所栖居的地方。天灾或人祸,是扎进我们脚板心的刺,我们把它挑出来,再走路。历史从来不为魔鬼铺路,只让好人前行。比方说"文化革命",阶级斗争。我们的国家变成古罗马的格斗场,你死我活。有知无知一个样,穷死饿死一个样。我们的国家,我们的民族,不是也挺过来了吗？索尔仁尼琴对他们的总统普京说：我们俄罗斯民族有一种伟大精神,每每在民族存亡的时候,拯救俄罗斯的,不是飞机大炮核炸弹,而是伟大的俄罗斯精神。我们中华民族也靠伟大的民族精神,几千年文明史,生机勃勃,我们的精神就是善与责任。

聂震宁：测海作为一位作家,还作为社会人,他有一种草民情怀和国家情怀、民族情怀。他爱而且忠诚。

赵本夫：他还是一个乐观主义者。

蔡测海：我和我们的新中国一起长大。我对我们国家的人民、管理者和领导者都很熟悉。因为熟悉，我就有热爱和信心。我总有梦想和希望。所以，我能够写《家园万岁》这样一本书。我深以为：好官加好老百姓等于好社会,善政加良民等于好政治。我这个思想,可能是官法社会的流毒,不先进。但是,我就教于两位学长,任何一种好的社会制度,好的制度设计,都是靠人来实行的。比方法律的执行,好法官公平执法,坏法官枉法,法律社会就失去了它的合法性。我比较喜欢尧舜,热爱圣贤。好人治国,好人执政。

聂震宁：这涉及以法治国和以德治国的问题。以法治标,以德治本。

赵本夫：测海老弟,你会做官吗？你不会,所以,你胡扯蛋。你只能写小说,写小说可以胡扯蛋。

蔡测海：是呵是呵。等我老了,我去办学校,学王阳明,带一帮弟子。

聂震宁：在北大读书时,你连"湖南人"这三个字的发音都读不准,你怎么能讲学?

三人大笑。

笑一笑,十年少。我和我们的国家,我们的民族,正年轻。

有一种游戏,叫做回来。

把一件事物从手中扔出去,穿过空间,当然,也同时穿过时间,然后再回到自己的手里,你把它捉住,再扔出去,再回来。每一次的时间都不会太长,也不会太远。你操作这件事物,如同操控了时间和空间。这样的娱乐,让人产生快感。

这个游戏也叫做自由。一种感官的自由。我们以为自由一般都是感官上的,如鱼得水,如鸟展翅。

我们想出这样一个游戏,叫做回来。

这个游戏在三川半一带很流行。三川半那个叫赵常的人,从小就会玩这个游戏。会玩这个游戏的人活得长。玩久了,你也像一件事物,扔出去,又回来,从快乐到厌倦。

人喜欢年轻,老了不好。喜欢青春的颜色,和味道。有些男人好色,我不怪他。有些女人也好色,我不恨她。说自古英雄爱美人,又说自古嫦娥爱少年。这里头的秘密,是因为爱青春。

三川半的人容易老。女人十五岁生孩子,三十岁做祖母,六十岁就成了家仙菩萨。

三川半的人也有长寿的,比方说赵常。

赵常从一个游戏想到另一个游戏。他写了一封信,贴上大龙邮票,那时候,还使用这种邮票。大龙邮票在那个时候是普通邮票,却是后来的集邮爱好者的稀罕物。

赵常把信装在信封里,又抽出来看了一遍,是他的小楷,颜体。这样检查一遍他很放心,能保证不会让人掉包。

他贴上一枚大龙邮票,然后交给信使。

他要把这封信寄给另一个叫做赵常的人,寄到另外一处叫做三川半的地方。

他写道:

亲爱的赵常阁下,亲与阁下,或素不相识,却都是同年同月同时辰出生。

阁下收到这封信,请勿见怪,余无意添劳阁下,只是好说。

阁下……

赵常把信交给信使,很快就忘了。很多事情,要忘了才好。

这封信要走多远多久才会让赵常收到呢?信使上哪里去找另一处三川半和另一个赵常呢?

有的游戏要花很长时间才能完成,这是一种漫长的快乐。要老挂在心上就不好玩了。

赵常就这样把一件事忘了。他要做很多事。在三川半搞事,把自己搞成一个人物。

在后来的某一天,赵常躺在他当年和刘芝凤做爱的那块石板上,看天上的流云。信使来了,交给他一封信。

亲爱的阁下……亲与阁下……

颜体字。小楷。

起航日期是,大清某帝某年。又记,辛亥年,某月某日。

赵常亲启。

他忘记了许多事物。

流云。很简单。

记忆,总是杂乱无章。

一 玩的、用的和展品

自从有了人,这世界上搞出两大发明,做出两样东西,一样东西是用的,一样东西是玩的。中国人搞出四大发明,一是纸,二是火药,三是指南针,四是活字印刷术。这四样东西,又好玩,又好用。纸为了写诗绘画。火药做爆竹、烟花。印刷术可记故事。指南针又叫罗盘,阴阳先生看阳地阴地。这四大发明,也是为了用和玩,也可归属于人类的两大发明当中。

三川半是个地名。取这个名字也好玩,傍了四川这个名字,叫做三川半。三川半也好玩,劳作傍游戏。

这些三川半的少年,摘树叶当战船,把虫蚁当战将。这些树叶做的战船都有国家的名字:米国,面国,豆子国,红苕国……它们在大河里开战。

战争也是游戏,好玩。如果是真正的战争,就玩得大,把人类的发明全用上。

赵岩堤的少年时代不好玩。少年的时代不好玩,但是哪个少年不爱玩?

赵岩堤跳进大河,拼命地游,游过大海,游到另一个国家。

他听到身后在喊,抓住他!他跑了!

他不知道,这不是玩,这叫叛国,一个国家在追捕他。

岩堤——赵岩堤——回来!三川半有人喊他。是爷爷,还是老爹?

二　他的姓名成为谋杀

艾迪——艾迪——艾迪！把一个三川半人叫成外国人的名字，多少有些谋杀的味道。

他今天不开那辆黄色跑车，连地铁也不乘。他本来想租一辆自行车，像在北京那样，在太平洋那边到处跑。如果用力，轮子就转得飞快，像哪吒脚下的风火轮。他依稀记得那个神话。他幻想成为一个哪吒。他一点不想自己是艾迪。人从出世那天起，就不断获得力量，又不断渴望力量，就像人制造了神话，又不断被神话引诱。

他今天突然讨厌所有的轮子，逃避所有的轮子。他在纽约大街上走过一个街区又一个街区。他来到第十三街区。为什么要有十三街区？十三，是西方人，确切地说，是基督教徒、天主教徒都忌讳的数字。这或许只是中国人的猜想。中国的许多大酒店，没有十三这个楼层，升降机里没有十三这个数字。你误以为，十二层以上全是悬着的空中楼阁。十三层楼，像一副扑克牌中的一张牌，被抽掉了。其实，只偷走一个数字，并没抽走一层楼。数字给人一种错觉，给人数字上的快慰和满足。中国的许多大酒店都有这种习俗。这习俗，不是一百多年前的传教士带来的。传教士们一般不住那么高的楼层。这习俗，是后来的商业活动中形成的。开酒店的，不愿十三层楼空着。十三层楼房需要人住,需要有人在一溜房间睡觉。这些房间一样可以密谈,可以做爱,只要没有臭虫,这些房间同别的楼层的房间真的没什么不同。

老爷子,也就是爷爷,讲过鸦片的事,中国人对鸦片开战。八国联军、义和团、太后娘娘……鸦片屡禁不止。十三习俗、艾滋病,都很难禁止……比较好禁止的是燃放鞭炮……

他在纽约的第十三街区走着。他看到了好莱坞电影大片的一个场景。有了好莱坞大片,全世界都知道纽约,知道纽约十三街。全世界人都来到纽约。欧洲人、中东人、印度人、日本人、韩国人、俄罗斯人、非洲人、澳大利亚人……所有种族,在纽约摆出一张脸。

他走着,一张中国人的国字脸。也许还有别的中国人,他不知道他们都是谁?

艾迪——一位金发碧眼的妙龄女郎叫他。她是俄罗斯贵族的后裔,高贵的俄罗斯血统。纽约女孩的流行色。她比时下任何一位好莱坞当红女星更耀眼,在纽约的大街上,她是无与伦比的。现在你还不知道她的名字,将来她的名字一定会吓你一跳!她的英文名字叫芭比。时装模特儿,她想当明星。只是制片商、导演、编剧们,没有一个人那么幸运地遇上她。

艾迪——

他的名字来自维他命药丸,维他命 AD。缺钙,于是老吃这种叫 AD 的药丸。后来，就叫 AD，他现在在因特网上仍使用这个名字。

人的名字其实同商品的名字一样。取个名字叫起来方便。人一有了名字，就再不是自己了。名字是对人的谋杀。他正在琢磨这件事儿。名字是对人的谋杀。

在某一天，他琢磨的是另一件事儿，他要把老爷子——爷爷弄到纽约来。老爷子一百岁还是一百五十岁？他不知道。他一直么老也不见得更老一些。有些人，有些事物，很老，不见得再老。比方中国的长城、故宫，比方非洲的金字塔，欧洲的哥特式建筑……山与河流、太阳和行星，就更不用说了。

老爷子上了飞机，兴奋得不得了。他一生都想腾空而起，他终于腾空而起了。他还能吃纽约的牛排。你信不信？他很快会开汽车。但是他不能有驾照。有关管理部门查看了所有文件，给一百岁以上的人发驾照毫无依据，尽管是艾迪的爷爷。尽管他的身子还像五十岁的男人。老人去美利坚合众国的签证很顺利。签证官笑嘻嘻地。一百多岁的人，像一件珍贵文物走私到美利坚那还不合算吗？是美利坚的福气！签证官用英语咕噜了一句，陪同老爷子的张亚林博士还了一句：

你这八国联军的后代鬼子！

他们都笑了。一笑泯恩仇的样子。

爷爷是一百多年的东方，他于是把一百多年的东方空运到了美利坚,像一件展品。老爷子的年纪差不多是美利坚的年纪。他一降落,美利坚就成了他的孙子。他是一件展品。

艾迪——

他看到了无与伦比的美丽。纽约因此一亮。

芭比——我正到处找你,我的东方艺术展你一定去。他们都来,有音乐家谭盾、画家陈逸飞,有李大使、阿城、北岛,还有洛特和他的夫人包柏绮……还有克林顿和他女儿。

艾迪,我一定来。老爷子呢?你现在不为国防部做事了,你成为一名艺术家,你是个和平人士了,老爷子一定会高兴。美国的武器已经很多了,你还帮他们造武器?

艾迪说,我是科学家。科学家也是艺术家。

芭比说,如果杀人也是行为艺术的话。

艾迪说,你看,我已经立地成佛了,新总统说要消除核武器,美国也要立地成佛了。芭比说,要是那样,我会像爱你一样爱美国,为你生个儿子,为美国生个小公民。

老爷子真的回去了。

他这样告诉艾迪,你这儿好远,我一点也不喜欢。你这儿比我们那儿好,但我要回去。

老爷子真的回去了。

你的名叫岩堤。姓赵。中国《百家姓》中的第一个姓氏。

你叫赵岩堤。你,你爷爷,都是一件展品。

三 赵常

其实，一个人要姓赵是很容易的。以后要做妈的那个女人嫁给姓赵的人家，生的儿子就一定姓赵。信不信？那小子不姓赵就是个野种。野种生在赵家也要姓赵。不是赵家的骨肉也要姓赵，入姓赵的户籍、族籍。姓赵，也不一定就是皇族。赵匡胤一户人发下来的人不多。赵匡胤也不是第一个姓赵，他从父姓，先有父亲，后有儿子。父亲还有父亲。赵姓不是皇姓。三皇五帝，不算赵匡胤。若说赵姓为春秋时代赵国人的后人，也不确切。在普陀寺观音菩萨的金像前方的海里有一块礁石，上边刻有一赵姓名字，文字为古方字，状若甲骨文。此名应为最早的赵姓名氏。后来海水浸蚀，文字已不存，便无可考。要考，也只有问观音菩萨了。

好在中国有一本小书《百家姓》，赵字为首，这也是编书人信手拈来，并不以皇姓为序。黄帝炎帝不姓赵，把秦始皇拉去姓赵，这实在好笑。赵钱孙李，钱孙两姓并无皇帝。李氏后来出了皇帝出了诗人，但排序第四。《百家姓》实为中国一本奇书，一本信手拈来为百姓大众所用的书，与皇权无关，至少不单为皇家专有。皇帝要杀著书人容易，杀天下百姓难。《百家姓》——老百姓。《百家姓》能与《四书》、《五经》比肩,当为奇书。

先有姓,后有族。一个人姓赵不难,难的是千秋万代姓赵。

是年甲子,硕鼠当道。国走盗运,十库九空。民走饥运,田开坼,地成灰,禾半枯焦,心若汤煮。大旱一百二十多天。小端午节后,直到仲秋节,农历五月、六月、七月、八月十五,天无一滴雨。

盛传,人将遭劫。天降三天棉花,三天油,再降三天火。人避无可避。

女人肚子一天天大起来。男人能寻到的好东西都给她吃,嫩树叶、青草、葛根、蕨根。吃观音土,一种白色的糯米泥。男人说,吃这个经饿。吃进去拉不出,女人肚子就更大。吃蛇、吃老鼠、吃地牛、吃蜈蚣,吃最怕吃的。男人说,有素有荤,这日子不难过呀!女人挺着肚子,吃进去的她全吃,吃了不死,她要躲过一劫,她要生下这孩子。这孩子不知道外边天旱,不知道这世界正艰难。这孩子在娘肚子里正闹腾,拳脚踢打。女人对男人说,是个儿子。他踢打,闹得你不能睡觉,他在踢打江山呢!这崽生出来,必定是个乱世英雄。昨晚我做了个梦,见了彭公作主,问老官人、田好汉,他们在那儿开会,商量下雨的事儿,派了个勤务兵骑了马飞上天,要请雷公吃饭,雷公请来了,尖嘴,像公鸡,都吃些什么呀?鸡鸭鱼肉十大碗,十坛子包谷烧。雷公不吃鸡,一桌酒饭就这样把雷公神得罪了,雷暴吼了一声,驾了闪电上天去了。后头来了个红脸黑胡子的美男,拖了大马刀,这是关老爷,关老爷后头又有一个童子,这童子是哪个?是我们的崽呢!我们的崽也驾了闪电去追雷公神,关老爷喊他不住。我们的崽在天上大喊——雷公老爷,给我下雨!

甲子那年,男人和女人开发了许多食物,后来的食客和厨师们没见识过那些食谱。甲子年食谱记着人想方设法能吃的那些东西。那些东西大大提高了人对食物的想象力。人总是设置一些底线,吃什么,做什么,忍受什么,人在靠底线的地方停下来,长期生活。灾难把人赶出底线,人们又会为自己画一条底线。地平线是能看见的,但它不存在,它总是在前面的前面。生存的底线也不存在,它是可想象的,它总在后边的后边。战争的底线、政治的底线、爱情的底线、道德的底线……都是不存在的。生命有极限,它的承受是无极限的。

女人挺着肚子,那年,看不见任何一朵花会变成果实,女人能怀孕是个奇迹。有什么比女人更耐旱呢?女人比江河更耐旱,她总是温润,能让种子发芽,她能孕育生命。

那年,男人是疯狂的,那金戈铁马、文治武功,全都派不上用场。吃人肉、卖儿女,都是男人最先拿主意,道德的底线是男人设置的,然后再轻易地毁了它。男人不断获得力量以后,于是喜怒无常,于是疯狂。男人只对太阳谦卑,笑嘻嘻的。向太阳讨一个好季节,一个好天气,一个丰年。男人痴迷太阳,夸父追日,他朝东方跑,过了正午,他发现太阳在西边,他又朝西边跑。夸父追太阳,他总是会在一天的路程中来回奔跑。说夸父追太阳一直追到东海边,这是反逻辑的。夸父最后死在一天的正午,烈日当头。夸父疯了,以为入日。

女人要一些食物,还要水。男人下到一口天坑里去找水。地下有阴河,阴河不怕旱。下了那口天坑可以舀到阴河。天坑的石壁上有一条路,是猴子们踩出来的。天大旱,猴子找到了这处喝水的地方,它们把石壁走成了路。人跟着发现了这处喝水的地方,猴路变成人路。天不灭人,人就能活下去,老天给人一条阴河。要不,一切都在甲子年结束了。凡是能走能爬的,都下天坑喝水。老鸦、斑鸠、野雉、猴、麂子、獐子、蛇、蜈蚣、老鼠……

男人下天坑舀阴河,离毒蛇很近是经常的事。只有一次碰上一头喝水的豹子。豹子离他很近。他瞪着豹子,豹子瞪着他,对峙了很久。他想用水瓢把豹子打死,背回去给女人吃豹肉。男人只剩下舀半瓢水的力气,他打不死豹子,女人吃不上豹子肉,这让他懊恼不已。他要是能指挥那些毒蛇,让它们咬死豹子。毒蛇只要喝水,不去攻击豹子。男人用扁捅背着水,攀上天坑。一路回家,一路想那头豹子。

他舀了一瓢冷水给女人喝。女人喝完一瓢,还要。

男人说,等你生崽的时候,我给你喝绿豆稀饭。

女人很惊讶。他怎么也知道那一处秘密?那是山村中的一处浅荒地,野猪拱出了一块土,野猪粪里的绿豆种子生出了一些绿豆苗。它们开花,结荚。女人在山林里找蘑菇发现了绿豆苗,她经常守护,怕野物吃了它们。绿豆结荚了。绿豆荚像女人的肚子一样,一天天饱满起来。等孩子生下来,她就能喝绿豆汤。绿豆汤会成乳汁。那个时候,乳房就不会这么扁,这么像一片干树叶贴在胸脯上。一呼吸两片干树叶一抖一抖像要飘落,女人正为枯叶般的乳房发愁。

男人姓彭,女人姓田。土家人的两个大姓。男人其实不姓彭,姓赵,他后来改姓彭。不是他妈改嫁,是他自己改姓。他本来是个流官,朝廷委派的命官。他的使命是来改土归流,把土著人变成皇帝的子民。他后来成了田氏女子的俘虏,为了爱,也为了抹掉仇恨的血迹,他改姓彭。

女人要生了,她觉得有一件大事要发生了。那天,男人下天坑背水去了。她挎了竹篮,去那处保护了多时的秘密的绿豆地,把成熟了的绿豆摘回来煮汤。一边摘绿豆,血一边顺着腿流下来。她撑到一块大青石板上,生了孩子,男孩。

男孩不哭,他后来也不哭。这不哭的孩子叫赵常。都知道赵常这个名字的时候,是后来的事。

女人提着篮子,抱着婴儿,一路上,婴儿没哭一声。到了家里,女人用剪刀剪了婴儿连在胎盘上的脐带,给婴儿洗了澡,婴儿一直不哭。婴儿不哭,他的肺叶就不能张开,不能呼吸。婴儿这么久不能不呼吸。他正呼吸着,他不哭。

女人剥了半碗绿豆,煮出一罐子汤。男人背水回来,他往缸里倒水的时候,听见扑通扑通直响,一只大石蛙在缸里直扑腾,男人不知道他从阴河里舀起了一只石蛙。他从缸里捉了石蛙,做了石蛙汤,跟鸡汤一样美。

女人总算有了奶水。

就在那个晚上,下了一场雷雨,又连着下了几天小雨。庄稼不会再长,草和树叶长出来了。

男人给小男孩取了个名字,叫彭树皮。

满月了,女人带小孩到庙里拜观音菩萨。庙里的老尼姑(观音是佛道两家都供的)问女人,孩子叫什么名字?女人说,他爹给取个名字叫彭树皮。老尼姑说,这孩子本来姓赵,他爹姓赵呢!我知道谁是谁呢。这孩子就叫赵常吧。这名字好,长命百岁呢!老尼姑念了一会儿经,拿出一本书递给女人说,这孩子能看懂这本书。女人说,要请先生教他?老尼姑说,不用,他自己能看懂。

这孩子就这样姓赵了,叫赵常。

老尼姑说那本书上就有这个名字。

四　天和地

肉体是山,灵魂是山上的雾岚。像雾岚附着山一样,灵魂附着肉体。肉体有形状,灵魂没有形状。灵魂的雾岚总是飘忽不定,它依附着,又自由着。一切有如灵魂的东西,智慧和爱,力量和欲望,它们不成形状,它们来去无踪影。

灵魂是天,形体是地。

女人生下一个形体,同时生下一个灵魂。女人知道,她生下了一个灵魂。她是一位完全负责的母亲,她在灾年里煎熬了那么久,她必须生下一个有灵魂的形体。她把这个有灵魂的形体托付给天和地。

天是女娲做的。她用手织了天空,叹息成了云,眼睛盼出日月,愿望变成星星。

地是伏羲做的。他用脚踩出泥土,爱变成江河,仇恨变成石头。力量变成山峦。

彭树皮——赵常降生在那块石板上,那汁浆一般的形体,在旱天里随时就要蒸发掉。像露珠需要绿叶,赵常这滴露珠需要娘。

那汁浆一般的形体落在石板上,他的灵魂更轻,更稀薄。旱天里看不见灵魂的雾岚。

灵魂在高处看着那一掬浆汁,灵魂有点儿哀怜,有些担忧,还有一些不耐烦,还有一丝无奈。

赵常的灵魂从那一刻起,就养成了一种习惯,从高处往下看。灵魂一降生,就学会了鸟瞰。

汁浆的形体渐渐变成一种扎实的东西,头脑和肢体扎实起来。灵魂在这个形体里筑一个巢。命运就这样形成了。

下雪了。

热的季节有多热,冷的季节就会更冷。季节跟季节从来是对立的,怎么也谈不拢。当今世界上任何一位谈判高手也不能让两个对立的季节达成妥协。夏天和冬天,秋天和春天,它们从来不会站在同一立场同时出现。它们相互回避,无休无止地周旋,随时改变世界的布景。当今世界上任何高明的操盘高手都没有如此神奇的力量,战争或者和平演变都达不到那个境界。

赵常就是在那些季节里成长,在岁月变幻中获得力量。岁月没有秘诀,对学生是无私心的,不会像猫教老虎,还留那么一手,老虎一直不会上树。

下雪了,群山变成白马。

长江三峡流域的群山,广袤苍穹下的马群,奔腾若江流。那奔腾的马群,听不见马蹄声,你甚至听不见它的鼻息。你以为是入侵者偷袭这个冬季,任何一群动物,哪怕是人,也不会有如此高明的乔装打扮。

这世界,奔马踏不出蹄声,像雪飘落原野。

白色的群山,白色的马群,又若拍天巨浪,在某一刻凝固。

江流,穿山透地,浩浩荡荡,开过三峡。它流过项羽、刘邦,流过孙权、刘备,流过屈原、李白,也流过诗刻石壁的苏轼。它把历史流成古老的桡船。

下雪了,很冷。

男人朝火塘里添柴,女人奶孩子。

冷和饥饿,赵常不哭。

雪一朵一朵地叠起来,一层一层地叠起来,房屋和树便一寸一寸地矮下来。

南国冬天的雪很漂亮,不是白米,不能吃。像南国的美人,惹你,不是你的女人。

那个冬天让男人很无奈。老尼姑把赵常母子接进庙里,庙里总有些神奇的地方藏着一些神奇的食物。虽然没有荤,只有素,女人还是有了奶水,赵常在那个冬天没饿着。一条命里都长着一个胃,它要消耗食物。灾年没饿着,是胃的福气。

五 种植

种植,从这儿开始。

从种植的地方,人离开森林。种植,是人类活动的真正开始。林河,这位痴迷人类活动的老人,一直关注人类的第一粒稻子,不是四千多年前那粒稻子,也不是七千多年前的那粒稻子,是一万年以前的一粒稻子。那粒稻子不在江浙那样的水稻之乡,不在江汉平原,不在华南,那粒稻子在三峡流域的泥土里埋藏了一万年。林河断定,人类最早的种植活动在三峡流域,除非有人发现了比那粒稻子更早的种子。

次年春天,流官赵也就是改名彭武的那个男人,他最该做的就是播种。他现在有了老婆孩子,没了奉银,连官位连姓名都没有了。什么都没有了就改名换姓当一位土著民,一改名换姓,就差不多像一位土著民了。

当官,种植政事,收俸银。当地土著民种植庄稼,种子是幸存下来的,人饿疯了,什么都吃,忘了有一葫芦包谷种子藏在什么地方了。赵流官好几次记起,那一葫芦包谷种就在神龛后面,他一直当这记忆是假的,哪有什么包谷籽?赵流官是赵流官,不是一般的土著民。当官办政事,真真假假都装过来了,还不能对付几粒包谷籽?到了春天,播种的季节,赵流官才清楚地准确地记起那一葫芦包谷种。他从神龛后边取出装种子的葫芦,双手发抖,像一下子领到十万俸银。

赵流官开始他春天的种植活动。

泥土有一种腥味儿。泥土当然有一种腥味儿,人的腥味儿、汗水、粪便、血和尸骨。血是人血,被屠杀的人血。尸骨是战死的、杀死的、饿死的、病死的、老死的。人、动物、植物,死了就变成肥料,变成泥土、变成腥味儿。

那些腥味儿钻进赵流官的鼻孔,钻进他的肺腑,钻进他的脑髓。那腥味像追杀令,他是叛官逆臣。对土著人来说,他是杀人犯。

在这个春天之前,在他的坚决的充满希望的种植活动之前,早种植了这腥味儿。改土归流是一次浩大的种植活动。地里种植了腥味儿,人心种植了仇恨、恐怖,种植了流官和土著民的命运。

雍正三年,公元一七二六年间,中央王朝实施改土归流,变土官为流官,在三峡流域推行官员交换制度。这种官员的移植同别的事物的移植不同的是,不是带根的,只是把一粒种子撒在某一处地方。

土官变流官的办法是插人和掺人。把一户人插进另一块地方,把一个人掺进另一群人里,这种修理人的办法就是把化外人变成归化人。把生族变成熟族。先变官,再变民,再变王土。改土归流是中央王朝对地方的一次斩首行动和植首行动。土官流出是斩,外官流进是植。

这块土地,雪峰山脉、武陵山脉为南墙,遮蔽往里的山地,往里的山地再遮蔽山寨。人畜和家禽在山的皱褶里。腹地是三峡,听猿声和人声,流水与人行动,山色共时日变化。

那一夜,老司城盏烛燃起,火焰通明的祖师殿,土司彭锭半躺在楠木椅子上,闭着眼睛,任理发师修剪。东厢房里,裁缝们忙着给土司彭锭做官服。裁缝是好手艺,剪刀活针线活可夺天工。田裁缝和赵裁缝,赵裁缝的剪刀田裁缝的针,天下第一。天下,当然是指赵裁缝、田裁缝那裁缝尺可量的天下。七红不知道官服该不该绣花绣字?女人不懂大事,官服是大事,七红不懂。她想问彭锭,走到彭锭近前想问一声。老虎睡着也是威风的,她不敢开口。她敬畏他,他甚至敬畏那个剃头匠,他居然敢摸他的头,还拿剃刀在他脸上刮来刮去。她从来是低着头跟他说话,好像是听他们脚趾说话一样,她现在看着剃头匠正修理的那张脸,那一脸虎气让她生畏、生爱、生怜。生畏再生爱,生爱再生怜。女人胆小,怕男人,怕着怕着爱男人了,像爱老虎,老虎会吃人,还爱他。把老虎当猫咪,就怜他,想着奶他。女人是三重的性,畏是女儿,爱是妻子,怜是母亲。男人是虎是猫,只摆摆样子。

　　七红想起戏里的皇帝穿的龙袍是金线绣的,七红在官服上绣花,想绣一条龙,不绣,她绣了一只虎。七红绣完老虎才发现老虎爬到自己的衣服上了,七红的老虎绣在七红的衣服上了。这暴露了女人的一个毛病,细心但不准确。不准确,出击往往无效。女人很少是战士,战争忽略女人。

　　剃头匠的剃刀是在冬瓜上练出来,剃冬瓜毛,断毛不伤皮,练了三年,剃人头,若剃冬瓜。半辈子剃刀生涯,立下招牌,刀换头。自作楹联：阅天下头颅几许，看老夫手段如何。快来授首。彭锭看了这楹联，大笑，剃头匠成了朋友。

彭锭要结交剃头匠，剃头匠正给人剃头，手起刀落，一颗圆滚滚的光头就出来了。剃头匠问，大人剃头吗？彭锭打拱说，请师傅去老司城一趟。剃头匠说，我没闲着。彭锭说，不叫你闲着。有马有轿，剃头匠骑马，倒骑。彭锭问，这样骑马？剃头匠说，背朝前，前敌不杀你；脸朝后，后敌不能杀你。到了老司城，上了祖师殿，一边是佛，一边是道。土家人的神是神，佛是神，道也是神，如来、观音、张天师。祖师殿，佛道合一。土家族，就是大地族，大地容众生。彭锭说，兄弟不嫌弃，就跟我一道过世界。剃头匠一拱手，大人，剃头匠为三教九流以降，不适合你。彭锭与剃头匠执手，佛不分贵贱，道不分高低。剃头匠不再言语。那夜皓月，两人对饮。拜过佛道诸神，结为金兰之好。彭锭问，弟哪里人氏？剃头匠说，里耶人。彭锭说，好地方好地方。里耶，土家语，好地方。又问，先祖也是那人？剃头匠说，惭愧，先祖楚人，项羽之后。彭锭说，弟原来英雄后人啊！剃头匠说，先为楚人杰，后为刘邦奴，我族人后来都改姓刘了，改姓刘得以杀不灭。彭锭说，里耶也曾是战乱之地啊。

秦灭，如灯灭花谢。后来有诗：坑灰未冷山东乱，刘项原来不读书。刘项争雄，一路杀过大江大河，里耶成了战场。巴人也战，土家人也战。酉水——白河——洁净若佛的河，成了血水红河。那些沙石,是河的白骨。那个时候的酉水河里的鱼是金黄的银白的,后来出现了一种红鱼,人血染红了鱼,就有了红鱼的种族。

秦烧书,埋读书人,秦皇为大秦江山发狂,树天下通读的文字,立天下通用的货币,强文化,强经济,强秦,筑秦长城。刘邦、项羽西灭秦,是天意,也是民意。秦强而暴。民不忍,天不容,终于暴亡凶死。多少年以后,秦再露脸,是锈蚀的铜车铁马,是残墙秦砖。

秦烧书埋读书人。里耶有位读书人叫吴二,不知道怎么就没埋,他那时正在衙门里做事,拾掇文牍。秦灭,他将几捆竹简埋进几口井里。他不是爱秦,是爱字。那些字,多是刻在简上的。也是多少年以后,在里耶的古井里发现了竹简。人们由此想起秦朝,没有人会想起吴二。

里耶,好地方啊!彭锭叹了一声。剃头匠做完了他的工作。他很满意自己的工作,别人剃头只剃头,他剃头是雕塑,他修剪人的神态。无论你是天神还是人杰,他都是师傅。

工作完了,两个男人,在那儿沉默。太阳底下,猫在逗大黄狗,一只大公鸡跑来凑热闹。

狗是平和的,猫是欢喜的,公鸡认真地恶作剧。

沉默的男人会说要紧话。剃头匠对殿里的一根大柱子说,我是刘金刀!彭锭说,我早晓得了,你一定是刘金刀!楚傩巴建国会的龙头老大。刘金刀仍然盯着那根柱子,你为什么不杀我?彭锭说,我不杀一位真正的杀手!刘金刀说,我已经不是杀手了,我不杀人了。彭锭说,那我为什么要杀人?我俩谁也不是杀手,我俩是兄弟。刘金刀说,我俩也是仇人,我要建成楚滩巴王国,必先灭你。强人灭强人,古戏都这样。刘项灭秦,刘邦再灭项羽,立汉室江山,后再有人灭汉,再唐宋元明清,后朝灭前朝。强人更有强中手,英雄自有英雄灭。这是强不服强,才为强灭。人不如牛,两头牛打架,总有一头牛会认输,认输可以不灭。想一想,一灭就什么也没有了。人不可以吃草,牛不可以吃饭。刘金刀说,老哥的牛论不错。其实,杀人不是杀人,是谋事。彭锭说,所以,事成,不必杀强人,强人可助成事。要你强过我,我会像那条大黄狗一样跟着你。我不会像那只公鸡一样跟着你斗。刘金刀说,还有一只猫呢!彭锭说,猫是女人,跟你闹着玩的。刘金刀说,老鼠就不能跟猫玩了。彭锭说,男人在女人面前,有时候就扮成鼠。刘金刀说,朋友在朋友面前,有时候就扮成一条狗。

两个人打哈哈,惊飞檐雀。

彭锭这次不是出征,是做流官。

彭锭不怕打仗,他的族人也不怕战争。打仗要死很多人,老人,孩子,女人都会死。战争就是瘟疫,死人。瘟疫有药医,战争没药医。

彭锭的族人有两次大的出征。一次是战中央王朝马希范军,久战有时日,后来双方议和,立溪州铜柱为界,不再战争。这场战争来是狂风,去是细雨。马达人的部队杀过来的时候,是年腊月二十八,差两天是年三十,杀年猪,打糍粑。男人们要去打仗,就提前两天吃团圆饭过大年。后来土家人的大年是腊月二十八。土家人的部队是临时召集的,多是些散兵游勇。散兵不散心,游勇个个能战。平时练兵是练人,练步如飞,追狗,与狗狂奔拉住狗尾。练骑虎骑野猪,这一套也不是跟武松学的,他们多没读过《水浒》。练射百步外的柳叶,练力,练徒手当刀。马达人的正规兵勇遇上了劲敌,不打不相识,就议和了。

另一场出征是抗倭,他们是抗倭部队的好手,个个能杀敌。后来的史书上有名。

彭锭不怕打仗,但是打仗要死人。要去做流官就做流官吧。吃皇帝用皇帝,为皇帝做事,天下太平。彭锭幼时好斗,为捕鱼,为打猎,为采摘野果,与人斗个你死我活。娘说,儿啊,你说,是牙齿硬还是舌头硬?彭锭说,当然是牙齿硬,娘是要让我像牙齿一样,什么都能咬一口!娘说,牙齿那么硬,要遭虫咬,舌头那么软,不遭虫咬。彭锭说,娘啊,没有牙齿,舌头什么也尝不着。

彭锭是选择牙齿还是舌头。是呵,牙齿还是舌头?牙齿,咬一口再咬一口,咬死或者被咬死,牙齿先亡,再完身躯,完彭氏疆土。舌头,去尝那个流官的滋味。

老司城一夜安详。司河不停地流,下猛峒河,过武陵山,下沅水,进洞庭湖。

熟睡的家园,任月色洒过。

家人已收拾好行李。装骡马,天亮就要离开这里。

彭锭说,刘兄,明天随我一起走?

刘金刀说,兄是上任为官,我是个浪子,同兄一道,碍手碍脚。官场有官场的规矩,我是个不守规矩的人,终会成害。多谢老兄抬爱,我还是当剃头匠好。

彭锭说,我看兄是亡我之心不死啊!

刘金刀说,我不亡我,谁能亡我?

彭锭叹了一声。好的,我明日走了,这方良田,城池都归你了。

刘金刀哈哈大笑。兄真是舍得。兄一直守护这万年家业,寸土寸金,一下就拱手相送了!我刘某哪能承受得起?若论朋友情谊,你这礼太重。若论天下,这方土地城池也真不算什么。有话说,普天之下,莫非王土。你若成王,天下都归你啦!

彭锭说,兄真是贪心不小啊。

刘金刀说,我是贪天下之心,不是贪一己之心。

彭锭说,明日我就要做流官,你逍遥江湖,你我山隔水阻,不知何日重逢,我总要留你一件礼物的,也算你我结识一场。宝剑赠英雄,红粉赠佳人。我的剑不如兄的剑利,我就送你红粉佳人,我把七红留给你。

刘金刀哈哈大笑,君子不夺人所爱。还有句江湖上的话,朋友妻,不可欺。

彭锭说,兄方才讲你是个不守规矩的人,怎么说变就变,多起规矩来了?

刘金刀说,有些规矩是在人的本性,那就要守,有些规矩不在人的本性,那就不守。一个人说话行事,得由着人的本性来。人的本性一半由爹娘所生,一半由上天赐予,合而为本性,不可胡来乱来,有违本性,是自我灭杀。

彭锭说,兄饮酉水,我饮司河,同是山奶,你我本性该是一样。兄是碧玉品质,我哪敢玷污?七红虽为沉水码头河妓,但是个人精,琴棋书画样样有声色,先祖是楚王属臣。我只是名义上娶她,给她个名分,不叫掩尘埃,沦烟花。我此去流官,浮萍人生,不想让她一生漂泊,若兄收留,七红也有了好归宿,你俩也是英雄美人配,天意也是,人性也是。

叫人请过七红。彭锭讲完刘金刀,再讲出他的安排。七红不语。两个男人等她说话。

良久,七红说,两位大人该是想喝酒了?七红叫人上了酒菜。七红说,七红不善饮,舍命陪君子吧。七红举杯,先一饮而尽。几杯之后,七红已灿若桃花。七红说,女人不过男人杯中物,长兴致而已,说完,便醉倒了。

天亮,老司城已是一座空城。

空城中只两个人:刘金刀、七红。

两人在祖师殿跪拜天地。

七红说,我本是个烟花女子,你要嫌弃,我再去做烟花女子。

刘金刀说,我是江湖浪子,你要嫌弃我,我再去做江湖浪子。

刘金刀同七红成为夫妻,后来生下了赵常爱的女人。

我要感激你的爹娘,他们为我生养了你。后来的某一天,热恋中的赵常说了这样一句话。

一句话直到它长青苗的时候,才知道它是多年以前种植的。

六 满人

农历八月十五,中秋节。七红已做好一百二十个月饼,每个月饼里都藏了刘金刀的手令。

刘金刀的楚天下会在八月十五举事,杀满人。

刘金刀的一百二十道手令藏在一百二十个月饼中,六十个月饼分送给楚天下会六十个大小头目,六十个月饼分送给六十位大小土司。刘金刀给楚天下会的手令是"杀",给土司们的手令是"灭"。杀,是你杀我,我杀你。灭,是不灭你,你便灭我。手令不同,刘金刀自有他的用意。杀,是人的手段;灭,是神的手段。杀死,不是灭亡。刘金刀这样的高手,能为的也只能是杀死。灭亡是天的意思,天要灭谁,谁便会灭亡。那些土司,是彭锭的部属,彭锭应属天意,灭或被灭,也属天意。楚天下会属人意,杀或被杀,属人为。灭,为天机。杀,起杀机,杀机由仇,由恨、由爱、由忠、由欲而生,也或由义而生杀机。杀机无缘由,也是天机。天机为有机。

那个时候,刘金刀无法遭遇满人,满人只在京城。刘金刀只听说过满人,没见过满人。他们八月十五要杀的,只是一些满官满兵,他们是些长沙一带来的汉人,也有些是当地苗人。这些人由清王朝封疆封官。他们从受封清朝廷那天起,就往八月十五的刀口上走了。

八月十五的刀口像月亮一样光华。它的光芒是从刀口上射出去的,刀光常伴月光,历来如此。风花雪月,刀剑也雪月。林冲雪夜上梁山,那夜月光皎好。银剑和佩刀,照亮了搏杀的光闪闪的路。关公的青龙刀,多少回单骑月下,多少次让月色生辉。月光刀光交错,把凡胎肉眼炼成行家,月光如水,银色的。刀光如水,青色的。青色,比绿深一些,比黑浅一点。月色茫茫,长路茫茫,永远如此,我们才有机会遭遇月光和刀光。

满人的威风是风,像秋风,也像春风。秋风是洒扫,春风是浸染。生机与杀机。自北往南,黄河、长江就这样让路了。几乎所有的战争,都是自北而南,或由西往东。由南而北多为商路,由东往西是为学道。若逆向而行,北上是造反,南下为平叛。向西为退让,向东为东征。所谓天地经纬。

满人到了南方,刘金刀、彭锭他们并不知道。直到流官要来,又流官出去,他们才知道满人来了。八月十五杀满人,他不知道什么是满人。刘金刀后来一直要杀满人,他也一直没见过满人。后来满人盛,流官盛,对襟衣卦变满襟衣卦,刘金刀仍然没见到一位真正的满人,他一直要杀满人,没一个满人被他杀死。他的刀砍出去,与满人总有些距离。没人笑话刘金刀的刀法差。

八月十五中秋节还差一天,一百二十个月饼早送出去了。

楚天下会行事机密。满人的流官统治是滴水不漏,十里为一保,十保为一甲,一人造反,一甲一保一里获罪,所谓"连坐"。人是以单元存在的,个人不算数。以人头缴税,以保甲治罪。清治下的蛮子草民,等同黑社会集团,人人为坏分子,为乱民。安则为民,乱则为囚。其实安则为囚,乱则砍头。

别人时刻把刀架在脖子上,刘金刀当然不干。

刘金刀经常习惯性地摸脖子,试探一下头还在不在脖子上。

杀手的世界很简单,刀与头。人从娘肚子里生下来,能做杀手的不多,对刀没什么感觉,虽然怕被砍头,但砍的总是别人的头,你怕什么?所以砍头的时候,人们会像杀猪宰牛一样,围观的人很多。看杀人不危险,想杀人才危险。想着杀人,想着被人杀,想着人一生下来就会被砍头,想着人一生下来所有的行动处于一种被允许状态,被神允许着,被人允许着,被自己的身体生命允许着。不被允许的行动就是杀人和被杀。

刘金刀不是个危险人,他能爱,重友情,重义气。能爱,重友情,讲义气的人该是不危险的人。这个人的不危险,由别的事验证过,他接受了彭锭的友谊和托付,他纳了七红并爱着这个女人,他看得见摸得着彭锭的侠义和尊严,他看得见摸得着七红的热烈和柔情。刘金刀这位杀人者就从善如流了。

刘金刀从小练就眼观六路,他看得见上下左右前后六面飞刀。人一生下来不是要以身患险,又难解身处险境,所以就要搏斗。

所以,就要杀满人。

七　月饼

月饼是一种甜食。有莲茸、豆沙、冰糖、肉干、果干、菜干……全是可口的东西。月饼里藏了刀剑和谋杀的,那年八月十五是第一回。月饼是可以变种类的,世间万物,哪一样不可变种?食不能食,用非所用,多的是。人类就生存在无限的可能当中。疆土是乐园也是战场,情人是爱恋也是冤家。力量是捍卫也是杀机,一不小心就成为事故。

月饼不是错误。往后的核子武器、电子武器,甚或,心也成武器,都不是错误。到这本书里开头出生的那位小男孩赵常一百多岁时,心法被写进兵书,物理战法,心理战法,口水战法,战争的文明以战火演变为战法。战斗成为斗法,人类战争形式出现了《封神榜》神怪战形式。那个时候,彭锭、刘金刀、赵常等等,各式英雄豪杰,只得从顶级上滑落下来。他们代表的人的能力的退化,战争活动的趣味就变了。人失去了体能优势,十八般武艺就失传了。那可是精妙绝伦的艺术啊。

那年的八月十五,就是刘金刀、七红密谋杀满人的时候,他们的女儿刘艺凤已经九岁。

刘艺凤是分送月饼的密使之一。

到白河堤的柳林里,刘艺凤满头汗水,把装月饼的花竹篓放在膝盖上,坐在柳树下的一块石头歇憩。赵常正在那棵柳树上捉蝉,赵常猛地从树上跳下来。刘艺凤一惊吓,花竹篓从膝盖上滚落下来,月饼散落一地。赵常嬉笑着,帮刘艺凤把月饼一个个拾起来,装进花竹篓。刘艺凤拿了两个月饼给赵常,你吃吧,很好吃,我妈做的。

这对金童玉女,就这样相遇了。

刘艺凤继续去送月饼。赵常拿了两个月饼,欢天喜地回家,娘,月饼!我在河边的柳树上捉蝉,碰上一位仙女,给了我两个月饼。

机密就这样打开了。赵流官也就是彭武骑了快马给所有的流官报信。他好久没骑马了,骑术还好。

赵流官的马蹄踏碎了刘金刀的谋杀。

土司制度成流官制。十年无战事,夜不关门,路不拾遗,无盗无贼。

十年无盗无贼,刘艺凤十九岁,赵常也十九岁。十九岁,正是打劫偷盗的年纪。一头好畜,不戴好笼头,它准会吃路边的青苗。

刘艺凤这青苗,长在刘家肥沃的田园,打动阳光,偷盗春色,涂抹了草木精华,她的美丽若刘金刀的刀光逼人,美艳和温柔也有冰雪的寒气,把青春困成囚徒。

赵常十九岁没骑过马。赵流官让儿子练追狗,与狗奔跑,去抓狗尾巴。练到十二岁,能捉奔狗的尾巴。再练追箭。箭射出,人也射出,伸手捉箭头。这不是练腿,是练心。心比箭快,练好了,世间万物,伸手可擒。

追狗,追箭,没练过追女人。追女人和骑马一样,不用多练。

突然的某一天,赵常非常想吃月饼。一年只有一个中秋节,一年里总不止一块月饼吧?赵常要吃月饼。在刘艺凤给赵常两个月饼以前,他没吃过那东西,吃了,他觉得那东西好吃。在吃过刘艺凤给他的月饼之后的不久,他有了吃月饼的念头,那个念头在心里长成一件实在的东西，那东西是专门要吃月饼的。

赵常找到了刘艺凤，那时刘艺凤还不是青苗，只是柳枝上的一片嫩芽。

在河边，在河水经年洗刷的大石板上。刘艺凤说，没月饼。赵常说，有，你藏在衣服里边。刘艺凤说，你搜吧。赵常摸了刘艺凤还未成形的乳房，又伸手摸了她的下边。他剥光了她的衣裳，像剥开一条春笋，白的嫩的。你是月饼，我吃你吃你！

刘艺凤躺着，她第一次尝了男人的舌头。真的是月饼那个味道。

刘艺凤问，你叫什么名字？赵常说，我叫赵常。你为什么叫赵常？我就叫赵常。

你真馋！刘艺凤说。

赵常练追狗追箭，一练十年，他忘了月饼。

夏天的一个晚上，他躺在河边那块河水经年洗刷的大石板上，仰躺着看月亮。很圆。又是中秋节了，他想起了月饼。

八　草木世界

刘金刀要有好心情，他不会率众起义。有些事把刘金刀的心惹毛了。那些心情不好，心里发毛的众人，经刘金刀一招呼，就起火了。这是一支心里发毛的义军,这些人心里一发毛就不肯做良民百姓。锄头柴刀猎枪变成了武器,村庄和庄稼地变成了战场,在金秋八月,女人收割庄稼,男人要去收割敌人的性命。

十年无战事,刘金刀差不多忘记了他的刀。

他徒步登上黄莲乌纪界,在山顶的一块峭石上,脚下是风,清风,天是蓝色的,鹰在云端。起伏的群山像奔马,峰峦若拍天巨浪。他这个时候心情很好。置身草木世界,人就平常,人也若草木春秋,枯荣过一世。

刘金刀当然识得草木。休养生息十年,刘金刀知山知水知草木情。树分弯直,木分软硬。草分毒草和良药。草木有了性质分了种类,也就有了草木命运。直木多为栋梁,或为舟桥,弯木弯得成形也可做犁,一无所用可做薪炭。莽莽丛林,一些是树,一些是树的陪衬。树有树级,樟树楠木为高级,椿树杉树桐木为次级,往下为杂木。杂木也有名,但只统称杂木。森林的列队就是这样,由种而生,由天而成。另有果木,枇杷桃李梨樱板栗核桃柑橘柚子……是树中宠物,不遭砍伐,任其硕果累累,不纳税不缴费。草性分味,中药铺拾药,一样药叫一味药。草味分酸甜苦辣咸麻。酸为收敛,可止吐泻,甜为滋补,苦为清热败火,辣为发汗解毒,麻为毒药。咸草较少,如常山,专治打摆子。

刘金刀识了草木,成了治跌打损伤的名医,他的金创药和接骨术让人称神。

人心情好，才能通草木性灵。人通草木性能，杀手就成名医。

刘金刀那时人称"刘半仙"。十年练成半人半仙，他有许多秘药。刘金刀的秘药秘方后来被那些江湖郎中滥用，秘方秘药成为一种江湖骗术，弄出些矮子增高药、傻瓜聪明药、返老还童药、瘦身药、强生药、催情药、迷药、发财药、升官药、消灾药、贿药、贪药、解愁药、合欢药、长记忆药……总之，无论是健康还是亚健康，是人有病还是社会有病，那些江湖游医都能说出秘方偏方治病良药。往后的历史，差不多是由这些江湖游医拉长了的时间和他们膨胀的空间。江湖骗子的广告在城市的马路上，在乡间的土墙上，在公厕、电线杆、报纸、电视上，你们吃吧，一般人我不告诉你！全世界都在吃骗子的药，花骗子的钱，领骗子的奖杯。这世界一吆喝，一叫唤，一吵吵嚷嚷，就空空洞洞什么也没有了，医药也就不灵了。好的医术医方医药，是秘方秘传，用不着叫唱的。好医生没有了，好方法没有了，好药没有了，就需要吆喝。吆喝也没有了，人心就开始发慌，总会弄出些什么声音来。后来，用来治病的就是那些吆喝。刘金刀当年的那些药，当时就稀少，后来就绝种了。他当年的夫妻和气水，方子是天地相交，隔河相连，无风自动草。治烫伤的六月瓦上霜，治跌打损伤的九牛造，治风湿的四两麻，治不育症的甘露，治健忘症的记心菜，后人已无所见无所闻。刘金刀所用的普通的接骨药、止血药,后来也不多见。因为战乱、开垦,许多草木已经绝种。再后来是乡土的城镇化,城镇化就是多盖房子。人住进房子,要生了病,去找那些药,那些药早已绝,哪里去找?

因为有好药就有了刘金刀的好医术,因为有草木刘金刀才知草木。

刘金刀还有一手绝技,就是能治各种性病,手到病除。有种病叫色痨,人因性事染病,状同内伤,三两年内衰竭而死。这病有若后来的艾滋病,刘金刀泡制的药酒,能治这种病。

刘金刀的医药,无文字记载,不如《本草纲目》、《黄帝内经》那样保存下来,民间也不再流传。

知草木的刘金刀,也就一如草木了。

关于刘金刀,地方志有记载,刘金刀,侠士,知医药。仅此而已。

仅此而已的刘金刀最终什么也没留下,这是一个人最后的失败。

九 归去来

那年八月十五日中秋节,遭遇劫难的只有彭锭和他的家人。

彭锭的宅子燃了,火光淹没了月光。一片呼喊,杀呀——杀呀——作为流官的彭锭,就是要杀的满人。今夜要杀的人就是他。

彭锭站在天井里,四周是火,能逃出火海的只有中秋天上的那轮圆月,它依然安静自在,人间一切祸福与它无关。它不是正义的月亮,也不是非正义的月亮。

彭锭喃喃自语,反了反了反了,疯了疯了疯了。他不知道自己在说什么,谁反了?谁疯了?是月亮反了?是月亮疯了?那个中秋节的月亮,像所有中秋节的月亮一样又大又圆又明亮。当人无能为力的时候,才会觉得月亮才是强大的,它无病无灾,它无所畏惧。彭锭这时只看月亮,在火光和灾难中观看这个中秋节的明月,他什么也不想。他甚至没听见骨肉亲人在火中的呼喊,也没闻到骨肉亲人被大火烧焦的气味。小儿子毛朵抱着他的小腿,爹,逃命吧!彭锭这才醒过神来,抱了小儿子毛朵跳进天井里的大水缸。父子俩浸在水里一声不吭。直到一切化为灰烬,杀声退去,彭锭抱着小儿子从水缸里出来,他的头发已经被烧光。他把儿子使劲按进水里,怕他被火烧着。他从水缸里出来,儿子已经溺死了,他抱着的是儿子的尸体。

现在,彭锭是只身一人了。他骂了句狗日的月亮,就在月光下朝某一个方向走去。四周是夜,任你朝哪个方向走,都会走向白天,这不会错。

彭锭记得,他们家在白河边上,在老司城,他不知道那儿已经被火烧光了。他带了一包东西,他认为那东西很值钱,他不是要钱,他花过很多钱,他要钱帮他东山再起。

他要去找刘金刀。

在路上,他还会遇上很多伏击。他花钱收买了一位巫师,自己装成尸体,让巫师把他这具尸体赶回白河。

他现在真的是行尸走肉了,他去找刘金刀,等着刘金刀让他起死回生。

他一点也不知道,让他遭一家灭门之祸的正是刘金刀。

刘金刀要杀的是满人不是彭锭。

那时的清王朝气象正旺,正是刀枪不入的时节,任何谋杀都会失算。

十 行走的尸体

那位无名巫师不知道他这次千里赶尸行动是一次军事行为。他护送的是一颗战争野心,一位军事领袖,他正一步一步地接近战略要地,某种巨大的能量将在顷刻间爆发。

巫师用锅底灰涂黑了彭锭一张脸,再用白布裹了全身,省了真言咒语,因为赶的是活人,不是死尸。

彭锭夜晚是人,白天是尸。到了夜晚,彭锭要巫师解开白布,放松一下筋骨,伸张手脚,自己行走。

彭锭不信鬼神。虽然昔日在土司城有佛也有道,他并信佛道,只是遵祖宗遗训供奉而已。供久了,自己就想做如来佛做张天师,一生行事,有神力相助甚好。

眼下成一具活尸,任由巫师驱赶,心想鬼神无非人装扮的,今日为鬼,明日为神。

在无人处,彭锭问巫师,你真相信自己的法力吗?巫师赶了几天尸,真把一个活人当成死尸了。死尸开口说话,巫师吓了一跳。我问你呢,彭锭说。巫师定了定神,说,我不知道自己法力如何,我家几代都是赶尸人,我从小就干这个。我们赶的是真正的死人,死人自己走。赶尸的时候不能同人说话,一同人搭腔,尸体就会倒下不能行走。我同父亲最远的一次赶尸是从云南过贵州赶回白河。彭锭说,你赶尸的法力是真的了?巫师说,不是法力,死人是真的会走路的。

到一处古栈道,路悬挂在峭壁之上,谷底是湍急的河流,像被驱赶的一群虎狼,一边疾走一边嘶叫。

巫师指了栈道边的一块石头,要彭锭坐下,他说一路赶得太急,要休息一下。彭锭也正想要休息一会儿,裹了白布,僵坐在石头上。

巫师问,我们同行几天了,你还没告诉我你是谁?彭锭说,我是你赶的人尸。巫师说,你是彭锭,当年老司城的大土司。彭锭说，我现在是你赶的人尸，从军事上说，我是你的俘虏。我也知道你是谁，你并不像一个普通巫师。巫师说，我叫龙二，一个小人物的名字，你是不知道的。我是龙金保的儿子。家父在江湖上有些名气，大人也许知道？彭锭说，乌江的袍哥大爷，大名鼎鼎的龙金保，谁不晓得他的名号？巫师龙二说，家父已经被人杀死，你也该知道？

彭锭说，只是耳闻，我不信有人能杀得了令尊大人。当年数十清兵捉他，都做了他的刀下鬼。

巫师龙二说，那么，大人认为家父算个英雄吗？

彭锭说，刀光下遍地英雄。龙二，你怎么知道我就是彭锭？你一直在暗地里盯着我？

龙二说，大人在明处，我在暗处，我当然认得大人。老实说，我一直跟着大人，想投靠大人，只是不能见大人。家父遇害，我就成了一名巫师，流落异乡。我早知道大人是位英雄，有大人做靠山，我就可以为家父报仇雪恨了。

彭锭说，你怎么晓得我会为你报仇？凭我一具人尸能帮你报仇？再说，你也没告诉我你的杀父仇人是谁呢。

龙二说，我的杀父仇人是刘金刀。

彭锭说，龙二，你知道刘金刀是什么人吗？

龙二说，一位无敌的高手，哪怕是大人您，也未必杀得了刘金刀。

彭锭说,还有呢？龙二说,我还知道刘金刀是你的好朋友。

彭锭又说,还有呢？

龙二说,我还知道你这次是要会刘金刀。

彭锭说,龙二,你真像个奸细,你就不怕我杀了你？

龙二说,这一路上,我有一百次机会可以杀你。你现在手脚被缚,我只要把你推下深涧,大人你就完蛋了。就是说,我救了大人一百次性命。大人是做大事的,怎么会杀一个救了自己一百次性命的人呢？龙二对大人有用呢！

彭锭说,就算这样,我也想不出一条理由去杀我的朋友刘金刀。

龙二说,我自己去杀刘金刀。

彭锭摇了摇头。

龙二说,大人,我要借大人的刀去杀仇人。

彭锭说,我从不对朋友动刀子。

龙二说,刘金刀不是你的朋友,他与大人有灭门血仇呢！正是刘金刀的中秋密令,大人一家才遭灭门之祸。

龙二讲出了刘金刀中秋节在月饼里藏密令杀满人的事来。

彭锭听了不语。

巫师赶尸,日夜兼程。

彭锭看见了白河。

十一 火笑

刘金刀家的火塘里,这几天一直火笑。火苗一窜一窜地,出现红黄蓝绿四色火苗。这个征兆,是有贵客要来了。

刘金刀隐姓埋名多年,已无人知道刘金刀,又哪有贵客来访?

农家五月天,扁地麦香。枇杷熟了,一串一串的黄宝石挂在树上。茂盛的蒿草让沃土更是肥厚。月光浮起木楼和庄稼,浮起河流和山峦,把一切变成天堂。蛙声若十万天兵来了,把月光踏成波浪。打麦场上的连枷,有节奏地拍打出麦粒,那是麦酒、白面和麦粑粑。麦场是农家生活的第一场,是开台锣鼓。

刘金刀的宅第已是一座城堡。一座城堡是大地的一颗头脑,它脚踩的手抓的是人和疆土。方圆几百里的月光、麦香和蛙声都是刘金刀的。刘金刀领女儿刘艺凤骑马上八面山,他问刘艺凤,这世界大吗?刘艺凤说,大。他又问,你知道远处是哪里吗?刘艺凤说,远处是白河要去的地方,是天边。白河流啊流啊不见流回来,像一条线永远也放不完。天边那儿有一条长长的线呢!刘金刀说,远处是楚国的江山呢!那时的英雄项羽和他的美人虞姬在乌江边上,一柄剑拦住刘邦十万兵。项羽和他的美人骑剑走了,留下楚地江山要我们守护。江山是什么?刘艺凤问。刘金刀说,江山是天下。刘艺凤说,我晓得了,江山是一只口袋,是天与地缝成的一只大口袋,里面什么都装,那个叫项羽的大英雄扛着这只口袋,扛不动了他就和他的美人跑了。

刘金刀摇了摇头。对这个世界,刘金刀很难摇头,对女儿他还是不得不摇头。女儿是一道难题。

刘金刀从一名屠夫一下变成强人,富甲天下,权倾一方,金玉满堂,拥兵十万。这样的运气,一定不是靠杀猪卖肉赚来的。有人说是彭锭留给他千两黄金,有人说他找到了楚霸王当年埋下的宝藏。这两种猜测都不无道理。刘金刀长期经营楚天地会,他的属下都是各路豪强,有钱有势。他有一支船队,由白河通长江水路,还有一支骑马队,通湘鄂川黔,贩卖桐油、生漆,走私川盐。楚天地会有条律令,贩白不贩黑,卖盐不卖鸦片。天天吃盐不上瘾,鸦片一吃就上瘾。一抽上鸦片人就变得又黑又瘦,这起码从体形上背叛了楚天地会精神,不像项羽的后代。不像项羽后代就会缺少兵员,习武之人抽鸦片等于自毁武功。当年英国人的鸦片侵略,没有一块烟土运进白河。满人来了要抓壮丁抽税派劳役,洋人来了要抽鸦片要盗宝。满人让白河变穷,洋人让白河生病。白河就积贫积弱,刘金刀不干。

刘氏城堡建在白河边上,依山傍水。有地上地下两层,地下藏了粮食、腊肉、盐巴、白糖和酒,有暗道通白河。暗道可通大船连地下城堡,城周围要地有十八处兵营。城堡的城墙筑在百里之外。那城墙还在不断修建,砌石垒砖,就变成巨蟒,蜿蜒起伏随崇山峻岭,像半边括号揽了刘氏疆土,借秦始皇的长城之名也称长城。

彭锭闻了麦香行了数十里,月亮照白河的时分,他到了刘氏城堡。

门人来报,老爷,门外来了赶尸的,要见老爷。

刘金刀多少吃惊,飞步来到门口。那赶尸人不语,倒是那僵尸说话,刘兄,我这副样子来造访刘兄真是不雅!

蓬头垢面遮不住一个彭锭,刘金刀连说贵客贵客!这几天火笑,火苗笑,贵客到。当年留下的陈年老酒还在,进去喝酒。

彭锭对刘金刀说,这位小兄弟叫龙二,多谢这位小兄弟一路相送。龙二,这位是大英雄刘大人。

龙二一拱手,要两位老爷不嫌弃,我给两位温酒。

刘金刀说,龙二兄弟,你是远客,不劳你温酒。你护送彭老弟功不可灭,本老爷赏你十匹好马,百两银子。你就此不再做赶尸人,可购置田园,或设一支驮马队,运川盐,也可往西藏运茶叶。你一生的荣华富贵本老爷不曾给足,要你自己日后去攒足。

龙二说,我不要老爷的银两和马匹,只求能为老爷守银库,扫马厩。

刘金刀看了龙二一眼,吩咐全羊席招待。

龙二说，我不劳老爷府上全羊席招待，只求两位老爷不嫌弃，当陪喝的，两位老爷行酒令，两方输赢都罚我喝酒。我要老爷赏我一块羊骨头。

刘金刀挽了彭锭进了会客厅。

龙二由下人招待吃全羊席，上好的高粱酒上来，龙二滥醉如泥。

会客厅内的红木八仙桌，摆了各色山珍海味。关外熊掌，印尼燕窝，虎脑汤，岩鹰蛋，人参羹，蛇胆灵芝饮。

有刚从长江水道而来的鲍鱼，干鱼翅。

菜蔬有云南过来的十八种蘑菇，福建来的黄花菜，广东来的竹笋。

鲜果有海南芒果，山东苹果，本地枇杷。杭州来的樱桃，苏州来的甜橘。

这席间温酒的仍是七红。刘艺凤上来叫过伯伯，筛了茶，去后花园练剑术去了。

两个男人对饮，酒还是当年的酒，多了些陈年香味；人还是当年的人，多了些沧桑滋味。

同老司城当年那桌酒席比起来，没什么不同，只是主客已经换了位置。

七红看两位男人对饮，默不作声。她能说什么呢？

男人是演戏的，她是看戏的。

这陈年老酒劲大,两个男人醉了。

彭锭说,八月十五杀满人的手令是你下的?你的手令才有这样重的杀气啊!

刘金刀说,我这次的手令一点杀气也没有,都是用月饼包藏好了的,用芝麻、冰糖做馅儿。这月饼是七红做的,什么样的杀气经女人一拿捏就变香的、甜的了。

彭锭说,这香的、甜的全叫我一家人吃了,我彭锭可是家破人亡了。

打打杀杀,总有祸事。

彭锭说完一家劫难,席间无话。

十二　手指的想象力

刘金刀手指的想象力比头脑的想象力更丰富。他站在峰顶时对女儿刘艺凤,用手指一点一点地说,女儿,那就是江山。

江山是一座山吗?

不,江山是所有的地方,就是我指的那些地方。

刘艺凤望着父亲手指的方向,又看看父亲的手指头。我晓得了,江山在你的手指上。

刘金刀觉得女儿的话有道理,江山就是在手指头上,指到哪里,疆界就在哪里。

手指的想象力是无穷的。

一个人跟上自己的手指头,前进,前进,就可以到达你想到达的任何地方。手指是一支箭,被想象力弹出去,人就跟着跑。

江山总是跟姓氏联系在一起的。

韩信兵营的箫声吹散了项羽的十万勇士。楚兵不懂音乐,但知乡愁。韩信兵营里的那些乐手在月夜吹响楚人的乡音,楚兵跟着箫声走进乡愁,他们乘月夜去寻找自己的妻儿。他们杀死了秦王朝,他们早该回家了。

楚霸王就这样溃不成军了。项羽和他的宝马、美人一起,绝在乌江边上。江东是他的父老乡亲。他喃喃自语,吃了江东一碗面,无面见江东。

他问身边的美人,你可愿伺候刘邦小儿?

美人说,刘邦小儿是个痞子。

项羽说,我本该知道,江山和美人都该归痞子的。

英雄和美人自刎,只有宝马飞过江东。宝马传信,从此江山就姓刘了。

从那一刻,刘金刀的祖先就改姓刘。

到刘金刀出世,他不能不姓刘。

刘金刀是楚人,他是英雄的后人。

刘金刀一生都要跟着手指头奔跑。

刘艺凤射出一箭,那箭鸟一样地飞翔。

在乌江边上那个叫做垓下的地方,英雄美人诀别,留下了宝马和宝剑,留下了战争和乡愁。

宝剑会越来越锋利,乡愁会越来越浓。

美丽的刘艺凤射出那支箭,像鸟一样飞翔。那是战争之鸟,飞翔在漫无天际的战场。

那是一根想象力丰富的手指,穿透江山和乡愁。

十三　不做官,但是——做什么

流官不是满人,杀满人其实只杀流官。杀,必乱杀,必滥杀。由杀开头,再由杀结束,由乱而滥,由滥而乱。不管刀法如何精妙,一刀下去总是错杀。第一次下手总有些拿不准,刀下放人也许会有。杀多了就习惯了。若收割与砍伐,杀谁便是谁,一刀定是非。

八月中秋月饼密杀令,彭锭一家遭受灭顶之灾,赵流官一家逃过一劫。赵流官对儿子赵常说,你要有本事做别的,就不要做官。

赵常这时十六岁。僧人给的那本书他翻过十六遍,不记得一页。那本书的每一页都可成一本书,翻一页忘一页,页页混沌，只记得在读，不记得读什么。一页一页，什么都讲了，又好像什么都没讲。所以记不住。大凡高人说话，他好像什么都讲了，又什么都没讲，等于放屁。屁是可以记忆的，因为臭。也只是记得屁臭，至于什么屁，你无法记得。

赵常翻十六遍书，还是万事不知，一事无成。不知耕种，不会医药，不会赶场论市，不懂手艺，不会吟唱，连一句山歌也不会，只会射箭骑马弄刀剑棍棒。赵流官告诉儿子将来不要做官，他就不知道做些什么。再说，他从来没想过日后做官，做官算什么手艺？

在刘金刀带着女儿刘艺凤站在高处，让手指头的想象力射向远处的时候。赵流官对儿子说将来不要做官，他让儿子去想象将来，想象一个无边无涯的问题。他们，这两个父亲，父亲，这人类的种子，他们一定会把自己的人生经历和想象力嫁接给儿女，给儿女们增加一些人生的负重。这负重久了，人就会长出七情六欲之外的一种东西，那东西叫使命感。一些东西是慢慢长出来的。

赵常消失了一些日子。有人看见他是跟野人走了。野人，就是那叫做人熊的怪物，一丈二尺高，浑身是毛，手指像杀猪刀。野人会扮成假外婆，吃掉寨落里的小孩。或将人掳进山林成为野人的配偶，繁殖野人。野人见了人就笑嘻嘻的，它抓住人的时候先要笑昏过去，人就在这个时候逃脱。在野人出没的时代，上山打柴割牛草找山货的人，在手臂上套上竹筒，野人来抓人的双手，人把竹筒伸给他，野人抓着竹筒笑昏过去，人就趁机逃走。野人要是追来，人要朝上坡或下坡的方向跑，野人没有膝盖，腿不能弯曲，不能跑上坡下坡。万一被野人捉拿不能脱身，人可攻击野人胸口长白毛处。野人有三个弱点：爱笑、无膝盖、胸口易遭受攻击。

赵流官知道儿子不会被野人掳去。赵常能追快马，能平步抓住飞跑的狗尾马，他还能在鸟起飞的一刹那腾空一跃抓住鸟爪子。野人一定捉不住赵常。赵常只是去了一个不让人看见的地方。

赵常十八岁。十八岁的赵常经常做梦，梦见张天师。天师降妖除怪的本领高强，天师行路只要拐杖点地就一去百十里。人要有条天师的拐杖就好了。赵常梦见自己能行走如飞，在水上可飘然行走，能平步踩过大河。赵常出走，是要找一条大河。

在赵常时时有梦的日子，他悄悄练成了两件事，一是能够在鸡蛋上行走。他先是踩着鸡蛋不碎，后来能让鸡蛋在脚板底下滚动他在上边行走。他练成的第二招式是拿叶上树，两个指头一拿树叶一跃上树，然后再拿着树叶往上，直到树梢也不让树枝抖一下。张天师的神力其实就在这万千事物当中。赵常行走几日，见到了大河，水流湍急，两岸峭石如立，鹰与猿游走峭崖与云端之间。这里就是长江三峡。赵常步过三峡，再行走回来，穿浪而过。

赵常正同大河戏玩,听见半空中有声音:赵常,你爹娘病重,快快回家。赵常抬头,只有鹰和流云。

赵常急赶回家,爹娘已入土,乡亲们说爹娘是染上鸡窝症死的。远近数百里,染鸡窝症死的人不计其数。鸡窝症,人像鸡崽一样,一窝一窝地死。有些村落,人死了无人埋,没一个活人,人全死光了。这种病,不像伤寒打摆子,高热出血,无药救治。

赵常在爹娘坟头烧上香烛,对爹娘说,我要治这个鸡窝症。赵常后来熟知医药,是从治鸡窝症开始的。

刘金刀对女儿说,带两匹马,把那个死了爹娘的小子接到家里来。

刘艺凤大概对赵常说了许多温情的话,赵常才进了刘家城堡。

十四　女人香

赵常要刘艺凤走在后面,她走在前面,他会闻到女人的香味。女人的香味拦住去路,会影响行程,让人小看了他的脚力。刘艺凤奇怪地看他一眼,为什么要让她走后边,拉一个人到家里去,自己是要在前边领路的。

赵常十二岁那年,五月艳阳天,山坡上绽开了红的白的黄的花,他追一只野兔到山坡上,闻见一种香味,不是白花黄花,那不是花香,也不是嫩叶的气味。那是女人的香味,那女人躺在一块石板上晒太阳,用树枝盖着脸。赵常走过去,闻着那香味,像谁家酿甜酒一样,甜酒总要严实地捂着,留那些香气透露出来。赵常问,你是谁?女人说,我是梅娘。赵常说,你好香啊,像甜酒一样!梅娘说,你是来吃甜酒啦?赵常揭开梅娘,白色的饱满的喷香的,这梅娘,像五月艳阳天配制出来的甜米酒。赵常去摸她,吃她,弄她,把自己陷入香味和温柔中。梅娘问,多大了?赵常说,十二岁。梅娘说,从现在开始,你就是个男人了,你要爱惜你的鼻子,让它总能闻到女人的香味。你这辈子有女人缘。赵常问,梅娘,你到底是谁?梅娘说,我是风变的,不是谁。赵常问,你明天还在这里吗?梅娘说,我不知道我会在哪里,风吹到哪里我就会在哪里。

赵常说,风会把你吹到我这里来。

赵常没再见到过梅娘。

赵常又闻到了女人香,酿甜酒的那个味儿。

赵常在小河边说,我热,要泡一下。刘艺凤下马,赵常要帮她脱衣服。刘艺凤说,我自己来。

赵常在水里捉住刘艺凤,像捉住一条鱼,很光滑。他抱住她,在水里弄她。

穿好衣服,刘艺凤说,我是你的女人了,我要给你生许多孩子。

闻了女人的香味。那香味有一种家园的感觉。赵常在女人的香味里少了些失去爹娘的孤独的悲哀。

家没有了,五月的艳阳还在。

在孩子作为个人基因库的时代,在女人作为生命的温床的时代,刘艺凤对赵常这个男人的承诺是严肃的和严重的。刘艺凤后来生了十一个孩子,十个儿子和一个女儿。儿女一个个夭折,活下来的只有一个。

那一夜,一路月光如银,很香。

月光盛开,把香色抖落,纷纷地,万物歌唱。

十五 龙二的月亮

月亮照过楚汉的战马军刀,照过刘金刀的草药,照过彭锭的起落,照过赵常刘艺凤的山野情事,当然要照过龙二。

龙二看着月亮,那是有见识的眼睛。龙二的眼睛还不如月亮那么有见识。他只见过父亲的沉船和被杀,见过彭锭的逃亡。今晚,他看见了月亮下的山野情事。

龙二的眼睛有一点跟月亮相似,他看所有事物都是一样的。

山河树木岩石泥土人畜,原本是什么就是什么。人看人,也没什么。老爹龙头老大,走酉水,横长江,踏湘鄂川黔。船沉了,人像杀猪一般,尸体死鱼一样漂走。人若猪狗,死不如鱼,鱼死了可为美食。月光下的野事也不过如猪狗交媾。母狗三把锁,连上不得脱,母牛三把火,烧死公牛。女人,不知道,反正也好不到哪里去。人怎么看,就会怎么求。龙二求一栋屋,一个女人,一顿饱饭。还有,不被追杀。

龙二看了看月亮,叹了口气,他现在一样也没有。他就是没有,他是个无女人、无屋、无土地的人。月亮很圆,像一张老妇人的脸,没有诗意也没有荣光。

龙二像一条蛇一样无声无息地,滑溜到近处,赵常和刘艺凤像月亮的两朵强光,白亮白亮,像两条大鱼跌落在月光下的青石板上,那样弹跳、翻滚。这是鱼最可怜最绝望的时候。

龙二有些饿了,他想去吃一块糍粑。月亮,好大一块糍粑。

龙二小便,趁机狠狠地掐了下边一下,你怎么可以这样不争气!

赵常和刘艺凤走了。龙二在他们躺过的青石板躺了一会儿,冰凉,有鱼的腥味。

回到刘金刀的城堡,龙二打起精神,对巡夜的人说,我看月亮去了,这天下真是太平无事啊。

十六　利害

　　刘金刀是胆,彭锭是略。两人合力,抢下千万里地盘。一统江山,边界到楚河。

　　楚河边,刘金刀很有浪来一口吞一口的气势。刘金刀对彭锭说,前朝军师诸葛亮,后朝军师刘伯温,当朝就是你彭锭大兄了。

　　彭锭不语,怎么我彭锭就是一个军师了?前时朋友,此时一为主子一为奴才。人不在王者,不可有王者之心。人有王者之心,心中无王者,切不可眼中无王者。处奴才位,尽扮奴才之相,不可化为奴才之骨。彭锭灿然一笑,金刀大兄,我九死一生,家破人亡,流为江湖难民,金刀兄有大英雄心,不弃旧友,我只当是你家食客,哪能称军师?军师是要有大智谋,像我等之小聪明,怕是会让大兄失望。刘金刀拍彭锭的肩膀,彭锭力扛千斤的肩膀缩了一下,人矮了一下。刘金刀一笑,彭锭大兄可要保重身体,共图江山大业,兴我巴楚帝国。彭锭苦笑,遭此大难,身弱心虚,要复原也难。

　　楚河,洞穿叠叠石山,望洞庭,望长江,望大海,滔滔复滔滔。

　　江山茫茫,不知疆界。这江山伸手可及。

　　刘金刀拍遍峰头,踏遍浪尖。骑风作马,扬光为刀,雷霆为啸。

南方吴龙部落,北方李周部落,东方向田部落,西方夏部落,收入袋中,指日可得。巴楚帝国,早已画就,只差示人。

刘金刀剃头,就识得那些部落人。夏部落的女人水蛇腰,半裸前胸,白晃晃肉摊子前面一站,让你搞不清谁是卖肉的。夏部落的男人直腿直腰,阿西肥的瘦的?只会说阿西不会弯曲的男人迟早是要被毁灭的。吴龙部落的女人穿金戴银,男人穿花衣,喝酒唱歌随地大小便,像一个戏班子和一群羊。李周部落全是旱鸭子,说话从尾说到头,颠三倒四,没有条理。向田部落狡诈凶悍,生性好赌,不信天命,轻易就入圈套。

强势的刘金刀,对弱势的四部落,真江山无限了。

龙二是个小人物,他一直在想,像刘金刀和彭锭这样的大人物,谁更厉害?

把个利害想好了,小人物才会有动作。

大人物之间,迟早会翻脸的。

十七　干爹、干儿、把兄弟

按照生命科学的说法,赵常活到那个说法的极限,一百六十多岁。他似乎还可以活下去,活到今天,活到将来。像他那样的一位英雄,与日月常伴,从未想到死。他的那位把兄弟龙二活得比他更长。赵常要是不去坐飞机,不去美国,他就不会遭遇地球磁场的变化,也不会把性命搞坏。他去美国之前,把兄弟龙二告诉他,漂洋过海小心龙卷风。

那个时候,刘金刀要修南方长城,要建花椒朝。彭锭说,封王不好,树大招风。刘金刀约了彭锭喝酒,把孔雀胆放进酒里。阴差阳错,刘金刀毒死了自己,彭锭活下来,接了一片疆土,收刘艺凤做养女。

赵常和刘艺凤不知道毒酒的事。八月十五中秋节,两人拜堂结婚。彭锭本来不乐意,但刘艺凤已怀了赵常的种,只能这样了。

龙二早结识了赵常的一位堂兄弟,叫彭努力,一位读书和写诗的人。写诗不算本事,经常缺钱,龙二常给他一些小钱,于是就成了把兄弟。后来,彭努力对赵常说,我的把兄弟也就是你的把兄弟。龙二就这样成了赵常的把兄弟,再后来,他就成了彭锭的干儿子。

那天两位大英雄对饮,七红把盏。七红闻酒有腥味,闻人有杀气。刘金刀告诉七红,今天要醉个死去活来。疑心是七红换了酒杯,这样刘金刀就喝了自制毒酒。世间万事万物本来在那里,对错都在人为。

彭锭请了七八个道士先生,给刘金刀做了七天七夜道场,又做了一口楠木棺材。七天七夜的道场,先是要打解结,解结解结解冤孽。英雄一生冤孽多,仇人多,你杀我,我杀你,杀人越多,结越难解。只能等死后由道士先生做法事。打完解结,又盖棺超度,把亡魂引上奈何桥,喝忘魂水,便一去不回头,忘却世事。作为鬼神,不省人事。

龙二守灵哭了七天,又抚灵棺入葬,一个孝子模样。杀父仇人死了,龙二伤心断肠。这个泪人,这个断肠人,这等伤心洒泪功夫,是可谋大事的。

不哭不流泪的是七红,有女儿刘艺凤替她哭泣流泪就行了。她想哭,不知道为什么哭。她守了七七四十九天丧,出来见太阳已若一面白纸画的丽人。她对彭锭说,你收了我母女俩吧。彭锭在老庙烧了一炷香,问了卦相。菩萨的意思,他可以收留七红母女。请了几十桌酒席,就与七红圆房。他对刘艺凤视如己出,刘艺凤叫彭锭做爹爹,这样就叫近了七红和彭锭。一个人与另一个人,十几年时间,渐行渐远的无奈,刘艺凤的出现,可以消弭这无奈,可以填补一些时间上的缺失。人类不断地出现新人,有两种可能,一是生出更多的无奈,再是要填补时间上的缺失。时间也生出更多的缺失。人与时间,就这样生生不息。人与时间,就像人领着羊群,人牵着马,把世界做出这样一个景象。

彭锭与刘艺凤、与赵常、与龙二、与彭努力,形成一种叫"干"的关系,所以,他就成了干爹。字面上理解,是没有水分的爱。

后来人的意思,这个"干",或者可叫做荣誉,某种荣誉职务,某个空头衔,某种不管事状态。

龙二大哭以后,正式成为彭锭的干儿子。有事没事,也不管与彭锭见不见面,他都会说我干爹。龙二办什么事,他都不忘了我干爹这句话开头。他要做的事,就是干爹要做的。

彭锭要修城墙。他要把许多旧城墙联结起来,连成一条长城。完成这件工作的是龙二。龙二对干爹说,我要修一万里城墙。干爹的领地那么大,我要修一万里长的城墙。

彭锭展开了一个大会。说城墙修好了,他的领地就变成了好地方。

龙二忘记了赵常,忘记了把兄弟。

十八 好地方

好地方就是后来的三川半凤凰国。

彭锭问七红,你今年多大年纪了?七红说,女人哪能年年十八岁?我过了今年,就吃四十岁的饭了。彭锭的手掌在七红的肩头滑下去,这女人如往昔饱满和光滑,有淡淡的薄荷的香气。她的嘴,她的身子像剥了壳的荔枝,很甜。彭锭说,你吃了什么药?总是这样鲜嫩?七红说,吃你呀,你就是我的药。好男人是女人的十全大补药,可以让女人长生不老。彭锭说,你看,我已经老了,要是我再老一些,连豆腐都咬不动了,我对你的美丽就无能为力了。彭锭把手贴在七红的两腿之间,这真是个好地方啊!这样好的地方,迟早都不是我的。很多人都死了,为了争好地方,病死、战死、毒死、杀死、烧死。人死了,好地方还在。还会有人要死,把好地方当成葬身之地。其实,好地方不过是收藏棺材的地方。

七红已是泪流满面,她把手盖在彭锭的手上,对彭锭说,为什么你们这些男人,不打仗不杀人,就变得这么多愁善感呢?你看你,还这么有力,每个晚上都弄得我死去活来,你还可以娶个三妻四妾。天下的好地方都是你的领地。

彭锭问七红,我们的库银还有多少?七红说,还有几万两吧。

存粮呢?

有几千石谷,还有些粗粮。

龙二的城墙修得怎么样了?

这要你亲自去查看一番。只见他天天支钱支粮,就是秦始皇修万里长城也差不多了。

办完刘金刀的葬礼,彭锭一直锁眉想事。财政事务交由七红管理,军事事务交由赵常,龙二修城墙,刘艺凤去张罗办学堂和组建大戏班子的事。

彭锭锁眉想事,想的是好地方的事。创业难,守业更难。这好地方生长纯种的三峡玉米,生长高山水稻,生长五谷杂粮和药材。他识得血山七和接骨草,还有鱼刺蒿,那是疗效奇特的外伤药。他还识得淫羊藿,一种壮阳药。这里的草木让人丁兴旺,六畜兴旺。奔马似的群山,河流如缰绳。这里什么都那么强大。这块地势往西南走高,把高原长成山的意志。山势长到高处,又得向东北方倾斜下来,像一匹马伸长了脖子,饮洞庭,饮长江。

赵常领军八十万,一支大军,当年曹操下江南也只八十万大军。刘邦项羽的乌江之战,双方各领军二十万。彭锭领地称三川半凤凰国。

彭锭属龙,必有水佑,故称帝为洪泽帝。合三川半凤凰国,龙凤呈祥,有水相济,福泽万世。赵常封为大元帅,七红为内务大总管,刘艺凤为歌舞升平大司,龙二为长城建设总督办。龙二向彭锭进言,时下战事稍停,百废待兴,是抓经济建设的大好时机,要广纳经济人才。老百姓要吃饭,军队要刀枪,朝政要用钱。彭锭点头。龙二便招募各路粮客、牛客、盐客、布客、鸦片客、木客,各路生意客。龙二又兼任商贸客站总站长。一时间钱财滚滚,彭锭夸龙二脑子灵,有办法。

彭氏天下,彭锭身边姓彭的只有诗人彭努力一人,诗人彭努力算起族谱来是彭锭的侄子辈。彭锭封诗人彭努力为诗礼大总管,专门管理精神文明和道理建设,教化百官师孔孟,百姓读诗书,识汉字,男女老少知礼节,讲诚信,懂文章。彭锭对诗人彭努力说,我侄彭努力一定要努力呀,为了彭氏天下修个脸面。

诗人贪杯,量不大,彭锭留他喝酒。彭锭说,这酒为润帝酒,当年楚霸王喝过的酒,你尽管喝。

几杯下去,诗人彭努力已是云里雾里。诗人一醉,就要作诗,随口念道:

> 彭锭彭锭真要得,
> 又打江山又打铁。
> 铁打江山不生锈,
> 多少男女成锈铁。
> 锦绣河山三川半,
> 有我无我都一样。
> 孔子死了有孟子,
> 屈原死了有李白。
> 爹妈生了彭努力,
> 天下诗人都死绝。

彭锭又与诗人彭努力对饮一通。彭锭说,贤侄,你骂人也算诗啊!

七红端上来一份蛇汤,让两个渴了解酒。七红对诗人彭努力说,老叔一肚子诗才,酒量大胆量也大,敢骂天下诗人。

什么诗人不诗人。砌方块汉字的手艺,和龙二砌石头修城墙差不多。诗人彭努力趁着酒兴说大话。

侍卫喊,总站长龙二到——

龙二见过彭锭,入座饮酒。连敬彭锭三杯,才对把兄弟诗人彭努力点了点头。龙二不读书,不吟诗,把个诗人当做没人。他能对诗人点点头,因为这诗人姓彭,又因为彭锭在座。诗人彭努力见了龙二,就像酒碗里落了一只苍蝇,喝下不是倒掉也不是。

龙二来向彭锭报告,城墙修完了,城墙如何坚固,又节省了大笔资金。龙二对诗人彭努力说,城墙留了一段平整的,作为诗墙。诗人彭努力说,我作诗流芳百世,拿你的城墙写诗,你龙二也就流芳百世了。你龙二不通诗文,算计一点也不差。彭锭打个哈哈,什么你的我的,这天下是大家的。龙二不懂诗,也不敢轻慢你这大诗人,他把一段城墙留给贤侄,也没留一块石头给我彭锭呢!

龙二接话,干爹,诗和城墙都是你的!

就是在这个时候,彭锭给这块好地方取了个名字,叫三川半凤凰国。诗人彭努力推算了金木水火土,想出了一个洪泽帝的皇帝。诗人彭努力后来大话他的本领,我这个人喝酒不行,想出十个八个皇帝还行。哪家要当皇帝只请我喝酒好了。

大西南这块地方,历来国多,有名的是大理国、夜郎国。三川半凤凰国没有什么名气,秦楚之争以后,中央王朝一直顾不过来,这地方人随便就立个国来,也就皇帝屁股大一块儿地方。

有洪泽帝，龙二当年走江湖，见过云南丽江木王府，就照样子修皇城。

彭锭坐了皇城，修理三川半，一修三十年，三川半成了好地方。

十九　国中无国

秦皇汉武以来，文字统一，建制统一。立中华帝国，国外为异邦，国中不可有国。三国时期，三雄立国争地，实为争权，得正统，号令天下。故吴不安吴，蜀不安蜀，魏不安魏，你争我夺，把个皇帝装在口袋里就在马背上四处奔走。皇帝只有一个，被曹操拿去。刘备只好称为皇帝的叔叔，无奈他姓刘，正宗大汉皇室。孙权什么也没有，就攀个亲家算了。

有了当皇帝的理由，才可立国，江山才能坐稳。

刘金刀要立花椒国，可拉上汉高祖，他误饮自己的毒酒死了，是个不好的兆头。彭锭立国，自封洪泽帝，是私吞国土，为逆贼，必遭天下人诛。

三川半凤凰国三年又六个月，朝廷中央国军来剿，剿总司令为三国战将马操的后代马达人，从湘江一路杀过沅江，杀进白河，白河顿成红河。龙二修的长城本来是豆腐渣工程，经中央军一推，城墙便崩溃。龙二私吞修城墙的工程款，建豪宅，置田地，办货栈，开银号。彭锭想起杀龙二时，中央军已杀到。

彭锭只好率宫内人等藏身巴人洞。

赵常领军八十万人，借山川河流作战。三年无战事，赵常的军队多数人染上鸦片瘾，或者患上梅毒。那些患梅毒的，行军十里八里便躺倒路边。那些染鸦片瘾的，打起仗来便流鼻涕口水。他们被中央军砍飞了脑壳，口里还含着鸦片泡子。

赵常先领军猛冲猛打，然后突然后撤。进军时那些鸦片客、梅毒患拖在后边，撤退时他们就留在了前线。这些人先是想投降中央军，哪知中央军见人就杀，见房屋就烧，见女人就掳。那些抽鸦片、染梅毒的残兵败将只好奋起抵抗，以三五人拼一人，杀死中央军不少。这些人后来尽被中央军杀死。赵常退至白河岸，所随队伍尽是精锐，再回马前进，中央军大败。这次战斗，帮赵常整肃了队伍。你的士兵吸食鸦片，染了性病，罪不至死，不能把他们杀了，是战争把他们杀死，让他们成烈士，得美名，这些该死的人死得其所。病残之人，扬杀敌之威，这就是在战争中学习战争。赵常将这些人就地掩埋，立了一块纪念碑，这块碑也是赵常的心得。

赵常在鸡公界一带驻军，与中央军对峙。中央军攻打年余，伤亡惨重，不能进三川半一尺。马达人便派人来议和。那时，太平军、白莲教起事，中央军议和紧迫。赵常报过彭锭与马达人阵前议和。马达人代表朝廷宣读了皇帝诏书,三川半不称国封帝,不向朝廷纳贡缴税。双方议定,立一石碑,刻下许多文字。中央军撤军,三川半交由彭锭治理。那块石碑留给后来考古。

赵常与马达人阵前议和时,天有异象,现天狗吞日。马达人宣皇帝诏书,赵常不跪。赵常称习武之人,双膝一跪,武功尽失,若失武功,将来如何为国效力?天下人不能文治武功,又如何安天下?不能安天下,就是对皇上最大的不敬。马达人说,赵元帅不跪,本将军代你一跪,以敬我皇上。马达人念完诏书,竟长跪不起,赵常只好上前扶马达人。这个仪式,记入后来野史。

马达人代表朝廷,赐一百匹绸缎。赵常回赠一百桶好酒。

是夜,彭锭仍留巴人洞。梦见天上红光如焰,空中利剑乱舞,有人头如雨落下。彭锭惊醒,一身冷汗,浑身无力,四肢如纺出的棉花条。眼前金星乱舞,高热不止。七红端来参汤喂了,彭锭昏昏睡下。赵常将彭锭众人从巴人洞接入彭府,彭锭仍是昏睡不醒。七红知百草医百病的道理,她要在三川半的草木中找到救命草,救彭锭的命。她叫人采来白荆条熬成药汤,又叫人把水竹在火上烤出汗汁,把两样药兑在一起,一匙一匙地喂下。这药可退高热。服药过后,彭锭高热退下,只还是昏迷不醒。诗人彭努力说,百草都是药,凡人识不破,若要识得破,烧香请华佗。我们三川半,有位名医叫田六瞎子,是再生华佗,可请他来看看。

诗人彭努力请田六瞎子,一路上,田六瞎子慢慢悠悠。诗人彭努力催田六瞎子,我的医生老子,人都快死了,你还这么慢!四六瞎子说,我走得慢,那人就死得慢,我走得快,那人就死得快。那个病人死得快,我瞎子也就死得快。诗人彭努力说,瞎子你讲什么怪话?我要你救人,不是要你送死。瞎子动了动眼皮,好像要看清什么,无奈瞎子果真有眼无珠,什么也看不见。瞎子站定,在路边撒尿。等我尿完了,我对你慢慢讲。瞎子尿完,向诗人彭努力讨了一截烟草,用粽粑叶卷好,猛吐一口烟说,老彭,你作你的诗,管这等闲事干什么?你让我去医一个要死的人。他死了,身边的人会说我治死了人,必定杀我。就算不杀我,说我治死了人,以后哪个再找我看病。那个人死了,我的名声也死了。我记得百十味药草还有什么用?诗人彭努力说,神医华佗不是被曹操杀了?人都会死,医得了病,医不了命。你就死马当做活马医。

瞎子一路上向诗人彭努力诉说,他是怎样不愿医一个杀人恶鬼。关于彭锭的流言,瞎子不知从哪里听来的。彭锭是个烧杀掳掠无恶不作的家伙,彭锭还享有初夜权,杀死过无数坚贞不屈的处女。

关于彭锭的种种恶行,诗人彭努力耳闻或者目睹,他从未想过那些就是恶行,他只知道彭锭是位做大事业的英雄。

一个人有了牛羊兵马,还要初夜权,有了初夜权,还要从皇帝那分一角江山做皇帝。这就是贪心和野心。贪心是病,野心也是病,一个人患了两种病,要治就不容易了。瞎子一路瞎说,到了彭府。

瞎子给彭锭把过脉,脉相细若游丝,沉落河底,且阻滞如塞。望气色如紫雾,闻吐纳腐臭。双目垂帘,唇不遮齿。

瞎子诊完病相,说这病为五毒攻心,表相有邪郁笼罩,下药猛烈,以毒攻毒,只怕是攻毒时伤及真元,弄不好会一命呜呼。

众人相顾,全不言语。七红说,听大师说来,全是道理,治得了病,治不了命,大师只管下药。若救得了性命,定当重谢。若治不好病,也是天意难违。七红包了百两银子、一支山参给田六瞎子做谢,让他下药。

田六瞎子让人拿来纸笔,他念药方,让人记下药方。

乌头,三钱。砒霜,三钱。蜈蚣,一条。蟾蜍,一只。雄黄,三钱。金银花,一两。甘草,三两。虫蜕,二钱。马钱子,一钱。

田六瞎子念完处方,让人记了,又让人念给他听一遍。最后,田六瞎子叫人如何煎药,如何服药,用何种药引子,一一交代。他这伏药,可以毒死一头水牛,他加了甘草,雄黄这两味解毒药,又加了他从不告人的药引子,这药性就有些改变。彭锭服药过后,上吐下泻,排出许多黑色的东西,出黑汗。一直昏睡不醒的彭锭睁开了眼睛。田六瞎子叫人熬了参汤让彭锭服下。一刻工夫,彭锭能扬眉说话。彭锭叫人退下,留下七红、赵常和刘艺凤。彭锭说,我这病一时半刻好不了,以后这三川半天下,你们要担当。现在皇帝与我们议合,是迫于太平军和白莲教的情势,等平了太平军和白莲教,中央大军定来讨伐。天无二日,国无二主。三川半之国,是刘金刀兄的主意。国中无国,七国一统,三国一统,这天下终要统一。这三川半弹丸之地,怎可立国?这三川半号称雄兵十万,其实能战者只我赵常大元帅一人。好汉难敌两双手。所以,你们尽快安排我的葬礼,将我用一口大楠木棺材推进巴人洞,我在洞内养病。除你三人,别人认为我死了,朝廷以为我死了,就不会来进剿。以后三川半人要学汉字,讲汉话,习孔孟之道理。年年事贡朝廷。不缴税,不抽兵丁,要多进些贡。

是夜,将彭锭入棺,一路吹打,送彭锭进巴人洞。

龙二赶尸,彭锭回三川半。赵常扶灵,彭锭入巴人洞。

二十 这一节原本空缺

这一节没什么好写的。一双绣花鞋和一条鱼。

这双绣花鞋,一定是一个女人穿过的,还留了些脂粉气和一个爱情故事。这个故事被许多人讲过了。

这条鱼,由一双手捏住,死里逃生,掉进河里。成为一个人的心结,不该丢失了一条鱼。这个人,一辈子想着这条鱼。

这一节，就是一条丢失的鱼和没有主人的绣花鞋。

这一节就这样缺失了。

二十一 一些人一些人一些人……

这些人来了，这些人不走了。那些人来了，那些人又走了。一些人住下来，给一个地方叫一个名字。三川半本来无名，来了一些人就有了一个名字。三川半有一些地名，叫吴家、夏家、李家广场、邓家槽、王家溪、向家屋场。一些人在一个地方叫一个地方的名字。一些人还有大的想法，就把一个地方建成一个国家。英国人到了美洲，那里就有了美国。中国人也到过很多地方，那些地方有中国人写的笔画，中国的传说。一些人就这么走来走去，盖上房舍，燃起炊烟，狩猎，打鱼，放牧或者农耕，有了金银财宝就办银行，开商铺，建工厂，造机器，造枪炮。人累了，就骑牛马。牛马累了，就造车船，造飞机，造很多原来没有的稀奇古怪的东西。信使累了，就造电话，造互联网。礼法不通，就办学校。菩萨不灵，就念经。罪孽多了，就找上帝要善心爱心。

一些人会变成另一些人。

历史就是一些人的故事，历史也可以叫做些人。读历史也就是读些人，读些人的故事。

一些人办一些事,办来办去出了麻烦,就会有几个人出主意。这几个出主意的人就是领导。

彭锭藏身巴人洞,赵常就是三川半的领导。彭锭在洞内拾起一柄古代巴人将军的青铜剑,他想在石头上把它磨亮,磨掉一层锈,还是锈,青铜已成泥,最后只剩剑柄。蝙蝠在没有阳光的地方乱飞。

巴人洞外,是赵常和他的群众。

三川半贮藏了许多种子。金黄色的三峡玉米、红高粱、红苕、洋芋的块根,各类菜种,还有一些果树苗。这是一些群众性事物,一些种植的事物。三川半的种植从来都是群众性的。种子年年都是新的,剑会生锈,种子不会生锈。

三川半的石头本来是白色的,白色的石灰石,青白色,青白玉的颜色。太阳把它们烧得滚烫,雨水一淋,冰雪一冻,经年无人照看,它们自己就变黑了。群众的衣服多半是黑色和蓝色的,也有红的绿的花的,新娘子穿的新衣服。新郎和新娘都变老了,那些衣服也一律变成灰色。

赵常叫来诗人彭努力。

三川半是我的吗?赵常问。

彭锭大人把它交给你来领导。诗人彭努力说。

群众都听我的?

你上马管兵,下马管民,他们都听你的。

老彭,我管不管他们都一样啊。

他们没什么危险就不要你管,他们感觉有危险就少不了你来管。

他们会有什么危险呢?

他们怕死,怕穷,怕杀头,怕战争,怕一切天灾人祸。

好大一笔账啊!

是的,三川半的账都记在你的名下了。

赵常抬头,是蓝天白云,还有大大的日头。

三川半一望无际。

有一滴雨落在赵常的脸上,晴朗的天空怎么会有一滴雨?

二十二　赶尸的龙二又冒出来了:"我就是那样一只蚂蚁"

龙二活不见人,死不见尸,逃遁了好一段日子。三川半不赶尸也不修城墙,龙二差不多被三川半忘记了。

龙二做了一件得大义的事,就是彭锭逃难,把大活人彭锭当做死尸赶回三川半,让彭锭死里逃生。一路上,龙二多次起了杀念,到悬崖处将彭锭丢下深谷。但每到危险处,彭锭都有戒备,龙二杀心自息。若真杀了彭锭,等同杀死一个稻草人,毫无价值,若救得彭锭,就等同得了个金菩萨。龙二赶尸,等同押镖,他当了一回忠诚的镖师。

三川半不见龙二,只是彭氏天下不见了龙总站长。他手下的那些盐客、牛客、布客,都是他父亲当年走长江的同道,龙二同他们一起酒池肉林。这几天,龙二一直躲在盐客站麻狗那里,麻狗是龙二招来的盐客。龙二当总站长时,麻狗没贪多少银子。龙二藏身麻狗处,亲授贪法,麻狗便成为三川半首富,几次吵着要辞掉站长下海做盐商,龙二对他说,何必如此?你当盐客站长,管天下盐银,管三川半盐路。三川半人要吃盐,你就是三川半的盐罐子。赵常再势大,也要靠你。麻狗,你枉我痛你一场,终不能成大事。

麻狗叫下人上了一盅好酒,挥去下人。问龙二道,龙总,可教麻狗如何成大事?

龙二道,麻狗,你是一只好狗。狗只能吃屎,你知道吃肉,是好狗,好狗不等人喂,能猎杀肉物。但是你还不是狼。

麻狗又问,如何为狼?

龙二道,为狼者,需有狼心。你能谋事,是好狗,能谋人,可成狼。在三川半谋人,先要谋客站站长,与他们结盟,到时候,你自然拿死了三川半的经济命脉。有了银子,也不可把银子看得太重,要学会施舍,舍给那些对你有用的人。你要人,有人要银子,到时候,你人财两得,连赵常也会成为你的家奴。

麻狗猛吞一口,叹道,我麻狗也难成天狗啊,哪能吞日月?

我不想天不想地,只图日子过得舒服。你看我在三川半这巴掌大的地方,吃的是东海的鱼虾,喝的是贵州好酒,饮的是西湖名茶,用的是海南黄花梨、云南红木、江西官磁,我还制了一口沉香棺木,正宗柳州手艺。

龙二道,人死一块烂肉,装在钵里碗里都一样。你就把这个世界想成是一口沉香木棺材,把自己装在里头,怎样舒服,怎样贵气,怎样踢打都由你,这样,你就想通了。

麻狗领龙二去看他的几处盐库、钱窖,看他的算盘和秤。秤大的可量千斤,小的可约分毫。算盘大的要十个人一同拨珠,小的可袖藏。有象牙、有玉石、有紫檀、有黄杨木。麻狗在秤和算盘这两样上花够心思。

一只蚂蚁爬上秤盘,在盘中爬行。龙二招呼麻狗,让他看秤盘上的蚂蚁。

后来。

龙二问麻狗,你还记得那一回我让你看秤盘上的蚂蚁吗?

龙二摇了摇头说,哪一次?看蚂蚁爬到秤盘上干什么?蚂蚁吃盐吗?我的秤盘上都是盐味,没别的味,我的秤从来不称肉、不称糖。

龙二扯了一下麻狗的耳朵,你呀,就是不记事。那一回,我确实让你看爬在秤盘的蚂蚁。它在秤盘上,那么小一点儿,它想量一量自己多重。它等于零,没重量,它太小了。它不是一个东西,它想知道它是一个东西,它很重要。它想让秤砣动起来。

麻狗,我就是那只蚂蚁。龙二说。

麻狗说,你不是蚂蚁,是大人物。

龙二说,如果有很多蚂蚁爬到秤盘上,像一座蚁山,就有了重量,秤砣就动了。麻狗你也是一只蚂蚁,你明白吗?

麻狗说,我明白吗?

龙二说,我们要很多很多的蚂蚁,我们就是神仙了。我们是神仙蚂蚁。

麻狗点了点头,当然当然。蚂蚁好蚂蚁好,蚂蚁什么都不怕,什么都能吃。

龙二骑上马,奔一个什么地方去了。麻狗望着龙二的背影,摇了摇头。他然后去看账本,看这一天的进项。然后算一算,多少缴给赵常的政府,多少留给自己,多少打点关节,多少分给下面的人,多少在年内给有关人贺喜日贺生日贺年节,多少让老婆知道还有多少瞒着老婆。麻狗的脑壳像一把筛子,专门筛数字、筛事物,筛子上下的他全都数。筛子上面的是米,筛子下面的是糠。米走米的路,糠走糠的路。大钱是米,小钱是糠。麻狗把银子叫米。有米来了,他就对老婆就说来米了,让老婆高兴一下。老婆查音是位居士,一日三餐素食。无子,信南海观音。每月朝南方烧香,观音菩萨生日烧大香。三川半大庙半是观音,半是太上老君。查音总会敬些香火钱,祝愿三川半不旱不涝无祸无灾,许愿为观音塑金身。麻狗给她的钱远远不够,她找到麻狗的钱窖。满满一窖银子,一排排码成银墙。查音细看,这些银子最上一层麻狗全做过记号。查音把最上一层挪开,取了第二层。用箩筐装好,挪出银窖,然后请人抬到庙里。终于塑成金观音,了却心愿。后来麻狗也自然觉察,知道为菩萨塑了金身,也就不怪查音。乐得去见金菩萨,点烛燃香,烧纸放鞭炮,算是给大庙捐了菩萨金身。

麻狗不信菩萨,他信龙二。龙二就是活菩萨。

二十三　洞里彭锭

你不知道赵常在想什么,他或者什么也没想。三川半的事物好像不是由他摆弄。

盐税、桐油税、牛税、马税、屠宰税,都是彭锭规定的老办法。抽兵丁也还是三丁抽一,五丁抽二。还是保甲乡里制,五户为甲,十户为保,百户为里。天下之风,还是彭锭之风。

龙二这游魂,在三川半游走,并不见有追魂幡来拿他。真神在洞里藏着,赵常是假神。他不怕,他有惊无恐。他不怕赵常,也不怕巴人洞里躲藏的人。三川半人都以为彭锭死了,龙二知道他没死,他还在洞里藏着。他要真死了,三川半会有些变化。

三川半什么也没有变,彭锭在洞里敲锣,赵常在外边唱戏。赵常要对付的,不是龙二,是他身后的扯绊。一匹马不要缰绳,那样才会自在。

骑在马上的龙二,把前后想了个遍。他过了几道河湾,翻了几座山梁,到巴人洞口,扯了根藤把自己缚上,进了洞口,洞内摸索了一段,在有流水和光亮处,又有一穴。这处是洞中可见天日处,顶上开口,有日光进来。彭锭就藏在这穴内。虽是一穴,内有数十个晒谷坪大小。彭锭正在场中打太极拳。

后来有个大人物,叫萨达姆,是位大总统,被外族人追杀,也藏过洞穴,后被卖客卖了,终被绞杀。

龙二跪下。彭锭打完太极拳,对龙二道,龙二,还敢来见我!

龙二不敢抬头,对彭锭说,大人,龙二知罪。龙二搞了个豆腐渣工程,塌了城墙,毁了三川半,让赵常大人吃了败仗。自觉悔愧不已,想自行了断。又想大人对我有恩,死也要见大人一面。我本是一个浪迹天涯的行尸走肉,是大人让我再生一次。我今天来见大人,任由大人处置。

彭锭一拂手,一石笋断在掌下。再一前跨步,到了龙二身后。轻抚龙二头顶,龙二半截脖子缩进肩胛。彭锭道,我洞中练太极,掌成屠刀,但我已成佛,以生灵为念。你龙二修城墙,成豆腐渣工程,至三川半崩塌,佛以为罪不至死。龙二可活。若活生佛心,顾念苍生,三川半有福。

龙二再跪拜,长揖,口称我佛在上,三生有幸。誓不再生贪念,余生大愿,为苍生谋福祉,定助大将军赵常,创万世太平。

彭锭打开一石匣,取出一部铁书,共十二铁册,颜体金字。书为王安石《青苗法》。彭锭将铁书交付龙二。

龙二问,是何宝典?

彭定道,此书为高人王安石著。为皇帝书,有慧眼识珠者存。此书或可治三川半,兼治天下。

龙二得书,告辞出巴人洞。

彭锭道,且慢。龙二先前赶尸,伴我一行。有劳再赶一回尸,伴我去峨嵋山。再置一口棺材,将我尸骨埋在三川半,将我魂妥置在峨嵋山。

龙二诺诺。

后来,龙二昼夜不停送彭锭到峨嵋山。

回三川半盖一座土王庙,为彭锭做了金身。龙二时时供奉。赵常、刘艺凤、七红也是日日供奉。

诗人彭努力道,天知道供奉的是大人彭锭还是供奉龙二?

二十四 一本关于种植的书

赵常到巴人洞已不见彭锭。

彭锭被龙二偷走了。

赵常再见到彭锭,是他的金身。在朝拜金身的时候,赵常见到龙二。

龙二向赵常施过大礼后,把王安石的《青苗法》这本书交给赵常。这是彭锭的交代。龙二将这本书藏了些时间。一本书对龙二来说,等于一叠擦屁股的纸,但这是彭锭特别交代的书,龙二想这起码是件宝贝。龙二请了好几个人研究这本书,证明它不是武功秘籍,不是医药宝典,不是藏宝图,不是帝王书,甚至不是一部菜谱。那些研究者告诉龙二,这是一本关于种植的书。龙二笑了。彭锭这个大英雄,穷途末路,能想到的就是种植,他能传给赵常的也就是种植经。

很长时间,赵常就钻在这本书里,龙二那些时间很快乐。

有一天,就是起大风的那一天。大风吹倒了玉米,吹走了茅草屋顶,吹倒了风口的几棵古松。那本书放在赵常的桌子上,风没有吹动它。清风不识字,何必乱翻书。没有这个情景。这么大的风,这本书很安静。

赵常再翻这本书,满眼青苗,青苗就是粮食。天下满仓,就不会兵荒马乱。出兵荒,出马乱,是粮荒,是青苗乱。天下不乱,先养青苗,青苗壮,粮仓满。这本书,实为宰相书,皇帝书,天下大书。

赵常合上《青苗法》,去找诗人彭努力,想让他把这本书编成歌谣,在三川半开唱。

溪边茅屋,诗人彭努力半醉。几个年轻人散乱在座:沈家后生沈仲文,田家小伙子田星楼,贺家后生贺蛟,陈家大哥陈居真,黄家五岁顽童黄永钰。

诗人彭努力举起酒碗,仰脖灌下,抹抹嘴道,我彭努力会写诗,也略知阴阳术,能看相。你们几个,不是凡人,是天上星宿下凡。沈家仲文、田家星楼、黄家永钰,都是文曲星下凡。贺家小伙青龙星,可挂帅印。陈家大哥白虎星,是经天伟地之才。我今天对天对地对茅屋讲这些话,你们日后发达,得给我酒喝!

几个听来拍手大笑。田星楼问,先生是如何看我等几人面相?

诗人彭努力灌一碗酒道,你们看,贺蛟两道剑眉,一脸英气,可是帅才?陈家大哥,有孔明额头,一腹经纶自会编织天下。沈仲文有如来相,将来不是文豪也是高人。

永钰道,老先生如何看我?

诗人彭努力打量永钰一刻道,你这小兄弟面相难测,通体灵气,是个鬼才。

赵常听诗人彭努力谈兴正浓,不打断他。等他停住,便进屋来,和他谈正事。

彭努力一听,皱眉道,我不炒人家的剩饭,编歌说书,弄烂我的诗才。

赵常见说不进话,离开茅屋,让他们继续海阔天空说大话。

赵常和他的五花马正年轻,随步也是狂奔,五花马知道赵常要去什么地方。赵常说话的时候,五花马竖着耳朵听,它知道他会去办什么事,去哪里。赵常不说话时,五花马知道赵常要去战场或者去刘艺凤那里。五花马有一点搞不清,赵常去战场拼杀时,他的呼吸很平静,他要到刘艺凤那里,呼吸就有些粗重,像一匹马长途奔袭,像夏天里的狗,用嘴巴呼吸,把舌头伸得很长。五花马要见一匹母马时,从来不这样,它知道一匹发情的母马在那里等它,等它去交配。五花马在这样的时候,总是从容不迫。只有赵常呼吸平静一声不吭的时候,五花马才会呼吸粗重,一场拼杀要来了。

五花马知道,这个时候,赵常要去刘艺凤那里。五花马故意放缓脚步,它要让赵常着急,让他像夏天的狗一样,用嘴巴呼吸。

刘艺凤在洗澡。

刘艺凤洗澡有秘制的汤,叫香草盐汤。这是她娘七红传授给她的。艺凤二十,七红四十出头,两母女看起来像姐妹。那香草盐汤洗浴可以驻颜,也可调肌理。女人经年用香草盐汤,白如米汤,润若脂玉,艳若桃花。这香草盐汤,香草采自云贵深山。盐是青海察卡盐湖的万年轻根。汤中有天山雪莲,西藏经吏草,一种受牦牛经血的野草,南方的还阳草和北方的雪花草。若不需生育女子,汤中加指甲花、麝香。洗浴过后用崖上石缝中的百年野蜂蜜和羊奶擦身,然后再用艾叶、茴香、薄荷蒸熏一刻。洗浴之前还要净身,脱掉腋毛阴毛,温水冲洗。蒸熏时,要用红绸裹身。最后用水獭毛擦干身子。

三川半一般女子,得这秘方也无用处,得方难得汤。她们只能做冰火浴,先泡温泉,再泡冰凉的泉水。这个办法也不差,三川半的女人泡着泡着就出了颜色。

刘艺凤才洗到一半,听到五花马来了。

赵常径直进屋,把刘艺凤从浴汤里捞起来,用一条毡子裹着,带上五花马,来到他们第一次亲热的那块石板上。赵常骑了刘艺凤。五花马有些惊奇地打量这场搏杀,它总会看到,最后的胜利者是它的主人。一阵搏杀以后,它的主人受伤似的躺在石板上。明明是一场失败的拼杀,它的主人还为什么要往上冲呢?五花马觉得很没面子。

赵常躺在石板上,天上的白云一朵一朵地压下来,很柔软。身边的刘艺凤也像一朵白云。

赵常对刘艺凤讲《青苗法》这本书,讲诗人彭努力是如何瞧不起这本书。

刘艺凤听了说,你那本书讲的,不就是要拿钱买青苞,让农民护好苗,收了粮食再还钱吗?

赵常点点头。

刘艺凤说,这个道理让三川半人人都知道才好,这个钱,要龙二和那些站长们出。龙二修城墙,搞豆腐渣工程,又经管盐路、布路、牛马路,贪了不少钱,要吐一些出来。你把这些道理讲给诗人彭努力。要他出文告,编歌谣,他一听要龙二出钱,就肯帮你,他最讨厌龙二。诗人仇富,吃富不成,骂为富不仁。

赵常听了高兴,又骑上去。

刘艺凤闭上眼睛说,大白天的,让人看见了。

赵常一边动一边说,我们在这石板上做事,生下儿子就是硬汉。在这光天化日之下做事,生下儿子就很勇敢。

五花马见刘艺凤从石板上几次爬起来又躺下去,这次拼杀,敌人确实受伤了。

它的主人胜利了。五花马第一次看见主人赵常不是摇摇晃晃地站起来。

五花马记起老彭锭的一句话:马背是骑英雄的,不是驮草包的。男人的肩膀是扛事业的,不是扛女人的大腿的。

五花马驮起一个男人和一个女人,慢慢悠悠,踩过秋天的树叶和阳光,河水被秋风抖成细碎的金银。鱼群跟阳光照一下面,潜入深潭。

霜降、白露过了是冬至,冰雪来了。

一个很长的冬季。

二十五　青黄不接的日子

青,就是青苗;黄,就是粮食。春天种植,秋天收获。夏天是等待的时期。人生有许多时候要等待,数夏天的日子最长。青黄不接的日子就是夏天。

三川半,夏天。太阳不是从西边出来的,太阳从东边一直晒到西边。知了接着蝉鸣。

战事,匪事。兵要吃粮,匪要吃粮。三川半剩下的粮食不多,农历三、四月就吃完了,农历七、八月才有新粮,这个时候,米市就暴涨。三川半人后悔吃了那么多饭,人要是不吃饭,赶在青黄不接的日子卖粮食,价钱好,家家都是财主了。三川半人和别处的人一样,有个大毛病,就是要吃饭。

青黄不是粮食。种粮的人要去买粮食,把值钱的东西都卖了去买粮食。一只上好的玉镯子换三斤老玉米,一只金戒指换一斤小麦,一床新棉被换二斤大米。什么都没啦,儿女也能换粮食。

夏家四姑娘七岁,才三岁那么人小,夏家爹娘拿她换几升老玉米。四姑娘到了新人家,叫召头寨的小镇上。四姑娘偷了新人家的一团大米饭,跑了。快回到家了,她饿了,想吃那团米饭,她就忍着忍着,饿得头昏眼花,走不动了,就一路爬回家,到了家门口,四姑娘昏倒了。第二天,夏家人开门,见四姑娘倒在家门口,用姜汤把四姑娘灌醒。她手里紧紧抓着那团米饭,说,娘,大米饭,你吃。

夏家爹娘哭了,什么叫骨肉,这就是骨肉。

夏家爹娘领了四姑娘去找七红,七奶奶,孩子给您,我们要去讨米。

七红叫家人开仓,给夏家一斗米。

宰相王安石写《青苗法》,想的是粮仓不是粮食。七红想的是粮食,不是粮仓。

七红领四姑娘见赵常。

赵常说,开仓放粮,留下兵粮,把粮食都分了。七红说,三川半的粮仓怕只剩下兵粮了。赵常说,那就把兵粮先分了,先养骨肉后养兵。七红问,兵无粮,起了战争怎么办?赵常说,先吃饭吧,吃饱了一起死,做个饱死鬼,不做饿死鬼。

三川半的粮仓,三天之内就空了。

三川半的粮仓空了,是个大机密,机密一大,就不是机密了。军人一挨饿,就把机密给泄漏了。

赵常找来龙二,你给我在三天之内,把三川半的粮仓装满。

龙二说,领导,青黄不接,我上哪里弄粮食?

赵常道,叫你来,你总有办法,三川半没有你龙二办不成的事,常德、汉口都是粮仓,水路也就三天。只要肯花银子,粮食就来了。

龙二道,哪来的银子?

赵常道,朝廷最有钱的人是何大人,三川半最有钱的是你龙大人啊!

龙二想说什么。赵常说,你就去办,你先花钱办粮,日后我想办法补给你。

龙二说,领导,我要不办呢?

赵常指了指两旁的刀斧手道,我先把你杀了。

龙二嬉笑道,领导哪里舍得杀我呢?杀了我龙二,哪个帮你下常德、汉口买大米?我龙二再不要脸,也知道为领导分忧。再说,你是我义兄,兄弟之间,有难同当,打虎也要亲兄弟嘛。只是我把钱花完了,就是个穷人了。穷人就不是个人了,人穷志就短了,志一短你就看不起我这兄弟了。我龙二什么都不怕,就是怕穷。

赵常道,穷比死还可怕吗?

龙二道,我宁可死不可穷。

赵常道,有道理有道理,你先把粮食办好。我让你种三年鸦片烟。

龙二道,说话算数。

赵常道,算数。

龙二站起来施大礼,领导这条政策好。我就去办粮,三天之内,保证三川半粮仓满满的。

那个时候中央政府是禁鸦片烟的,中央政府派林则徐带了一大批干部到虎门销烟,大火烧了三天三夜,南岭以南的云全染黑了,湖南、广西都闻得到鸦片味。凡是政府要禁止的,就有暴利。有人偷偷摸摸地搞,政府往往睁一眼,闭一眼。在睁一眼的地方和时间,要受重罚,在闭一眼的地方和时间可得大利。中央政府太忙,耳目不够用,总有些地方听不到,看不见,像三川半这样天高皇帝远的地方,中央政府也就只能让赵常代为管理。他有权解除中央政府的禁令,上面追查,就说是为了搞麻醉药。上有政策,下有对策。

龙二在三天之内筹得几万石粮食,他得到了赵常签发的鸦片种植许可证。

龙二收来的米有一半是霉米,他特别给每袋霉米配了张说明书,多淘洗,煮饭加点儿盐。那一时期因此流行盐贩。条件好一点的人家,还加点猪油,煮成油盐饭。米不能吃,要打扮着吃,像丑女打扮一番也赏心悦目。龙二拿到种鸦片的批文,叫人抄写很多份,每一份都能卖个好价钱。那些拿了批文的人去种鸦片。龙二再把鸦片收回来,他这样就赚了两道钱,先赚批文的钱,后赚鸦片烟的钱。他的一位把兄弟把种鸦片的批文卖到四川那边,人家说你那是三川半的批文,到四川有用吗?他那位把兄弟说,三川半能用,四川也能用,不就差那么半川吗?一时间鸦片种子紧缺,龙二养了很多信鸽,专门培训它们,让它们从云南和缅甸带回鸦片种子。那些信鸽先是强壮如鹰,后来染上鸦片毒瘾,瘦得像麻雀,它们飞着飞着就把鸦片种子掉下来,那个时候到处长满鸦片青苗。

二十六　人熊和洋人

刘艺凤生下一个男孩,四岁了,刘艺凤给他讲人熊的事。

男孩叫赵自龙。

人熊的手指像杀猪刀,把人开膛,吃人心肝喝人血。人熊假冒外婆进屋吃小孩。关于假冒行骗三川半早就有了,后来的电视算一个发明,假冒广告不算什么发明。刘艺凤对赵自龙继续讲人熊的故事,人的手臂戴上竹筒,人熊抓住以为是人手。等人熊笑到疯迷,人可抽手逃走。人逃走时选择下坡,人熊的腿不能弯曲,它追下坡会摔倒。刘艺凤的人熊故事是从森林里捡来的。那个时候,三川半有很多森林,大片森林连接三峡,连接神农架。人熊故事也就连接到后来的野人故事。

刘艺凤讲的人熊,直腿、高大、有毛、蓝眼睛。它的形状很像洋人,龙二说他在常德、汉口一带见洋人,洋人就像人熊。

四岁的赵自龙把人熊和洋人弄混,它们是同一种动物。

三川半不久就有了洋人。果然是人熊样,蓝眼睛,大个子,有毛,洋人还有洋钱、洋书、洋枪、洋炮、洋药、洋糖。洋人来了,三川半不知道洋人厉害不厉害,三川半不怕洋人,怕人熊。

洋人来了要办两件事:一是办洋庙,指洋和尚念洋经;二是找宝。三脚岩有一处深潭,常年流转转水,潭底有一副金磨子。洋人潜下去,偷走了金磨子,水就不转了。洋人盖洋庙的钱就是三脚岩深潭的金磨子。洋庙没有菩萨,只有一条男身挂在十字架上,像是犯人受刑。洋人为什么要让人看受刑?为什么不看观音菩萨的慈眉善眼?洋庙里的和尚穿黑色上袍、长胡子、戴眼镜,三川半人最奇怪洋庙没有香火。

那年夏天,三川半起了鸡窝症。人一窝一窝地病,一窝一窝地死。先死的先埋,后死的没人埋。人都死了,找不到埋人的人。洋庙里的洋和尚叫多福的,拎了药箱给人诊病,打一种叫盘尼西林的针,有人好了,也有人死了。三川半人烧了洋庙,要杀洋和尚多福。那时七红染了热病,赵常派人把多福捉来,打了针,吃了药,七红的病好了。赵常要把多福留在家里,多福不肯,说是要去给人们治病。多福在给人看病的路上,被三川半的老百姓捉住,用火烧死了。后来认领这项命案的,是白莲教。再后来起了战事,洋人派兵来了,朝廷派兵来了。先杀白莲教,然后中国兵再和外国兵打仗。白莲教用大刀长矛,朝廷官兵用火药枪,洋人用洋枪。一个比一个厉害。白莲教练神兵,刀枪不入,一打起来还是死了。

那些日子，赵常常拉上他的五花马到长满嫩草的山坡上。五花马不吃那些草，那些草是从死人堆里长出来的，那些草很肥。

多福让人用火点着的时候，他大声地喊洋话，喊什么，没人能听懂。一位白莲教徒说，这狗日的骂娘，我捅你娘，日你祖宗八代。众人就给多福身上浇桐油，火越烧越旺，多福在火里挣扎了一阵儿，不动了。有人还要浇桐油，又有个上年纪的来抢了桐油，说别浇了，留着桐油有用，浸种子、油斗笠、油船、油纸伞、疗烫伤，桐油的用处大。

多福被烧死以后，又来了一些洋人，要三川半再修洋庙。这都是皇帝和洋人交涉的结果。洋人比皇帝大。这回来的洋人会讲三川半的话，有人闲着没事就去同洋人说话。洋人也会讲故事，小孩子们就去听洋人讲故事。三川半人很忙，没时间给孩子讲故事。无所事事的小孩子们就跑到洋人那里去了。洋人把玉皇大帝叫做上帝，中国皇帝就是下帝了。洋人开始给小孩子们种牛痘，种了牛痘不患天花麻疹。洋人那里总是有糖果，花花绿绿的。赵自龙过了年就五岁了，他最爱听洋人讲故事。洋人开始要赵自龙讲故事，赵自龙给洋人讲人熊的故事，讲了人熊的故事又讲水与火的故事。很久很久以前，天下了三天三夜棉花，又下了三天三夜油，再下三天三夜大火。人就烧死了，像多福一样烧死了。很久很久以前，天下了九天九夜大雨，水涨到南天门，人就淹死了,只有一个男人和一个女人躲在一只大葫芦里没淹死。

洋人一边听一边记,洋人对赵自龙说,你讲的是三川半《圣经》故事吧?赵自龙摇了摇头,这些故事是我娘给我讲的。洋人问赵自龙,人要不死有什么办法吗?赵自龙说,不生病,不打仗。饿了吃饭,病了吃药。洋人说,你就学医,当医生。赵自龙跑回去对刘艺凤说,娘,我要当医生。赵自龙五岁时拜了洋人师傅学医,洋人就是洋和尚、神甫邓肯博士。赵医生八岁时行医,十二岁成名,他又先后拜推拿大师刘开运为师,拜针灸大师郑荣女士为师,拜草药匠彭开开大师为师,十五岁赵自龙成为大医师。邓肯博士又教他进了教会医学院,学生理学、解剖学、药理学。二十岁的赵自龙和邓肯博士在三川半开了家医院,叫华佗大医院。洋师傅说这个名字好。华医生会开刀,会中药草药。洋师傅邓肯博士对赵自龙说,你要当华医生。

赵自龙做出第一件大事是给老爹赵常治病。

赵常突然从五花马背上摔下来,双腿疼痛,周身发麻。邓肯博士看了,说是风湿病。赵自龙翻了医书,只选了一味叫防风的药煎汤,服用半月,赵常的病好了,只是头发变白了。赵自龙又用蜂蜜调药,冬虫夏草温米酒。三月后赵常头发转黑,神清气爽。赵自龙对赵常说,老爹,我要你活两百岁。

后来,赵常每日服用蜂蜜加羊奶,活到两百岁。直到这本书的故事讲完，赵常还算活着。

赵常的五花马也活了些年头，赵常让马倌每日给马料中加上蜂蜜和羊奶。

赵常有一天想起三川半这块领地到底算个什么？这块皇帝不管的地方归他管。他不是皇帝，也不是皇帝的代理人。他看到不远处的山顶上有一棵大树，树上有一个鸟巢。三川半就是这样一个鸟巢。

它为什么会是这样一个鸟巢？

二十七　三川半向何处去

在赵常神清气爽的时候，龙二的鸦片烟得了好收成。三川半多了一些银号和镖局。大河边的洪市码头热闹堪比唐朝的长安城，除了银号、镖局，还有大烟馆、妓院。龙二把三川半的鸡的皮（GDP）搞上去了，变成洪市码头一地繁华，这里满城歌舞，满街酒肉，每天银流不断，比大河水长。那些做大买卖或者做小买卖的客商离乡背井来到洪市码头，把这里做温柔富贵乡。一些本小利薄的生意人，进了几回妓院、烟馆，再去赌场拼杀，亏了血本，无颜见家乡父老，就留在洪市码头当帮工，或者出家到洪市大庙当和尚。

诗人彭努力正在写《后黑暗传》,一部三川半的史诗。人多人吃兽,兽多兽吃人,人多人吃人。谁使鬼推磨,谁使鬼捉人。诗人彭努力写下序诗,要作万行长诗,荡尽诗才。写下千行诗,闷了几个月,出去散心,驾船到了洪市码头。到市井逛了几圈,皱上眉头,叹世风日下,把洪市码头一片繁华骂尽,最后羞羞答答进了一家叫藏春楼的妓院。挑个标致的妓女上楼,喝茶饮酒吃点心,诗人彭努力坐怀不乱。这女子江南人氏,艺名叫欢儿。欢儿弹唱几曲,问过彭努力,大哥,今儿欢儿是嫁给你了,你对欢儿就不动心?说了就自个宽衣解带,将彭努力揽进怀里,用奶子喂诗人彭努力。彭努力一阵糊涂,被欢儿破了处男之身。诗人彭努力不再是纯情少年,把个冰清玉洁的身子糟践了。本来人世走一遭,要搞出个恩恩爱爱高山流水的爱情故事来,哪知自己把持不住,一锤子砸了,懊悔不已。欢儿拿毛巾擦净身子,又去洗净诗人彭努力。诗人彭努力一声不吭,像输光了的赌徒。彭努力躲避不及,被欢儿亲了一口,欢儿道,你这人花了银子在我身上,都不知道享用,想是嫌我下贱,我本来也是金枝玉叶,你只管把我看贵重点,就有了情绪。大哥,欢儿不知道你是什么人,什么身子。你来了就要配合一点,不要坏了我的职业道德。大哥,我看你这身子细皮嫩肉,像个官身,又像文人身,这样的身子到了这风月场中,正如鱼得水,哪里是这般呆滞?你要是个官身,想必挣得不少银子,这里撒点碎银子也不伤你的心。你要是个文人,却只把这里当戏院,演一回张生。诗人彭努力给说急了,说,我是个诗人!欢儿哎呀一声,这不得了,被窝里钻出了李白、苏东坡,那我给你唱孔雀东南飞,千里一徘徊。诗人彭努力百般地安慰自己,引经据典给自己找理由。诗人彭努力在欢儿处过夜,一觉醒来,见身边睡着个美人,又做了一回。趁天不亮,偷偷出了妓院。洪市码头的早市已是热闹。烟馆赌场正通宵达旦。诗人彭努力在石板街上转了几圈,没有个着落,又折回去,钻进欢儿的被窝。欢儿起床,给诗人彭努力打好洗脸水。又出去,一会儿买了早点回来。

诗人彭努力问过欢儿,知道欢儿原来是湖北一大官的二房。那官被仇家杀了,她又跟了一位开银号的到洪市码头。那开银号的赌博破了财,跳河死了,她就进了藏春院。诗人彭努力见这如花似玉的女子竟许多伤痛,忽然就说,我要娶你。欢儿说,我命中克夫,你不怕死?

诗人彭努力回去找七红支了些银子,赎了欢儿。七红又为他们办了喜酒。诗人彭努力红袖添香,写他的《后黑暗传》。

白河,三川半的大河,七弯八拐,流经洪市码头,入沅江,进洞庭,接长江,连大海。洪市码头通江达海,一个旺码头。龙二在洪市码头开了十几家烟馆,几十家妓院和赌场,十几家银号和镖局。种鸦片的一纸批文让龙二发了大财。后来那些捣批文的,从地产买卖到军火买卖,都只赚点佣金,远不如当年的龙二那么成功。在龙二的时代几乎没有什么审查制度,龙二选择了正确的时间和正确的地点,一百多年前的三川半。那个时候捣批文的也就只龙二一人,搞豆腐渣工程的也只有龙二一人。那是个特别的"龙二现象"。

那个时候,赵常很犯难。要不要把龙二杀了?没了龙二,就没了钱,没了洪市码头的繁荣,就是说,不能好好地发展经济。

三川半向何处去?这是个比打仗更难的事情。赵常一身武艺用不上。三川半人走了很多路,一张古老的刺绣图记录了这些三川半人从远处走来,为了水和粮食,还有这里的草药。他们来这里不是为了打仗,不是为了种鸦片和发展经济。他们来到这里,在下雪最冷的时候也不离开,在干旱缺水断粮的时候也不离开。三川半人不是候鸟,是留鸟,他们热爱这里的森林和流水。

五花马在太阳底下打着响鼻。普照万物的太阳,三川半是太阳的一匹马。

二十八　屠刀成佛

赵常从洋人那里得到第一支快枪,这种东西不要火药和铁砂,只把子弹填进枪膛,射得好就会击中目标,几十丈远可以杀人。这种东西比弓箭和长矛要好,比火药枪也好。赵常练过一些时候,在夜里能击中十丈远的香火。他还用快枪射杀了一只在空中飞过的鹰。

这快枪好,他要龙二找来几个能造火药的铁匠,让他们造快枪,大概一年多时间吧,这些铁匠造出了第一支快枪和第一颗子弹。两年后三川半有一座兵工厂,赵常有了一支快枪部队。那个时候,另外一位有快枪的人,从洋人那里拿到了武器,把皇帝打趴下了。这个人叫孙中山,他要造一个共和国,人民大,皇帝小。没了皇帝,三川半怎么办,赵常又有了难题。以前和皇帝签的契约还有用不?现在要签新的合同,甲方、乙方是谁?三川半是一张合同,这张合同跟谁签,要慢慢等,等上几年、几十年、几百年、几千年,山川不老。

合同未签,买卖还有。洪市码头照样繁荣。人流物流是别处来的,三川半没有那么多人和东西。三川半人烟稀少,人少不是三川半的女人不会生孩子,是三川半的男人不够多。病死老死饿死战死,男人成人,就被杀了。男人爱抛头露面,被杀的时候就多。人死了就像树落叶草枯死,让三川半肥沃。人肥草,草肥土,土肥庄稼。三川半死的人多,活的人日子就变得没那挤。死人从来是为了活人。杀人是恶,杀很多人就是善。三川半的大天坑里有一群兔子,越生越多,把该吃的都吃光了,在一个冬天,那群兔子互相撕咬,结果全死光了,结果养活了蚂蚁和鹰。

如果那群兔子事先开个会，一些兔子充当死亡志愿者，就不会发生这样的惨剧。三川半的人都不死，结局就是天坑里的兔子。三川半的战事，灾难，像是农事，让人一代一代地活下来。灾成福，屠刀成佛。杀人和被杀。让人记住，人是人的敌人和拯救者。

三川半的油桐花开，一朵一朵的似雪。积雪融化，三川半人开始播种。赵常的快枪队练好了。那个时候，三川半的周围也开始播种，也有了好多快枪队。一个营，一个团，一个军。这么多的军队和枪，不是为了猎杀野猪，是为了杀人。那个时候，最贵的是战马、快枪和子弹。一两鸦片烟换五颗子弹，一斤鸦片烟换一匹战马或者一条快枪。那个时候出了个狠人叫视山，他的部队叫视山部队。视山部队要禁鸦片，龙二骂了几天娘，到汉口买回几百条枪给赵常，要他同视山部队开仗。

兵报视山部队打到大河，又报视山部队打到桔唐坝，又报视山部队打进三川半。赵常上了五花马，领了快枪队，去迎视山部队。赵常叫龙二组织百十人运鸦片烟到前线，那些鸦片像牛粪一样堆成一堆一堆，浇上桐油，赵常点火把鸦片烟烧着了。南风吹过，烟飘向视山部队，那边的大烟鬼眼泪鼻涕直流。好烟好烟！赵常向对方喊话，鸦片我们自己灭，不要动刀动枪。赵常端起快枪，击中对方旗杆，视山部队的大旗倒了。再一枪，射中对方一匹战马，视山部队的一位营长从马上栽下来。视山部队朝天乱放一排枪,就赶鸭子一样地散了。赵常这边早备好二十匹好马,每匹马背上驮了一大包鸦片烟土,赵常一次呼哨,二十匹马直奔敌营。这边一齐呐喊:视山部队的兄弟们走好,给你们送二十匹好马!

二十匹快马半个时辰到了视山部队手中。视山见了马背上的烟土,闻了闻,真货。能置百十条快枪。视山问副官,对方领兵的是哪个?副官说:叫赵常。视山说:还他十担好盐,十个管得用的女人。我不欠他的情,下次碰上还要打,把我们的快枪练好。

三川半缺盐,赵常收到一担四川锅巴盐。先让狗添了几下,没有毒,好盐。十个女子算不上绝色美人,一个个很标致,赵常交给刘艺凤。刘艺凤在她的剧团,天天练吹打弹唱,练花鼓,练傩戏,练辰河高腔。那些女孩都是穷家小户女子,到剧团练了几个月,一个个练成一朵花。龙二巴结刘艺凤,义妹,我那洪市码头缺服务员,义妹能不能分给我几个?刘艺凤说:龙二哥,我答应你那些妹娃子也不会答应。看在义父的面子上,你少作孽。龙二说:义妹真是观音菩萨。我要几位女孩到洪市码头何等事,也不是跳火坑,陪人喝酒唱歌,还能拿小费,不比你这里强?再说,我帮三川半发展经济,搞经营、谋发展,还要背骂名,诗人彭努力骂我是王八蛋,把三川半世风搞坏了。义妹也不支持我。

刘艺凤说诗人彭努力骂你,我脸上发烧。你看你,是三川半的一把刀,杀人不见血,你搞鸦片烟,开妓院,办赌馆,办鸦片馆。害人家破人亡。

龙二不语。想他让洪市码头兴旺,创造了很多就业机会,又出了很多银子,都不算功劳,还成了罪过。好人谁不会当?立地就能成佛。

龙二叹了口气说,我去找义父,到峨眉山当和尚去。

二十九　快乐福地

赵常用鸦片和好枪法退了视山部队。三川半种植鸦片已不那么明目张胆,在不打眼的地方种植鸦片烟,在看得到的地方种玉米、红薯、黄豆、稻子。山坡上种油桐、油菜、草烟,园子里种菜和草药,养鸡鸭养牛羊、养鹭鸶、水獭猫、养猎狗,养渔猎农林。三川半的山林葱郁,流水清澈,没有泥沙塞河道。源头活水,洞庭湖、长江没有怨气。

家家户户的园子里有果蔬和草药。食有粮,病有方。

诗人彭努力得欢儿,又从七红那里领月奉,薪水相当于后来的高级职称。衣食够用,事事知足。欢儿让他知道男女之事。万事知足,唯独这男女之事不知足。三川半人对性事有个总结:畜性知足不知羞,人知羞不知足。比人过一点的是雄鸡,不知羞也不知足,见了母鸡就撒野。别的鱼虫禽兽没这个能力。有一种鱼,终生只交配一次。那一次倾其所有,公的把血肉全奉献给母的。人世男女要学得那样,就该惊世骇俗。人不惊世,是因为世面太宽,一石击水,波浪不惊。人不骇俗,因俗太深,如泽如淖。人原本享有双翼,进化为手足,原为涉俗,无翅能飞。

诗人彭努力有缘得俗,尽可享用。衣食无忧,他想写本叫《快乐福地纲目》的书。他让欢儿给他拿一把米、几粒铜钱撰上书案,想找些灵感,抓了抓头皮,还是写不出一个字来。又叫欢儿拿来一条鱼,一条活鲤鱼。诗人彭努力同鱼玩了一会儿,开始写书,一共写下几乐:

为官乐,为民乐,为匪乐,为贼乐,为乞丐乐,为医乐,为仙乐,为鬼乐,为妓乐,为父母乐,为儿女乐,为男人乐,为女人乐,为穷乐,为富乐,为生乐,为死乐,为爱乐,为恨乐,为行乐,为苦乐,为快乐,为不快乐。

有乐是福地。乐为天,福为地。地不分南北东西。日为福,月为乐。星辰为乐。山为福,水为乐。草为福,树为乐。

又,负重为福,轻快为乐。饮食为福,排泄为乐。起居为福,男欢女爱为乐。抱病为福,求医为乐。欠债为福,还钱为乐。见官为福,挨骂为乐。

又……

又……

又……

已是三更,油灯点着书稿,烧残几页。诗人彭努力眉毛着火,想救书稿已是残缺。补写又不能记起。与欢儿吃过夜宵,两人洗浴上床,相拥一刻,做起那事。做那事比写书好,不费脑筋。

到天晓,诗人彭努力还是一柱擎天。欢儿说,你这么硬下去一定长寿。

三十　大药方

这一日,赵常骑五花马巡视三川半,百姓耕作,日子安详,禾苗长势好,六畜兴旺。刘艺凤乘轿相随。

天气晴朗,有轻风乍起,青苗点头相迎。赵常领他的部队,刘艺凤有她的戏班子相随。这一行男女,从三川半的最高处下来,看看庄稼百姓。到一座风雨桥,有田姓老人卖凉茶。这个地方叫田家,田姓人多。家家堂屋供有田氏堂上历代祖先牌位。

赵常下马,七红落轿。赵常向老人施礼,一人要了一碗凉茶。人多碗少,先是赵常、七红喝了,众人再挨个捧碗。七红领的一班小戏子喝过凉茶,一个个叫苦。少倾,老人问,苦吗?是不是又凉又甜?众人觉是,又凉又甜。老人说,我这茶叫回甘茶,先苦后甜。这凉茶草木十八味。少年安神,老年延寿,女子增颜色,壮士可强力提神,喝一碗管三日不渴。

赵常再施礼,问过老人大名年纪。老人答田星五。到你等喝茶时正好活到两个甲子。一百二十岁。赵常、七红及众人称奇。一百二十岁的人竟是这样强壮。又来了一老人,送来烟叶和打火石,样子也就七八十岁。田星五介绍给众人,说是他的小儿。

赵常叫下人送给老人十个银元。那时天下已经共和,改了币制,铜元改成银元,地方军头仍制铜钱,也有革命政府印制纸币。银元算是好钱。

老人将十个钱放在茶案上,对赵常说,我这茶水本为方便过路人,不收钱。要给钱,也只是一个小钱管喝够,哪当得这许多钱?买一头牛也用不得这许多。

赵常说,滴水之恩,当涌泉相报,我众人喝了你老的凉茶,这点钱只怕不够。

老人打量赵常,眉宇不同众人,有英气而斯文,是尚武且知礼的人。老人问,大人可是赵帅,赵常大人?

随从接话,这正是我们大帅。

老人说,昨日火塘里火苗笑,又梦见一匹马走祥云而来,今晨又见锦鸡落在屋前樟树上。今天要遇贵人,果然。我一早就在这风雨桥上摆茶恭候。

七红见老人很和气,不似一般山民,便问老人讨要凉茶配方,又叫身边的花香木香送上随带的熟肉米酒。老人也不推辞,便饮便吃。

酒肉过后,老人念出茶方。林中倒勾茶,山菊花,刺黄,狗牙草,晒不死,铁马梗,赶山梗,甘草,茵沉,青蒿,凉草,牛膝,首乌,茯苓,老虎姜,百合,九死还阳草,灵芝,十八味。

七红识草药,一一记在心里。

老人又说,我这方子,久服常用,可强身健体。强身则强兵,可助大帅。兵强马壮,若有敌犯我三川半,先胜算一半。我还有一方子,叫强心方,两药方一并服用,三川半胜算十足。

七红施礼,请老者赐教。

好肚肠,一条。慈悲心,一片。温柔,半分。道理,三分。信行,要紧。中直,一块。孝顺,十分。老实,一个。阴鸷,全用。方便,不拘多少。

赵常、七红听了直点头。

赵常说,老人家赐教强身方,强心方,在下感激不尽,日后受用非浅,来日再谢。

老人说,谢天谢地不用谢我,我这两方子也是别人授我。今遇大帅,能献上药方,为三川半受用有益,我也就心满意足。倒是小老儿受大帅厚赠,实不敢当。我权且收下,正有急用。大帅授人香草,手自留香。大帅给我的是真金白银。仙方不济事,这真金白银济事。老丈人那边要钱急用,我那有钱借他们用?

七红心细心热,问老人亲戚家有何难事?

原来那家亲戚一小子想做官,把年猪卖了,耕牛卖了,田土卖了,只买得一个副乡长位置。副乡长顶多只能从乡长指头缝里漏点出来给他。这小子想搞个好位置,官大一点的,差钱,只好向亲朋告借。

七红听了奇怪,自古以来,贤者为君,能者为臣,德才兼备为官吏。有科考,有皇命。哪有金官银官,可资买卖?

赵常也心存疑惑,三川半还未设保甲县府,哪来了官位?三川半要有官位,也只有四个半官位。赵常管兵,龙二管钱,七红管戏,彭努力管诗,儿子赵自龙管医算半个官位。剩下人众无为而治,官商工任使,百姓自耕。就有金官银官,也无人去买。

老人又说,我那家亲戚也不在三川半,地接我三川半多半川的地方,那里官位越来越值钱。那些买得官位的人,一上任就要捞钱,先赚回本钱再赚利钱。这样就官富民穷,人人想当官,要当官,把个官价越炒越高。有钱人家个个当官,连车夫丫环也是官。差钱人家子女托人讲情送礼送钱,让儿女去官家当车夫做丫环,三两年赚下红包也可买一条牛,盖一栋屋。

赵常听了长叹,如此官贵民贱,不种庄稼只种官,地里不长粮,金官银官成饿官,与民争饭,天下将乱。

老人又说,以后三川半设保甲县府,千万莫这样搞啊!

赵常连连点头。七红说,三川半里先父留下的净土,我们后辈要勤耕洗晒,不能污染。

赵常人众在风雨桥上打了个盹,睁眼便不见了老人和他的茶摊。

三十一 天香

赵常一行正打道回府,天忽然落雨,雨夹万朵花飘洒。众人以为是雨夹雪。想这阳春天气,南国气候,甚是温暖,哪有雪来?

七红听轿外称奇,撩开轿帘伸手一捉,竟然是花,奇香。果真有仙女散花,落满世奇香?

一行人翻过朵洛山,到了十万坪,竟是晴天。众人若梦中出来。遍地是金黄色的油菜花蜜蜂蝴蝶还有金甲虫,轻拈细翅,整得花枝乱颤。

在这花枝乱颤的时刻,辛亥革命走向共和已有时日,鉴湖女侠经十名士具保后,终于被杀。杀人者屠刀向美人难免手软,先找伙夫搜刮锅灰,涂黑美人脸,让使丑陋不堪,下刀利索一些。

在这花枝乱颤的时刻,大名士鲁迅的女弟子刘和珍亦遭杀害。那些日子,鲁迅咯血很多。

天女散花,世出女杰。

万家墨面没蒿莱。

刚刚共和,天下群雄争势,军头割地。

三川半仍然三川半。

这一回是七红约了女婿赵常巡视三川半,刘艺凤留守大本营。三川半外头来了人,传来公文,委任赵常为三川半大都督,设府县保甲。刘艺凤接了公文,留来人,请了好酒菜。备马迎接七红和赵常。

赵常、七红回到大本营,又设大宴,刘艺凤请上来人。来人一身军装,扎皮带,挂盒子枪。自称陈团长,也是三川半边缘人士,革命后入伍杀敌有功当了团长。陈团长酒量好,赵常一碗他三碗。七红的拿手菜是腊猪头肉,一整块猪脸连双耳,久蒸烂熟,作料有色有香有辣味。陈团长正喜欢吃这道菜。几碗酒后,陈团长要与赵常拜兄弟。赵常见来人豪气,便结拜为兄弟。

陈团长报上名号,生辰年月。陈大任,辛亥年五月初五端午节出生。属猪年。赵常也报上生辰年月,也为辛亥年五月初五端午节出生。最后论时辰排仲昆。赵常称辰时生。陈大任道,这就奇了,在下也是辰时生。最后,陈大任递过酒来,今后是我来拜码头,赵大都督做东,理当为兄。赵常客气了一番。赵常为兄,陈大任为弟。

酒席散。陈大任叫随从示出大都督铜印,呈上礼品。机关枪一挺,迫击炮一座,快枪二十条,子弹、炮弹百十发,名酒好瓷,银元绸布。

赵常领受,约陈大任茶叙。赵常说,弟厚赠这许多,叫为兄如何担当?

陈大任道,这只不过是个礼数,比起三川半的厚实,这些东西不算什么。兄在三川半无为而治,也不在乎这大都督职。只是普天之下,莫非王土,一切都要个名分。日后,若弟有难,在外头混不下去,来三川半给兄当马夫,兄若能留,也是弟之福气。

赵常道,弟是经天纬地之才,日后兄要仰仗贤弟才是。

两人气投意合,直到三更。

赵常似梦非梦,见彭锭踏云而来,佛珠失落,若下冰雹。赵常醒来,满屋异香,绵绵不断。

赵常生疑惑,这异香主何事。第二天到大庙叩拜彭锭金身,为三川半祈福。

这异香原是万事万物相济相生,化为天香。闻得天香者,大彻大悟,惜怜世间,无善无恶,无是无非,无冤无仇,无尊卑上下,通日月,行天下。

万物千锤百炼,始为天香。

赵常闻天香,已成长香一支,心香同天香。

这一年小季收麦,大季收谷,三川半满仓。

刚剪完辫子,新生活开始了。共和国发起了新生活运动。那个时候,沈从文已不从军,他写了一篇关于新生活运动的小说。

三川半洪市码头开风气之先,一派新生活气象。

三川半的种植还是没有变化。春种秋收。新生活来了也一样,辫子剪了也一样,小脚放大也一样。田里种稻子,坡上种包谷。

三十二 妖风

卯洞,就是一条大河穿过的那个洞。洞顶有一群蝙蝠。洞中放木排的人一声号子,惊飞了这群蝙蝠,翅膀一齐扇动,引动狂风,那群蝙蝠乱飞,狂风乱吹。这风由洞口出,五里,十里,百里,拆房折树。三川半一片狼藉。

直到有一只蝙蝠扇坏了自己的翅膀,从空中做了几个后翻滚跌落下来,其他的蝙蝠像受到传染,也跌落下来,这场风暴才慢慢停止。

这样的风暴在亚马逊河也发生过,不过那是由一只蝴蝶扇动翅膀引起的。风,本来就潜伏在什么地方,只要有什么东西引一下,它就会动起来。这世界上,最爱动的就是风。

三川半的木客坚信这是妖风。这卯洞的悬崖上还有一处洞,叫仙人洞,是三川半人的祖先藏宝的地方。洞内藏有金碗银筷玉盘,仙人洞有石梯一座。三川半人做红白喜事,可去洞内借金碗银筷玉盘。有借有还,神仙也乐意借给凡人一些富贵豪华。后来人长贪心,借去金玉,还给铜铁,把神仙的收藏变成凡间的贪心。祖先不悦,便用万钧雷霆炸烂石梯,人再不能进仙人洞。直到很多年后,考古发现,仙人洞内果然只剩得铜器石器,不见金银宝玉。

那些木客再过卯洞,不敢吭气,怕惊动蝙蝠引来风暴。那些蝙蝠,是仙人洞的老神仙养的神鸟。

三川半说事一般不求正确,比方说妖风,只有风,哪来的妖?把风说事,说妖风,内容要丰富一些。那些含混不清的丰富,让季节,让日子多一些味道。

起妖风的时候,赵常骑了五花马,迎风冲出很远,又迎风放了几枪,风就停了。猎虎猎狼的好手多,猎风的自古往后,也只有赵常一人。

三川半人说风死了,像一头野猪被猎杀。往前一些年月,石达开领军从三川半过。三川半人说长毛来了。按照历史正确的说法,叫义军,太平军。三川半对来势汹汹的人有些恐惧,就呼长毛贼子。这正对应了朝廷的说法,这说法跟历史的说法过不去。反正历史就是历史,不会让三川半人说歪了。去打皇帝叫义军,打垮了皇帝做皇帝就变了,不再是义军,要挨别的义军打。这后来的话历史就不说了,三川半人所以乱说。

有人死了,三川半人叫办喜事,一顿锣鼓,一场哭唱,像一幕大戏。

　　大风吹垮了房屋,那些一代人两代人甚至三代人盖起的房屋,一下子像风筝一样地放走了,没有了。三川半人发现,一切都不会是自己的。没有了屋子,就不怕了,不再需要翻修,不再怕屋子漏雨,不再需要关门防贼,一切就这么简单。很早的时候,三川半的祖先来到这里,伐林种植,打井造屋。风一吹,祖先留下的那面装满生活的镜子打破了。先找个岩洞住着,然后再造屋。水井还在,田土还在,人不能走。

　　赵常不急。刘艺凤不急。七红不急。诗人彭努力不急。龙二也不急。洪市码头的房子好,没被风吹倒。

　　赵常不急,他知道三川半的日子不会被风刮断,太阳和月亮去了又来了。好日子坏日子都来,这才叫日月丹心。

　　大风把王家寨的肥猪吹到李家湾。李家湾的羊吹到夏家峒。天上掉下来肉,烤着煮着,大家来吃,像过节。

　　茅屋倒了,瓦屋也倒了。茅草和瓦片在天上一起乱飞,像富屋和穷屋一起跳舞。

　　大风刮起的时候,三川半的女人都抱紧孩子,男人抱着柱子或树干。女人的头发飘起来,男人的帽子飞起来。从那以后,三川半的孩子有了危急情况,一般只叫娘不喊爹。做娘的对儿子进行心理抚慰,那样的情况,爹的命要紧,他争取活下来是要养家的。孩子不懂,要是我们死了呢? 当娘的说,爹再找个娘,再养家。要是爹死了,孤儿寡母怎么办?让狼来养啊?孩子不说话了。他知道屋后头有个半边坟,埋的姑姑的一条腿,姑姑叫狼吃了,只剩下一条腿,半边坟。那时候树多狼多。姑姑被狼吃的那年是灾年,人把能吃的东西都吃光了,狼就吃人。

妖风把玉米吹倒了,稻子吹倒了。王开明种的是红薯,红薯不怕风吹。他住的是岩洞,岩洞也不怕风吹。他没老婆,只有一个老娘,他唱山歌。别人不会说他幸灾乐祸,不会说他疯了。他刮风不刮风都唱山歌。这王开明红薯丰收,要挖一个贮藏红薯的洞。几位乡邻就说,开明,人家娶婆娘你去喝喜酒,去送个人情,你现在要挖红薯洞,也算你家办了件大事。你家的肥猪也未被风吹走,杀了请大家吃肉吃酒,大家还你个人情。

王开明杀了肥猪请乡邻吃饭喝酒。大家吃了肉喝了酒,就走了。没一个人送礼,哪怕是几碗包谷籽几个鸡蛋也没送。王开明的老娘直叹气,这人情比妖风还狠。也听说洪市码头的姑娘多,又漂亮。老娘说,开明我儿,明年我儿多种红薯,娘给你多喂一头肥猪,你到洪市码头娶个媳妇来。

那几个月,赵常和刘艺凤到处看灾情,七红领着戏班子到洪市码头义演筹钱救灾。那个时候青苗法已成为三川半大法,赵常依法要洪市码头的有钱人家出钱。那个时候,三川半的有钱人都搬到了洪市码头。龙二说风大他的损失也不小,出钱不多,他又找了些旧衣服烂粮食充数。

东拼西凑,三川半的日子挨过来了。第二年春天耕种照样。灾年过后是丰年,这年收成很好。

三十三　聪明日子聪明街

王开明挖红薯洞办酒席。人家办红白喜事办酒席,盖房造屋办酒席。最小的酒席也是生儿女添喜过生日办寿酒。王开明没有那些办大事的条件,王开明只搞了一件小小的喜庆,为他的红薯丰收,费了些酒肉。

王开明的妈,都叫大姨妈。大姨妈就是大姨妈,不是别的。

大姨妈问王开明,请人吃酒的那天是单日还是双日?王开明想了想,那是初九,单日。大姨妈说,难怪,单日人就很蠢,双日人才聪明。人不能天天蠢,要隔一天蠢一天是不是?大姨妈又问王开明,今天是单日双日?王开明说今天是双日,初十二。大姨妈说,十二就是十二,不是初十二。要记好,这是常识。今天双日,是人聪明的日子,我们就要想事。开明我儿,我跟你讲,你为什么没爹?王开明说,都不是我爹,你也不是爹。大姨妈说,你有爹,你爹叫刘金刀杀了。刘金刀就是刘艺凤的爹,赵常的干爹,他的岳老子。你爹是个流官,从上面流下来的官。哦哦,王开明说。大姨妈说,我们家为什么穷?王开明说,还好还好啦。大姨妈说,我们家穷是年年要还债,借了还,还了借。有你爹的时候,不是这个样子。

王开明想不起有爹的时候是什么样子,他爹死的时候他才两岁。

大姨妈说,不能这么算了,我们要想个办法。

王开明说,有什么办法今天赶快想,今天是双日,人聪明。

大姨妈说,你有个姑奶奶,叫七红,给彭家做小,后来又跟刘金刀,后来又跟彭家,你这位姑奶奶多年不见,她年轻时我们一起玩,她心肠好,叫花子上门来,她给糍粑给大个的,给钱多给一个。我们找她,也不讲以前的恩怨,只图个好处。等得了好处,娘给你到洪市码头给你找个乖婆娘,回来盖大屋,办酒席,欠了我们人情的都请来吃酒,不怕他们不还人情。他们欠的人情也不能就这么算了。

王开明说,我们去找好处,红薯怎么办?大姨妈说,红薯留给野猪去吃。我们这几年天天守在红薯地里,野猪也恨我们,我们一走,野猪也就高兴了。

这一带野猪成群,它们最喜欢进犯的是红薯和包谷。红薯成熟的季节,王开明和大姨妈用大楠竹做成的吼筒敲打,把野猪吓得不敢下地吃红薯。这一带的野猪恨王开明和大姨妈。要是它们碰上王开明进山砍紫,一定咬他个半死。

王开明对大姨妈说,找不到姑奶奶怎么办?大姨妈说,找不到姑奶奶,也算我们出去见了一回世面,再回来种红薯。

王开明说,那好,今天聪明,我们就走,明天怕走不成了。

母子俩带上红薯做的干粮,红薯粑粑、蒸红薯路上吃。还带了一大包红薯干送给姑奶奶。他们一直奔大河边走,姑奶奶家在大河边。大河边有田坝子。河里有鱼。姑奶奶命好,吃大米,吃鱼。

第二天,母子俩来到一个叫聪明街的地方。聪明街,聪明人无数。这些聪明人长的眉眼就不一样,无论怎么看都是聪明相。这些聪明人脸比较窄,脖子比别人长一寸半。聪明人一般来说脖子都比较长。脖子越长人就越聪明,所谓一寸脖子三寸智。聪明人的聪明都长在脖子。脖子长,转动脑壳就很灵活。世界最聪明的动物是长颈鹿,其次是鸵鸟。

聪明街的聪明人对一般人只用后脑勺讲话,见了王开明母子,个个用后脑勺问他娘俩要去哪里?大姨妈说去找姑奶奶七红,在大河边。一颗后脑勺告诉他们,七红是名人,我与她老人家有交情,你们向东走一百五十一里半,就找到她老人家了。见了她老人家带个问候,说聪明街的王大人想念她老人家,要请她老人家喝酒。另一颗后脑勺告诉他们,向西走一百一十里就找到七红姑奶奶。她住的是大瓦屋,吃是蛋炒饭,伙食好得很,到她老人家屋里吃什么有什么,不要钱。还有说向西的,向北的。一颗小后脑勺告诉她们,你们一直往河边走,找到了大河再一直沿河往下，六十多里路就到了。最后，王开明娘俩听了后脑勺的话，因为他指的路近。

大姨妈抓了几把干红薯片给那些聪明人，聪明人高兴得不得了。聪明街拿干红薯片当钱使，一片干红薯片等于一片金叶子。聪明人觉得这娘俩很有钱，跟有钱人打交道留交情不吃亏。他们决定送王开明母子一匹好马，这样赶起路来快一些。他们还拿了些金叶子换他母子的干红薯片，这干红薯片是最好的钱。聪明街用它当钱真是聪明，这种钱平时可以当钱花，救急时可以当粮食饱肚子。金钱银钱铜钱，哪一个钱能吃？

王开明让娘骑马。大姨妈骑在马上走了一程，说是头晕了只好下马。母子俩只把干粮行李让马驮着，赶马前行。又一日，母子俩到了个比聪明街还热闹的地方，这就是洪市码头。这地方人走路脚步不响，口袋响，口袋里都是钱，银钱响，纸钱也响。衣服响，皮鞋也响。这些人跟聪明街的人不一样，不用后脑勺说话，他们用下巴说话，他们个个鼻孔朝天，等天上掉下金元宝来。这些人一个个品相十足，男人是男人味，女人是女人味。老人不吐痰，不养狗，养个年轻女子陪走路。孩子不叫娘，叫哎哟妈咪。

王开明母子看洪市码头热闹如戏，心里欢喜。好看的地方都是戏，吹打弹唱热闹得很。人们见母子俩和一匹马，以为是耍戏的，又不见有一只猴子和一面锣。这洪市码头的人有见识，他们认人先认马。见母子俩衣裳不堪却有一匹好马，想他们来历不凡,不是来耍把戏的,可能是暗探,查税,查赌,查鸦片。这地方是赵常大都督的天下,中央政府管不着,管他什么探。早些时候也来过暗探,吃饱了打了几个饱嗝就走人了。三川半天不怕地不怕就怕赵常一句话。

王开明母子过了一家饭馆,那香味让他们记起一天没吃饭很饿了,想进去吃饭,不知道人家是收金叶子呢,还是收红薯片?

里面有一吃饭的女子,见有人带马来吃饭,很是稀奇。打量来人很是眼熟。母子俩一见女子,也是眼熟。大姨妈想起那是一位要饭的女孩,给过她几只红薯的。那女子也认出了母子俩,起身领母子俩进去入座。女子又招呼店小二把马拴了。

女子又点了几个菜,请母子俩吃饭。王开明不敢多看那女子,只是低头吃饭。大姨妈多看了女子几眼,只说姑娘原来这般漂亮,仙女一样。吃了饭,女子领母子俩到一僻静的茶楼喝茶说话。问起母子俩怎么到这边来了?大姨妈把母子俩这回出来找姑奶奶七红的事说了。姑娘说,你娘儿俩有这门亲戚就早该去认,不必受那么多穷苦。七红她老人家可是三川半的大人物呵。

大姨妈又问起姑娘靠什么亲戚在这热闹地方安身?可是嫁了个好人家?

姑娘便从头说起,死了爹娘,在外乞讨,后来被一好心人家收留。后来有仇家杀了人,烧了屋,把她卖到这儿来了。在藏春院做事。大姨妈问,那藏春院是医院还是戏院?姑娘做什么事?

姑娘说，就是……就是陪男人，卖身。大姨妈说，那好那好，比讨米强，卖身好，卖身好。姑娘说，贱命。大姨妈才知道刚才话说得不对，便打了个岔，问姑娘芳名。姑娘说，我叫如是，原先也算是个体面人家，爹爹是个教书的，得肺病死了，娘不久也死了。自小学得琴棋书画，也想嫁个体面人家，却不想落这般地步。

大姨妈说，姑娘是该嫁个体面人家。

如是说，我现在不是自由身，等我赚够了钱，把自己赎出来。

大姨妈叫王开明把那些金叶子拿出来。大姨妈问如是姑娘，不知道这些当不当得钱，如是姑娘拿去买回自己的身子。

如是看了那一堆金叶子，说，这么多金子，买十个如是也够了。只是我哪敢收你老人家的厚赠？日后怎么还你？

大姨妈说话不拐弯，对如是姑娘讲，这些东西是聪明街的人给的，几把红薯片换的，不值什么。如是姑娘用得上就拿去用。我这儿也没娶婆娘，等如是姑娘有了自由身，我让姑奶奶七红做大媒，娶你做我家儿媳妇。如是姑娘也不要担心，我这儿子也不蠢，日后有他姑奶奶七红调教，也会有个好出息，有个养家治家的本事。不瞒如是姑娘，他爹以前也是官。怕仇家来找，我娘俩住岩洞，装蠢子。

王开明听娘说自己不蠢。以前逢单日蠢，逢双日聪明，把人搞蠢了，他现在觉得自己不蠢了。他望了望如是，如是对他笑。

如是说，老人家讲哪里话，我只怕配不上。王开明又望了望娘。大姨妈说,我们把亲事定了。你拿这些金叶子给人家,一手交钱,一手拿回自己的身子,到姑奶奶七红家找我母子。如是姑娘起身敬茶,认了婆婆和丈夫。王开明也一时变得聪明活跃起来,拿茶敬过如是。

三位落难之人,人生遭际,命运多舛,母子做蠢人,女子做贱人。天上人间走一遭,看过世情,历过世事。知苦知甜,知冷知暖。练成人心。大难不死,必有后福。

命运来由,从来不能就这么算了。如草木冬枯春发,又花闹似锦。有根就能发芽。

如是姑娘得了金叶,对藏春院妈妈说要从良嫁人。给了妈妈几片金叶子,妈妈甚是高兴。置酒庆祝如是姑娘从良,约了众姐妹。如是姑娘又拿了些散钱,分给众姐妹。第二天,如是姑娘便搭了船,去追王开明母子。

门人报七红,有客人来了。七红出来,见是娘家人,喜出望外,她原以为娘家人死绝了。

七红将大姨妈母子引荐给赵常,说来王开明的老爹正是赵常父亲赵流官的部属。

好酒饭待了,七红安排母子上房住下。叫人侍候洗了热水澡,母子俩把岩洞里的臭气洗掉。早有人送上好衣服换上。

大姨妈在姑奶奶七红家四处打看,只叹,好大屋,好住处。

王开明一夜未眠,想着洪市码头遇上的如是姑娘,又想着老家的红薯是不是叫野猪吃了。

姑奶奶七红要留母子多住些日子。大姨妈听出多住些日子,那还不是要让他们走人?

大姨妈说,姑奶奶,你家这么大的屋,扫屋也要人,我就帮你扫屋。我儿子也可以帮赵大人看马。

七红说,我要你们多住些日子,是还没给你们安排好。我要给你们盖一栋屋,再置些田土。你们母子有个安身之地,你们是我娘家人,哪能当佣人使唤?

大姨妈听了眉开眼笑。对七红说,姑奶奶,那好那好,钱我这里有些,不够的话你再添上。

大姨妈拿金叶子给七红看看,说起聪明街的事。七红看了那些金叶子,都是些纯真金的古钱。

七红说,那聪明街的人确实聪明,三川半用的水车、风车、火药枪,都是他们制造的。那里的人脑子好,最会想新办法,他们后来就想到造钱,自己造钱自己用。他们今天拿这样东西当钱,明天拿那样东西当钱。搞来搞去,他们自己也不知道什么东西是钱。他们想钱把人想疯了,不过他们不缺钱。听说太平军在那里藏了很多财宝,你那些金叶子怕就是太平军留下的。

大姨妈问,值钱吗?

七红说,够买一坝田。

三十四　那些野猪

老野猪打了个喷嚏,一颗很长的獠牙就断了半截,掉在地上。这个冬天太冷了,冻坏了野猪牙齿。很冷的空气钻进鼻孔,像冰一样。

一群野猪钻进了王开明住过的岩洞,这地方好住暖和。那些野猪吃完了王开明种的红薯,就住进他住过的岩洞了。

这个世界,你空出一个位置,他就来了。人空出一个岩洞,野猪就来了。王开明投奔姑奶奶七红,野猪就来投奔他的红薯和岩洞。人往高处走,野猪跟在人的后边走。

王开明在姑奶奶七红家一宿。差不多忘了岩洞和红薯地,人有些事是要留给野猪处理。如是搭的是上水船,第二天过午才到。大姨妈将如是引荐给七红,说是儿媳妇。七红见如是一身光鲜打份,像个风尘女子,就问如是,姑娘从洪市码头来?如是点了点头。

这边王开明和如是成亲,日后话长,按下不表。回头再说那些野猪。

野猪大对野猪二说,这岩洞里人气味太重,我们的屎尿也没搞掉它。野猪二说,这是我们自己的气味,你没搞错?野猪三说,猪气人气都混在一起了,我是闻不出来哪是猪气哪是人气。

野猪四说,这个冬天太不像话,爷爷的牙齿冻断了,那么好看的獠牙,一下就断了。野猪大说,你没看见竹子都冻断了?野猪四说,一到冬天,人最可怜,他们身上不长毛,只好穿衣服,不穿衣服,他们也会冻断了。野猪三说,断了不就死了,他们一断就死了。人用刀把人砍断,人就死了。人立着走路,像一根竹子,很容易断。

冬天在洞里不能出去,野猪话多。这群野猪在这个岩洞里沾了人气,刚刚学会讲话,猪话和人话混杂,像中国话和外国话混杂一样,说起来好玩,野猪们冬天无聊,不会赏雪滑冰,说着话好玩。猪话本来是用鼻子说的,人话用口舌。猪舌头笨,还是练出点话功,它们把说话当游戏。

野猪大又说,人不长毛怕冷,鱼不长毛不怕冷,照样在水里洗澡。蛇无毛也不怕冷,蛙无毛也不怕冷,一到冬天它们就睡大觉。

野猪二说,有毛的也未必不怕冷。我看到一只红嘴鸟,冻在雪地上,好可怜的,我想帮帮它,却做不到,好可怜的。

野猪大说,有些事,只有人才能办到,自古以来,事在人为,猪不可为。先祖猪八戒也只是帮高姓人家劈劈柴挑挑水,当当女婿,捉妖拿怪也只是跟猴子起哄。好在我等猪们远离人间,得山林可居,连老虎也不敢惹我们。

几头野猪正在摆龙门阵说闲话,忽然野猪六慌慌张张跑进来。野猪大忙问,老六去哪里了?是不是有猎人追过来?野猪六不吭声。几头野猪一阵追问,野猪六才说话。原来野猪六在岩洞里闷得慌,下到林寨,受一家养的小母猪勾引,同食猪潲,同睡猪窝,甜甜蜜蜜过了些快活日子,不想被那家主人发现,一阵乱棒,鸳鸯分飞,狼狈回洞。

野猪大说,老六,做家猪有吃有喝有小母猪,只是喂肥了要被宰杀,以后千万小心。不要偷偷摸摸做贼女婿,招来杀身之祸莫怪我们兄弟不救你。

野猪六回到岩洞几天不吃不喝,害起相思病。老野猪知情,苦言相劝,说得了小母猪,日后拖一群小猪崽,终是苦差。过了些日子,野猪六如大病好来,猪心也老成许多,又快活起来,时不时找母野猪的麻烦。

后来,三川半的鬼才黄永玉有诗为证:

天天结婚,不需离婚——公猪。野公猪家公猪皆是。

野猪占了人的地盘,王开明的猜想有道理。

三十五　好亲戚

王开明和大姨妈在姑奶奶七红家住了些日子。七红做大媒,王开明娶了如是。姑奶奶七红历经世事,人情练达,多善解人意,又经江湖人生,重情重义。把王开明婚事大操大办,请了十几个吹鼓手,热闹一场。龙二拿了苏州铜缎给新郎新娘做新衣,赵常猎了一头野猪做喜宴,刘艺凤送了一对银耳环给如是。三川半有头脸的都来贺喜。流水席开了三天三夜,还有人在路上赶路。

有门好亲戚办喜事容易。大姨妈直叨姑奶奶好,人缘好,面子大。就是王开明爹在世,也搞不出这么大的排场。

如是新婚一夜流泪,王开明直喊外边送毛巾来,外边下人送了十几次。几个下人窃窃私语,这洞房里哪里这样湿?是上头漏雨还是下边冒水?

如是止不住流了许多泪水,那些点点滴滴的苦难,在心里积成个泪潭,今夜是她归宿,她把往日里那些笑颜变成长哭。王开明母子装蠢的时候,她一直装笑。人来寻欢你要笑。

如是止住了哭,心里还在哭,脸上笑了。

如是不哭了,王开明倒不知道做什么了,他有些手足无措。如是帮王开明脱了衣服,又自己脱了。对王开明说,今夜我是你的新娘,这是你我两个人的酒席,你不要我劝你吃酒吧。王开明说,我不会喝酒的,从来没喝过酒。如是说,我就是你的酒,你的肉,你就把我吃了。王开明说,我不知道怎么吃。如是说,你慢慢吃,别急,慢慢……对,就这样……如是就这样教会了王开明做新郎。以后的许多日子,许多事,都是她教会他。

如是说,在洪市码头那些日子,我一直等着有一个男人来接我,骑大马,背快枪,把我抢了,驮在马背上就走了,远远地再不回洪市码头了。见到你的头夜,我做了个梦,见有个人带了一匹马来接我。这个人就是你。见了你娘俩,我知道你们要我,不嫌我贱。

王开明说,我娘说,你像仙女一样,三川半没有比你更美的女人了。你像姑奶奶七红年轻时一样漂亮,我不敢看你。你看,你就做了我的新娘。

这时候,月光照过西窗,如是的眸子明若星辰。她盛开如花,她真的是个新娘子。

她说,我是你的新娘。

他说,是的。

那些风尘日子,她次次对人说过的话,她这次说的是真的。

她说,真的。

他抱紧了她,你是真的。你不是妖精,也不是神仙。你是我的女人。

她把脸埋进他的怀里。她说,我只是你的。那个时候,我饿极了,你给我两块烤红薯。你那样看着我,狼一样的眼睛,我想你要把我吃了。你如果……那时,我多小,我还不够做你的女人。那个时候,如果是你,脱光我的衣服,你会发现,我什么都会好了。只是可惜了后来,我真的把你给忘了,我只记得那两块烤红薯。再后来,你找到我了,是你的还是你的。别人要不走。

他用手指摸她的小嘴,女人的嘴关不住话,女人想的真多。

日子像一条金钱,绵绵的,长长的。日子在女人的手里是一件针线活,慢慢地缝,慢慢地织,把日子缝成新衣,织成锦缎。

新婚后的一个月,大姨妈一家三口离开了好亲戚的大宅,也没去要姑奶奶七红给他们的家建的新宅子,他们回到原来的老家,当然不是那个岩洞,是当初他们逃离的那个家。一座砖木建筑的老宅子,有三进四个天井的大宅。一家三口要在这里安身。那个时候是一家三口,现在也是一家三口。去了一个人,又进来了一个人。

七红送给这个家三个佣人,一个厨师,几担米、几筐腊肉、两担油、一担盐、十担木炭。还有洪市码头银号的银票。有好亲戚,要为一个家也实在不难。

王开明的杀父仇人早死光了。他的杀父仇人是一伙土匪。他们不是为了杀流官,是为了抢钱财。杀流官是一句口号,有了这口号他们才好抢钱财。土匪杀人抢劫不需要理由,有个理由做事才体面。土匪有土匪的面子。三川半有几十支土匪团伙,互相比枪多人多,比胆子大,比手段毒辣,也要比声望。声望高人气就旺,人气旺队伍就壮。杀老王的土匪抢了钱财就去抽鸦片,一个个成鸦片鬼,别的土匪又去抢他们,一打就垮。剩下百十来人躲进山洞,遇到山崩,全活埋在山洞里。那洞里又有几条大蟒蛇，没死的也被蟒蛇吃了。

老王被杀，王开明还小。大姨妈是个只有恐惧没有仇恨的女人。一家三口回家，只带给养，没带仇恨。

仇人没有了，仇恨也没有了。有故事的结局就是这样，平淡无奇。

燃了几天烟火，一家人连佣人七张嘴，一天要吃半斗米。大姨妈对王开明和如是说，坐吃山空。我们这点家底哪比得一座山？姑奶奶帮我们为了这个家，我们总不能再吃姑奶奶吧？

王开明一摸脑壳，我会种红薯，拿红薯片到聪明街换金叶子，再拿金叶子到洪市码头换钱。我们这个家就吃不空了。

大姨妈说，儿呀，你没听姑奶奶讲，聪明街每天都在变钱，今天这样是钱，明天那样是钱。红薯片人家已经用过，还能当钱吗？

如是望了望这大宅子，叹了一声，好大的家呵！如是说，娘，我在洪市码头有个好姐妹，叫金玲子，她的相好是开银号的大老板，我们把姑奶奶送我们的银票转到那个银号，当做股本，每年也有些进项。大姨妈问，把钱交给人家，靠得住不？如是说，靠得住，那个人我也很熟，叫李家富，人老实本分，是江西老表。他一个人在洪市码头开银号，没带家眷。金玲子就成了他在洪市码头的家眷。我对金玲子讲，要她帮这个忙，事情就成了。大姨妈听如是讲得仔细，有理。就说，我还有一些聪明街的金叶子，也都拿去。如是说,这些金叶子留着,以备急用。

大姨妈开心一笑。有这样的儿媳妇,这个家就撑得起了。

娘三个把事情商定后,如是拉了王开明,里里外外打量这座宅子。看完了,她问他,你说,我们这宅子大不大?

大。

大,就有大的难处。你啊,要担得起这个大。

有你啊!

你是当家人,这个家要靠你。以后呀,我只给你生孩子,添人口。家里的事你不要担心,外边的事你件件要用心。

如是告诉王开明,第一是不准他病,要有个好身体。第二要有个好脑壳,想到做到。第三要有个好心眼,诚实待人,实在做事。第四要有张好嘴,该说的不留半句,不该说的不吐一分。

王开明只是点头。

如是自幼懂算盘,会唐诗宋词,还练过颜体柳体。她用了些日子让王开明学珠算,背唐诗,练字,又教他洪市人是怎么说话。要王开明三伏天烤炭火,三九天洗冷水澡。养了一只大黄狗,要王开明每天去追赶黄狗,能捉住狗尾巴才能休息。

如是精心雕琢,把一个好男人练成了。

王开明会骑马了,男人会骑马是一件大事。

如是备了顶轿子,王开明骑马,一匹好马。沿河走几十里,到了洪市码头。洪市码头依旧繁荣。说三十年河东,三十年河西。这洪市码头,已经繁荣了一甲子。从龙年到龙年,长盛不衰。

如是和王开明先找了一家体面的客栈落脚。梳洗毕,如是就去找好友金玲子。你稍等,我就回来。不一刻,如是领金玲子来了。王开明乍见金玲子,自是一愣,以为又来了位仙女,这洪市码头,哪来这些漂亮女人?金玲子穿一件紧身云锦旗袍,一双绣花鞋。画出来的眉眼和嘴鼻,分毫都在好处。

如是说,这是金玲子妹妹,这是我家男人。

金玲子说,真的假的?

如是说,我就这一个男人,你说是真的假的?

金玲子说,姐姐真的嫁人了?难怪好久不见。你那回请我们吃酒道别,我想你不久就会回到洪市码头,不想你是一去不回头了。你真是个好运姐姐。

金玲子又对王开明说,好俊的姐夫。

王开明不知道怎样说话,顺口答道,好漂亮的妹妹。

如是听了直笑。又附在王开明耳边说了一句悄悄话,人家名花有主了,要不,我帮你说媒,要回家当二房,我们姐妹天天一起多快活,我们俩,一个给你端茶,一个给你洗脚多好。

王开明直说哪敢那敢。

金玲子没听见说话,却听到了那意思。姐姐说我坏话,我定饶不了姐姐,要罚姐姐吃酒。

三人到茶座品茶。如是对金玲子说,好妹妹,姐姐这次和姐夫到洪市来找你,是有事要妹妹帮忙。金玲子说,姐姐一嫁人讲话也斯文很多,像个官太太。姐姐要帮什么?要割我身上的肉我也给。如是说,妹妹这细皮嫩肉,姐姐见了这心疼,那舍得?你那位心疼的人李家富是银号老板,姐姐有些活钱想进他的银号,权做股本,姐姐每年也有钱进来,好养家。金玲子说,姐姐现在有了家,说话就不一样了。那好,我就去把他叫来。少倾,金玲子领了人来。李家富到场摘了礼帽施礼。王开明才见来人年纪轻轻蓄了胡子,一袭长衫,像个洋和尚。王开明也学样施礼,鞠了一躬。李家富说,不要客气。听金玲子说,如是要在我的银号参股,这也正好壮大银号声势,谁都知道你们是赵大都督的亲戚,你们这真是高抬老弟了。哦,还没请教这位兄台高姓大名?王开明说,兄弟我叫王开明。三横王,开门的开,明白的明。李家富说,我们兄弟有缘,我俩的名字也合得来,家富开门,常有客来,生意好做。请教兄台贵庚?王开明说,属龙,二十六岁。李家富说,我属小龙,二十五岁,兄台长我一岁,你是老哥,以后银号的事,凭老哥做主。如是金玲子听他俩说话,心里高兴。王开明说,还是一切听老弟的,我不懂开银号的事。我以后好跟老弟学。我们合在一起,大家有钱赚就好。事情说好。李家富问,要不要写个字约?如是道,字约一张纸,不写也罢。一起做生意,全凭人心,凭信义,字约可悔,信义难悔。我这就把银票给你。

李家富接过银票一看,瞪大眼睛,这么大数啊?

李家富和金玲子做东,请如是和王开明到船上吃金鱼宴,洪市码头的鱼好,好厨师做出的金鱼宴也远近闻名。甲鱼无一点腥味,浓黏香辣。小鲤鱼带鳞,大青鱼去骨,还有一种只二三两重的岩花鱼,很是稀少,据说是水蛇同母鱼交配所生。再有一两寸长的巴岩鱼,无骨,食之腻如羊脂。

几杯酒后,如是说,李老板,何时娶我金玲子妹妹,人家金枝玉叶,你也要明媒正娶。金玲子敬过一杯,姐姐莫逼家富,人家那边有家室。他那边父母家教严,不准娶二房的。家富也向他父母提过我俩的婚事,老人家只是不答应。家富对我好,我就知足。我是过一天快活一天。只是每到过大年,家富要回江西老家过年,我一个人在这边好冷清。现在好了,姐姐有了家,我就可以到姐姐家过年了。

江上明月,水天相照。几个人看那月亮,圆得可爱,亮得可爱。

月有阴晴圆缺,花开花谢,草木枯荣。一切都皆有自然。

几个人下了船,各自回去。关上门,把月亮关在外边。

把月亮长在天上,远远地。

三十六　三川半纪事

是年,赵常出生。

是年,赵常娶刘艺凤。

是年,刘金刀殁。

是年,彭锭一统三川半。

是年,风灾。

是年,三川半种植鸦片。

是年,三川半土匪团伙大小一百多支,数万人,为土匪发展年。

是年,竹山部队剿匪。

是年,杀洋人,灭洋教。

是年,赵自龙办医院。

是年,旱灾。

是年,田家的母鸡生了个三黄蛋。

是年,得快枪、机枪。

是年,赵常封大都督职。

是年,猪生象,产大南瓜一百多斤重。

是年,发现聪明街。

三川半有个叫母猪洞的地方,纪事刻洞壁。其间有怪字一半,若念通怪字,洞内有母猪出来,三川半又会出大事。

很多人都看过那些怪字,没一个人能读通,那些考过状元秀才的,也没人认得那些字。那些怪字比三川半纪事还要早。很久以前就有了。刘瞎子那个时候不是瞎子,他是唯一能念通那篇怪字的人。他念通了那些字,后来眼睛就瞎了。他说那是一首歌,能唱的,或者叫做乐谱。

没有人信刘瞎子的,他没考过状元,连秀才也不是。他只跟阴阳先生学过几个字,最多能看懂万年历,他随身带着一本书,像个做大学问的样子。那本书也是阴阳先生给他的,叫奇门遁甲。一本鬼哄人的书。那本书有时候也当得口粮。很多人带着一本书,也是带口粮,怕饿死。

那些怪字是不是什么人的口粮,不知道。

三十七 热闹

三川半很多地方都热闹,不只是洪市码头。白天里唱歌的,在山上。喊号子的,在河里。牛羊撒欢,花开鸟鸣。

三川半的夜很安静。

半夜里有人放起鞭炮。越来越响,响声越来越密。三川半人半夜里全醒来了,他们闻到刺鼻的火药味。婚丧嫁娶,是谁家办了什么大事?

罗家老太睡在吊脚楼的楼上。从床上坐起来,什么东西锥子一样扎进腰里,先是热辣辣的,后是剧痛。

楼下的儿子媳妇听见有什么东西从楼上滴滴答答掉下来,湿了蚊帐,湿了被子,以为是漏雨,点灯一看,是血。

上楼一看,老娘挨枪子了。

罗家人背着老娘直奔半山的岩洞,边跑边喊,来枪兵了,来枪兵了,快跑啊,快跑啊。

是来枪兵了,来的是川军,周矮子的部队。传周矮子是三国东吴周瑜的第三十八代孙。气量小,贪心大,自视才高八斗,天下无敌。周矮子在官府那边他是官兵官将,在老百姓这边他是土匪贼子。周矮子人矮手长,一只手往上伸,一只手往下抓。两手拿着好处。上边拉关系,下边抓东西。有读书人作对联:手长能抓天,枪多可为王。又有对联:手长一点人短一点长短是个人,官小一点心大一点大小是个官。再有:银子乌纱城墙脸——好头面,孔子嘴巴墨子心——好胸怀。周矮子听得这些对联,直乐,叫人写了贴在门上,我周矮子就是这样一个人,那些舞文弄墨的穷秀才再给我多编几条。

周矮子有几千条快枪。他本来只是个副官,杀了当头的,他就是当头了,自封司令官。当了司令官,即刻往上边送了很多钱财,上边也就认了他这个司令官。周矮子人小酒量大,喝了酒就打人。一个勤务兵挨了打,带了周矮子的一个姨太太,骑了周矮子的马,连夜奔三川半逃了。周矮子领人一路追杀过来。到三川半边界,两边就打起来。三川半边界守军营长王麻子见有兵来犯,一排枪打过去,周矮子人马一排枪打过来。黑夜乱放枪,双方没伤着一个人。流弹打中了罗家老太太的腰,罗家人背着老太往山上跑,还没进山洞老太太就在儿子背上断了气。罗家人大哭,怨子弹不长眼睛,无冤无仇,无故杀人。

赵常的五花马一阵嘶叫,惊醒赵常。赵常一翻身起来,从床上直奔五花马。卫兵连忙给赵常拿了衣服鞋帽,递上快枪。赵常骑上五花马,直奔枪响处,刘艺凤倒是不慌不忙,叫传令兵集合队伍,随后跟上。

赵常来到边界,天已麻麻亮,喝问对方,我是三川半总督赵常,来者何人?太平世界,敢对我三川半放枪?扰我三川半百姓?

周矮子听是三川半总督赵常来了,心里一惊。也大声答道,我是周矮子周司令官。有人偷了我的马我的女人,跑到三川半来了,我来要人。你把人交出来,我就退兵。

赵常道,你周矮子借故犯我三川半,我这里没你要的人。

周矮子喊,赵常,你堂堂总督,好意思耍赖,竹山部队怕你,我周矮子不怕你。

周矮子开枪射赵常,子弹擦耳飞过。

赵常高喊,周矮子,我让你先射我三枪,你射不着我,你就要吃亏了。

周矮子连开数枪,没射着赵常。赵常端起快枪,一枪射去,射中周矮子的马,周矮子从马上栽下来。

这时,刘艺凤领大部队赶来。赵常命大部队一齐朝天放枪。

周矮子的队伍已不耐这个气势,往后撤退。刘艺凤领兵追杀,在小河沟里捉到了周矮子。

天刚亮,罗家人披麻戴孝,一屋哭声。赵常问清缘由,便叫人押了周矮子到灵堂,为罗家老太披麻戴孝。罗家的长孙在王麻子的营里当兵,拔枪要杀周矮子,被赵常喝住。周矮子行孝礼,赵常命罗家长孙把周矮子绑了,又给周矮子一匹马,要罗家长孙把周矮子送出三川半。

行前,赵常对周矮子说,周司令,你以后要来三川半,不要搞这么热闹,我请你喝酒。你的女人跟别人跑了,那人就不是你的了,不管在不在我三川半,都与你无关。周司令大人大量,不记小人过。

赵常和罗家长孙送周矮子到边界,赵常叫罗家长孙给周矮子松绑,扶他上马,又叫人把周矮子的枪还给他。

周矮子上马,说了声后会有期,策马走了。

周矮子的队伍里有个小兵叫狗鸡巴的拉肚子,到路边拉屎,鸡鸡被茅草割了一条口,屁股又被火麻草烫了一下,起个大疙瘩。狗鸡巴说,三川半的草都咬人,我们还敢和三川半人打仗?

三十八　那些草的味道

犯三川半，草木皆兵。

多年，无人来犯三川半。

赵常再翻帝王书，看《青苗法》。把秦皇汉武看过。想唐朝的月亮好，有歌舞吟诵。宋时太阳好，五谷丰登。大清日月都好，诗书礼乐，五谷丰，六畜旺。国安太平，疆土辽阔。满蒙汉藏回土苗维巴壮瑶侗夷，天下一家。日不关门，夜不闭户，路不拾遗。人心点点，天下气象。神施大礼大乐于人间。

正翻书，一纸飘落，拾起，原是总都督任命书。睹物思人，想起义弟陈大任，一去如鹤。时间渺渺茫茫，东西南北不分。人行天下，如风如影。

他接了个总督职，若缚若牵，身不由己。依上边命令。设保甲乡县府。添官添俸禄。民产一石谷，甲长一升，保长两升，乡长三升，县长一斗，府长八斗。民所剩无几。种田人吃米糠，盖房人住茅房。今日三川半，历来帝王书都不会这么写。所谓饥寒起盗心，若有一天百姓忍耐不住，出个石达开，出个陈胜、吴广，这三川半，我赵常也守不住，身家性命难保。赵常太师椅上一靠，眯了一会儿，见一长老，似彭铤非彭铤，说书可解惑。赵常醒来,似梦非梦。又翻书。得民可使用之不可使知之句。赵常思之,先人真把话说绝妙。百姓吃苦,原以习惯。本皆如此,只怪天候不好。季节不佳,土地不良,牲口不争气,菩萨不佑人。民无二心。民不与官争权,也不见官与民争利。百姓有德,勤劳善良。民间疾苦,为官者心中有数就行,不可让其知道如何如何。如何如何又如何?再往下翻书,是圣贤之书,教人如何修身立德,做正人君子。人若修成圣贤,可为人师,为人君。芸芸众生,修成圣贤者又有几何?只有几颗旱地青苗,久渴不死十磨九难,又能大彻大悟者,心性向上,方能修成真圣贤。一般称圣贤的,也都只修成一半。半真半假,如戏角打扮,也充个包公算数。拿个陈世美祭刀,人以为真圣贤来了。圣贤不能当,就学些小聪明,想点子,充面子,看起来也很圣贤。再往下看,是才子佳人书,书中盖黄金屋,娶颜如玉。是让读书人和写书人解馋的书,一本书把人喂饱。还往下翻。是些闲书,讲杀人,讲喝酒,讲搞女人的书。最后是些三教九流书,这些书读了倒好,能谋生混饭吃。又伸手取书,却是经书道法,是些得道成仙的书。这类书,赵常从来不看。成佛自为佛,何必书中求?正所谓,诚心烧香何必远朝南海,有意求佛立地就是西天。

那经书,又有《佛经》,《道德经》,《圣经》,《古兰经》。都是天上书,讲恩讲爱讲理讲福讲恕讲缘。各路神仙,为天下苍生。

再有农书,医书,历书,工物,算术,阴阳书,相书。有蔡伦造纸,天下笔墨有个安身之地,书越来越多。赵常有几本书也不是稀奇事。书斋本为书灾,书若蝗虫。秦始皇时,书为竹简,他老人家用来烧火取暖。又将儒人活埋,留下口舌,到阴间讲学。也有爱书如命的儒人,把书藏在山洞,留下二酉藏书古事。秦始皇不喜欢与儒人共日月,又握生杀大权,一不高兴就把儒人埋了,免得他们胡思乱想,思想不统一,精神难贯彻。统一江山、统一货币易,统一思想难,开讨论会,办学习班都不是办法,思想改造也费时日,埋人很简单。秦始皇干活,比得上三川半最好的劳动力。

后来的书,是纸。又先是手写,后来刻印,再后来毕昇搞事,出活字印刷。书越来越多,越多越厚。一本不行,就出多卷,出文集,出书库。写书人经年累月,读书人皓首穷经,像三川半人种庄稼。

赵常读书,一目十行,且过目不忘,又能会其意。一本书他读过则想过。一本书如何用词用意,赵常有不以为然之处,便在心里改过来。所以,一本书他读过如同他再写过。他看得上的读书人,是万容江大首领陈渠珍,这个人读书能做到经世致用,这个人的书也写得鲜活,写草木有灵,写鱼虫有言,写月有意,写鬼神有心。这个人写文告也如写书,官样文字也有性情。

赵常骑马拜会陈渠珍,谈政谈经,两人结下君子之交。陈渠珍多才,赵常多思。得友如得仙,悟言如悟禅。

赵常遇难事,想想万容江陈渠珍。陈渠珍遇事,想想三川半赵常。不千里传书,却互为肝胆。

赵常燃烛夜深,刘艺凤送来参汤。赵常不觉,只是翻书。刘艺凤唤了一声,赵常才抬起头来。

刘艺凤说,你这样发狠读书,是要考状元啦!

赵常说,我是无事乱翻书。读书也是看天下景色。看天下景色,方知三川半是个巴掌大的地方。人家陈渠珍是做官,我在这三川半是守业。

刘艺凤说,三川半巴掌大,也是万千百姓,人人安居乐业,守这个业也不容易。

赵常合上书,对刘艺凤说,三川半是我万千人的家园。我是个看园子的。我为草木,三川半得绿荫,我为流水,三川半得鱼虾。我为云雨,三川半得丰年。只是这多年,我从义父手里接下三川半这份家业,为三川半效牛力,却不足万千人温饱。实是有愧天地日月。

刘艺凤喂赵常喝了参汤。

你看,一张脸叫蜡烛熏黑了。

赵常说,拿镜子来。刘艺凤递过一面铜镜。赵常不喜欢玻璃水银镜,他觉得玻璃水银镜照人冷面,只有铜镜照人,才见真像,脸照铜,铜照脸,铜镜里的脸才是自己的。赵常书房里有大小铜镜十几面,多为汉唐古镜。

赵常拿镜照脸,一脸若戏脸,自己先笑起来。刘艺凤又递上热毛巾。赵常擦过脸,才觉得那张脸才是自己的。

赵常对镜,我哪里像官?

刘艺凤说,你不是个总督吗?

赵常说,我这总督也不拿官银,只是三川半人花三川半的银,办三川半的事。不只是我,三川半的甲会会长县长府长,都是花三川半的钱。三川半也不知几人养一个官?我想,要是这些官吃的是上边俸禄,就该由上边委派。三川半的官吃的是百姓,就该由百姓指派。从甲长到府长,全由百姓推举。要是有官不好好为百姓做事,就断他的口粮。老百姓养一个不做事的官,还不如养一头肥猪。

赵常问刘艺凤,你说这个办法可行得通?

刘艺凤说,这办法是好,不妨一试。

赵常叫刘艺凤拿来"文房四宝",将些想法写成文告,又自己念了一遍,文通理顺,便盖了总督大印,签上大名。连夜叫起诗人彭努力,彭努力又叫来几个帮手,抄写若干份文告。

第二天派人马四处张贴。三川半要搞百姓指派官员。

诗人彭努力领人四处张贴文告。

赵自龙同邓肯博士在山上采草药。那个时候邓肯博士的西药用得所剩无几,便写信给天津教会的洋和尚利玛窦,此人是邓肯的老师,他要利玛窦搞些西药到三川半来。那时候三川半通天津,经长江三峡到汉口,再经长江到上海,上海船通天津。来回一个多月。这边等药治病,只好去采草药。邓肯博士不识三川半草木,也就不信草能治病。他也搞不懂中药方子。他虽然通晓汉文,知道孔子庄老和《易经》,知道李时珍和华佗,还是不能理解《本草纲目》和《黄帝内经》这些中国医书。同是一种病,都要用不同的药方。像是一样的病疾,治法也不尽相同。一个病人,把把脉,问问哪里痛,就能诊断什么病,不用显微镜也不用艾克斯光机。中医简单到只有医生和病人。医生坐诊,病人问病,同人问神一般。这天阳光很好,南风轻拂,草旺木深,让人神清气爽。邓肯博士一边采药一边问一些问题。邓肯博士见赵自龙采什么药他就采什么药。赵自龙时不时拿药草试一下味道。邓肯博士也学着做。赵自龙忙去制止,说不能乱试,有些草有毒。赵自龙讲这些草药的药性。这些草,有酸甜苦辣麻咸。一般说来,酸可止泻,甜为滋补,苦为清凉败火,辣可祛风湿,麻为毒药,咸可镇病。赵自龙又捉了一条蜈蚣装进竹筒,这也是药,又拾了条蛇皮,也是药。邓肯博士只觉新奇。

邓肯博士同赵自龙一道行医有几年,赵自龙治好很多病人,邓肯博士对赵自龙的医术很是佩服。

这三川半草木繁多,有良医,三川半就是药库。民间疾苦,皆可医治。两个人又收了几个徒弟。医院按中医办法,也不分科室,内外妇儿,一同诊治。有病人痊愈,来放鞭炮致谢。常有鞭炮响,医院像天天办喜事过大节。

邓肯博士和赵自龙采药回来,见诗人彭努力张贴文告,邓肯博士仔细看了,明白是怎么回事,对赵自龙说,这三川半真是开化,搞起选举来了。赵自龙说,我们不管,快回去看病人。

三十九 药性药方怪事怪病

拾草回来,赵自龙与邓肯博士讲药性、药方。

拾来是草,入方可成药。那时候三川半正流行伤寒。赵自借此讲《伤寒论》,讲阴阳之气,讲扶正祛邪。从张仲景讲到叶天士。这叶天士,先由鲁迅批评讥讽,用梧桐树叶引产,后由毛泽东评为高人,知天地时节,气象变化,人感时令。

古人留下医案,药方,也都是妙手所得。说医道高明者,为妙手回春。

两人对谈很是投机。

赵自龙又说,三川半草木皆有药性,但医治三川半人最为灵验。天地之气,草木之气,与人的活体相通。这些药草,在别的地方未必是好药。赵自龙曾结交了一位蒙医,得一味蒙药,是治风湿肿瘤的奇药。到三川半却不灵。北方草木,与南方人不通气脉,疗效就不同。三川半用本地长的一种草药叫岩川芎治风湿,药到病除。在南洋用些药却不甚好。

天下草为天下草,南生北长,各不相同,各有性情。北方苹果香,南方橘子甜。

忽然诗人彭努力进来,连说高明高明。随手拿了几片甘草,一边嚼一边又走了。念念有词,高明高明,有道理有道理。身边人以为他赞赵常的文告,便说赵大都督的文告又怎么不高明?诗人彭努力吆喝,你们懂个屁。赶快张贴文告,石头上树上到处贴,把三川半贴满了我好睡觉。诗人彭努力听赵常让百姓选官的主意,很兴奋,跟着搞了一阵就不兴奋了。说是诗人,也是十二个时辰中某一时辰偶得诗气,得诗气就兴奋不已,诗令一泄,人就软了。诗人彭努力这会只想睡觉。这些年头,龙二带头搞钱,搞经济挂帅,男无豹眼,女无凤眼,三川半尽独眼孔方。三川半原在天地中间,这会儿是不东不西,不三不四。三川半的石头上、山坡上,诗人彭努力搞出很多石灰写的大字:选个好官,造福一方;选个好人,遍地金银。字这么写,理这么讲,好官好人难选出几个。诗人彭努力吐了一口痰,问圣贤书都读到哪里去了?读到牛屁眼里去了?

赵常、刘艺凤、七红、诗人彭努力,分几路下去,到村寨选官。先是选甲长。一人手里拿一粒包谷子,选谁就投到谁的碗里,被选举人手里拿一只碗,等人把包谷子投进去。有得一碗半碗的,有得几粒的。结果是彭家寨姓彭的当选,李家湾姓李的当选。

哪一姓的人多哪一姓的人当官。几处情况都是这样。赵常说，这哪是选官，是选族长。

　　往后选保长选乡长的情况也差不多。到选县长时，情况好一点，要通文墨会写文告的，因此也就选出几个像模像样的人来。结果由县长们选府长，就选到龙二。

　　诗人彭努力直叹气。赵常对诗人彭努力说，选这个人好，给他上个套子，他就会规规矩矩做人了。

　　龙二当了府长。叫人做了几套官服，刻了官印，把自家宅子变成衙门。置了酒席，请几位当选的县长喝酒。席间，龙二说，我龙二当府长，是花自家的钱，办大家的事。我龙二成了省油的灯。你们几个是花大家的钱，办大家的事，不是省油的灯。你们先当着官试试，要是不辛苦，就把位置让出来让别人当。几位县长说，我们也不怕辛苦，只是好好做事，以后多听赵大都督和龙府长指教。

　　龙二为府长，完全是麻狗的主意。麻狗说，龙二哥，你当了那么长时间的总站长，三川半商客都归你管，你出来当府长威望高，名正言顺，除了赵大都督，那个能跟你比？龙二眨了眨眼睛，事情就这么定了。选府长那个时候，龙二联络盐客站、牛客站、布客站十几户商客给提名。选举的时候，主持人问几位刚选上的县长，有意见请发表，没有意见鼓掌通过。几位县长一齐鼓掌，龙二就这样当了府长。

龙二当了府长，马上发放青苗款，按人头发放三块两块银钱。又给赵自龙的医院盖了一栋木楼。那年冬天农闲，龙二集合劳动力在三川半缺水的地方修了个大水库。第二年春天雨水多，水库蓄满了水，龙二又放了上万鱼苗。那个缺水的地方叫断龙寨。龙二跑到断龙寨，对老百姓讲，我们要把这个吃包谷红薯的地方变成鱼米之乡。断龙人喊龙二皇帝万岁。龙二也喊，莫乱喊，要砍脑壳的！现在都共和了，没什么皇帝。三川半也没有皇帝，只有赵常赵大都督。这修水库的事也是赵大都督叫我办的。老百姓又喊大都督万岁。断龙人没见过皇帝，没见过赵常大都督，他们见了水就喊万岁，水生万物，有水就不渴。这里水贵如油，一瓢水洗完菜再拿来洗脚，洗完脚再拿来喂猪喂牛。甲子年是旱年，田家幺妹守候一夜，从岩缝里接了一夜水滴，得半桶水，李家老二来了，抢她这半桶水，推推拉拉，李老二掉进天坑摔死了。半桶水一条命。田家给李家赔了这半桶水，两家人讲和了。

七红对赵常说，这个龙二真不简单啊！

刘艺凤说，我们的大都督会用人嘛。

赵常说，龙二这是为三川半立功，为他自己立德，一个人多立德，就会德高望重，可成圣人。龙二能成圣人，是我三川半的福气。

邓肯博士送给赵自龙一本书，他花了三年时间，把洋文变成中文,这是最早的一本洋文变中文的手抄本,叫《物种起源》,这本手抄本后来一直存放在彭锭的大庙里。这本书讲进化,讲人和蝙蝠同出一种,后来人自为人,蝙蝠为蝙蝠。人又可不断进化,小人物进化成圣人,也可变为小人。圣人为圣人,小人为小人。赵自龙讲出这些道理,邓肯博士打了个哈哈,你总是把西药弄成中药,把达尔文搞成孔子。赵自龙说,中药西药,都是治病救人。只是这三川半,草木不同,药性不同。人生病也不同。混成药方,才可见效。赵自龙的医院,植物动物矿物都是药。一把黄泥让急症病人起死回生也不稀奇。有种热病,先拿狗血淋,再用黄泥水洗净,也就见效。

龙二来看病,说这几日头晕目眩。赵自龙看了脉,开了姜片、柏子两味药,嘱静养。

邓肯博士早知道龙二这个人,见其人獐头鼠目,个子矮小。这个人三川半能呼风唤雨,算是稀奇。人真是奇怪。人不是马。马要长相好,才是一匹好马。人相貌丑陋,也有才干。邓肯博士是西洋绅士,不评人长短。对三川半草木和人无不生惑,拿来与赵自龙议论。赵自龙说,这三川半万物万相,我也是不明白。天上留题,众生是题,人用心破解。前人留下这许多药方,都只让后人研习,习而知趣。马有趣,人也有趣。三川半有个龙二,也有众人,才是有趣。三川半有百草,百草为药,也才有趣。

忽然来了个病人。

来的是个中年男人,喊肚子胀。赵自龙叫解开衣服。那人却绾起裤管。伸出小腿,是小腿发胀。一看,这人的右腿肚子比左腿肚子大一倍。问只胀不痛,不红不热,触之有胎动感。又看脉相为滑脉,是胎相。一个男人腿肚子怀胎不成?

赵自龙叫邓肯博士来看病人。邓肯博士先摸了一下,不是脓肿,疑疑惑惑,用听诊器听那男人腿肚子,竟是胎心音。

赵自龙和邓肯大感不解,给那男人上了麻药,开腿肚子,取出一茄子大的东西,如蛇状。问那男人,说是数月前割草时被蛇咬,用草药治好了,想不到留下蛇胎。

天下万物,见怪方知怪。

四十　三川半生事

赵常家来了位做桐油生意的商人,从大口岸天津过来,带来了好友陈大任的口信,说是兄弟陈大任在北伐战争中立功,做了军长。又说天下共和成事。嘱赵常理好三川半政事,不日共建共和大业。来人见多识广,酒席间尽谈大事。说袁世凯,说蔡锷,说孙中山。

赵常一统三川半,对天下大事少闻,听来新鲜。一个劲儿劝来客多饮,把言谈当佐餐。

来客自报家门,叫曾可以,专做桐油生意,与天津大码头李烛尘有生意往来。李老板原籍也是三川半,这曾可以是由陈大任结缘李烛尘,又经李烛尘说起三川半桐油。曾老板胃口大,说三川半有多少桐油他收多少桐油,每担桐油比别人高一块银钱。

　　桐油在三川半用来油斗笠、油木桶、油船、油吊脚楼的木板壁,也用来治病。赵常问曾可以要那么多桐油做什么用?曾可以说做化学工业用。赵常第一次听到化学工业,不甚明白,但他知道,就拿桐油化成别的东西,像钢铁变快枪、铜变子弹、硝石变火药一样。世间万物皆可变化之物。

　　曾可以敬过酒,直夸三川半人杰地灵,出赵大都督这样的英才。思想进步,搞民选官。有叫沈从文的少年,提倡公民社会。也难怪,当今共和国内阁总理熊希龄也是三川半人。又说三川半物产,洪市码头繁华,三川半人如何英勇,当年抗倭杀敌,为戚家军主力。赵常讶异,一个做桐油生意的,初来乍到,对三川半知道这么多。

　　时令初伏,赵常递给客人一把蒲扇。移至内院品茶。五月星明,流萤乱飞,蛙鸣如市声,夜声如唱。来客兴起,念了一句:

　　难怪人愁,遍地青蛙哭破喉。

　　赵常敬过一杯茶,随应一句:

　　莫道夜暗,满天星斗来神眼。

曾可以回敬一杯茶,赞赵常诗才。赵常一笑道:我一介武夫,不懂诗的。

曾可以又说,贵地出了个狠人,叫贺龙,赵都督可听说过?

赵常说,不只听说,我与他有一马之交。

曾可以问,你们打过?

赵常说,不是。贺龙领军过境,我们换过坐骑。我早听说此人豪气,出手不凡,两把菜刀换快枪,此公日后必成大器。路上相逢,我一看就知他是贺龙,那一身英气,别人想装也装不出来。我俩互报姓名,互换坐骑。在下无慧眼,也识得英雄。

曾可以问:赵都督当时有多少人?

赵常说:三万人马。

曾可以又问:贺龙当时又多少人?

赵常说:贺龙带随从三十人。

曾可以说:要交起手来,赵都督可是赢家?

赵常说:人家只带随从,必不是来打我。贺龙只带三十个人来,也知道我不会打他。这也算一仗。双方见面之前,仗早就打完了。一切在贺龙的算计之中。天知地知,他知我知。

曾可以说:贺龙领军不少,他的部队叫红军。赵都督想必知道?

赵常说:知道一二。我们三川半管贺龙部队叫贺龙军。

曾可以又敬赵常一杯茶,说:贺龙的部队是穷人的部队,没赵都督这么阔。我也算是贺龙的朋友,在这里替贺龙讲个情字,赵都督可愿意借百十条枪给他?

赵常回敬一杯茶,说:我的枪不好使,怕人家大英雄看不起。我给他一万银钱,他自己去买好枪。只是,这事只你我知道。要让贺龙知道,不肯要我的钱,你我就大失面子。

曾可以说:这好。就算你赵大都督借给我做桐油生意。

关于以上一节,《三川半纪事》中无可查。但确确实实,赵常借出一万银钱给曾可以。曾可以在三川半的桐油生意也做得很大。银钱流到哪里,也只有曾可以知道。曾可以也不是贪小利之人,他的钱必做了大事。

曾可以在三川半做了两年桐油生意,洪市码头数一数二。突然就没了踪影,神秘得很。

一个有雷雨的夜里,镇竿军营。一个小头目起来撒尿,回去闯进了大头目的姨太太屋里。上床见一个胖女人,便做了那事。大头目知道了就要杀人。小头目先把大头目杀了,带了大头目的女人和人马上山为匪。

一时间,跟着出了十几支土匪部队。少则百十人,多则上千人。

赵常叹道:我三川半人爱争强斗狠,又有了枪弹,不出大事才怪。

有了人马枪支弹药,各立山头,自封司令。哪是兵,哪是匪,三川半的老百姓就分不清了。老百姓听到枪响就躲,躲出经验,出躲字诀:躲洞死,躲山在,躲到坛子里变酸菜。老百姓能躲,保长、甲长不能躲。上边交办差事没人接,就会派一个罪名。玩忽职首,通匪。官兵来了要吃饭,土匪来了也要吃饭。保长、甲长的工作就是供饭。乡长来了要喝酒,县长有时也来,还是要喝酒,保长、甲长的工作就是喝酒,饭甲长,酒保长,土匪来了喊爹,官兵来了喊娘。保长、甲长后悔当时众人把包谷子投到他的碗里。一些保长、甲长跑出去当牛客,跑到峨眉山捉猴子,有卖草药行医,有出去弹棉花做手艺。二所里缺了个保长。吴品字正在耕田。乡长田尚志来了,把他叫到田坎上,对他说,你就是保长了,这是你的委任状。吴品字有几丘田,一头牛,两头肥猪,家里能做烧酒。这样的人在这样的时候最适合当保长。乡长一走,土匪唐巴子就来了,又杀鸡喝酒。唐巴子一走,来剿匪的官兵来了,来了个连长,又杀鸡喝酒。还杀了头肥猪,招待剿匪部队。那位连长喝了酒,问吴保长,你可知道唐巴子的窝在哪里?吴保长说,唐巴子今天在这里,明天在那里,讲不清楚。连长一脸麻子,麻子先变红,后变黑,再变白。麻连长一拍桌子,唐巴子昨天才在你家里喝酒,他在哪里你不知道?你这保长是匪保长!叫人把保长绑起来,吊在梁上,然后走了。麻连长带部队进山,捉了几个砍柴的老百姓,当土匪毙了。那几个砍柴的老百姓平时种庄稼,农闲了也跟唐巴子跑路。麻连长走了,唐巴子又来了,把保长打个半死,说他告密。

吴保长挨了捆绑吊打,受了气,肥猪也没了。老母亲受了惊吓,死了。吴保长种庄稼,种庄稼还是不是保长?田尚志说他还是保长,不死就是保长,终身制,不退休。土匪还拿他当保长,官兵也还拿他当保长。吴保长还是种庄稼,养肥猪,又添了一头好耕牛,还开了几块荒地。粮食多了,做甜酒,做烧酒。乡长、县长来了有吃喝,官兵、土匪来了有吃喝,他是三川半最好的保长。

官兵不是赵常的兵,是来帮赵常剿匪的。土匪不打赵常,赵常也没理由和他们打。几支像样的土匪队伍,把赵常当老大,赵常几次想收编他们。龙二说,收编了哪来那么多钱养他们?还不是一样吃老百姓?让他们搞。这些人是三川半的祸,是三川半的病。让官兵来,剿他们,杀他们,我们也不结仇恨。赵常说,你是府长,你给上头打个报告。

报告递上去,官兵就来了。

官兵来了,龙二吩咐各县好好接待。

官兵来了,麻连长也来了。吴保长碰上麻连长,他就该挨打。

吴保长这个保长真的是终身制。若干年以后,红军打下天下,建立新国家,龙二当了参事,赵常当了政协委员。吴保长是四类分子,他是旧政权的保长。四类分子就是地主、富农、保长、反革命。这四类人是坏分子,后来坏人又扩大到五种人:地主、富农、反革命、坏分子、右派分子。坏人当中又定出一个坏分子,就是这个人像地主、保长、右派一样坏,又不是地主、保长、右派。再后来又有二十一种人是坏人,哪二十一种人?史料有记载,民间有传说。也不是坏人越来越多,总量不超过百分之五,百分之九十五是好人。

毛主席的时候,天下太平,没有土匪没有军阀内战,只有阶级斗争。民兵也不打仗,只搞坏人。民兵也拿吴保长捆绑吊打。民兵也跟吴保长没仇恨,他们是公事公办,让坏人吃些苦头,让他们不敢想回到旧社会,不敢翻天。

吴保长就这样当了一辈子保长。到死的时候,他骂了一句娘。骂那个让他当保长的田尚志。田尚志,我日你妈!骂完了就死了。双腿一伸,再也弯不过来。手脚一硬,就再不能种庄稼了。他死的时候,家里还有一头肥猪。人死了要埋,帮忙埋人的来几十个人,吃了那头肥猪,还剩下一只猪脚,村长拿回去,他老婆正在坐月子。

在吴保长刚当保长的那些日子,土匪多,兵多,不好种庄稼。像吴保长那样一心一意种庄稼,在土地上取得一定的成功,这样的人并不多。大部分靠种地的并不成功,一代一代的是穷人。土地不值什么事。三川半说话,人像泥巴一样贱。三川半的土地从来不值钱,百十个铜钱买一丘田。直到多年以后,北京、上海出了地王,几万块钱一平方米,比画家的画还贵,比三川半的好布还贵。老百姓穿衣服,几块钱买一尺布要喊命痛,地怎么那么贵?到那个时候,三川半的地也不值什么钱,县城里也就几万块钱一亩地,后来涨到几十万。老百姓以为那地下有石油。三川半人讲,伊拉克的石油怎么出的?是从三川半的阳河里流过去的。三川半人的奇妙想法总是很感动人。地连着地,河连着河,天下连着天下。地矿知识,地理知识,所有的知识都不重要,三川半人奇妙的想法很重要。他们其实不知伊拉克有多远。

种庄稼的吴保长其实也没种出多少东西。其实也种出了很多东西,天天吃饭,年年吃饭,一辈子吃饭,都是吴保长种出来的。他的种植,比他的思想还多。他勤劳,比石油还多。他的粮食,比爱情还多。工人爱机器,农民爱土地。吴保长是个爱土地的人。吴保长后来生个漂亮女儿。漂亮女儿的爱情不多,生的孩子多,一共生了十二个,活下来三个。知道这个情况的人会明白,三川半后来还有那么多人口真不容易。

种庄稼最不成功的是瘌子老五。庄稼长出来从不施肥,最多是跑到庄稼地里撒泡尿拉条屎。人家结了南瓜他就去借南瓜,包谷出来他就借包谷,他从来不偷,只借。瘌子老五人缘好,嘴巴甜,他一开口谁都肯给他。连郭疙巴佬也肯给他几个辣椒。

突然有一天,瘌子老五对大家说,他要去当红军,这让大家吓了一跳。瘌子老五怎么去行军打仗?大家可怜起他来。几位好心的嫂子给他做了新鞋。夏家大姑娘菊花对他讲,瘌子老五,你要真去当红军我今晚就嫁给你。菊花那个晚上就和瘸子老五在稻草垛里睡了一觉。瘸子老五说,我不搞你,你是个处女,我不干!我把你搞了你还怎么嫁人?菊花说,我就嫁你了,等你当红军回来。瘸子老五说,菊花,你莫怪我,那我就把你搞了。瘸子老五就把菊花的衣服解开。菊花说,我自己来。她就脱了裤子。

瘸子老五第二天醒来,对菊花说,我又不想去当红军了。菊花揪着瘸子老五的耳朵,我都让你搞了,你不去当红军,怎么对得起我?

瘸子老五怕对不起菊花,就去当红军了,他又邀了几个人,一起走了。几个人走到半路,被一伙土匪拦住要他们入伙。瘸子老五一声大唱,我们是红军,贺龙的部队!那伙土匪一听就不再惹他们,还送了一匹马,让瘸子老五骑马赶路。瘸子老五骑了马,对几位兄弟说,我现在是你们的连长了,你们要听我们的。

三川半人后来听说,瘸子老五过了雪山草地,还能用机关枪打仗。瘸子老五当了连长。

菊花干完农活,晚上陪着桐油灯做布鞋,一年一双鞋,做给瘸子老五。瘸子老五的左脚瘦一些,菊花做的鞋总是一只大,一只小。菊花做了十双鞋、二十双鞋、三十双鞋,快做到四十双鞋了,瘸子老五还没回来。

瘸子老五一走,媒婆就来说媒,财主李友根死了婆娘。媒婆没开口,菊花就说,李财主死了婆娘管我什么事?我等瘸子老五。媒婆说,瘸子老五没当红军,当了土匪,给土匪牵马,给土匪的小老婆背包袱。这些话我都听见了,菊花说,瘸子老五当了红军,骑大马,背盒子枪,我做梦看见了。

第二天,一些小家伙唱:

> 拜拜要当红军,
>
> 路上捡到五星。
>
> 红军不要拜拜,
>
> 路上捡到乖乖。

菊花放下手上针线,拿了赶鸡的竹响篙,把那群小家伙赶得东躲西藏,捉住一个,打得做猪叫。

四十一 三川半的岳母娘

赵常百思不解,三川半出了这么多土匪,他把土匪们当成一种性格,争强好胜。他们不想被官府打板子,不想被仇家灭杀,不想漂亮女人做别人的婆娘,就结伙为匪。还有一些是跟着玩的,杀别人的肥猪好吃肉,杀别人的鸡好喝汤。

赵常同样百思不解,三川半一下子有了这么多官。官有什么用?要这些官出来做个人模样,让人跟官学,学成好模样。把好人寻来当官,人人学成好人,三川半就成好人世界。

赵常想三川半外,官职无数。各司其职,天下太平。三皇五帝,父传子,家天下,生诸侯,设科考,选才俊。当圣人,学孔孟。文武百官,知廉耻,尽忠诚。武攘夷,文安民。定人心,定天下。三川半为天下一角,男耕女织,也成福地。

人吃五谷,生百病。好树绿叶也生虫子。

三川半幸得帝王书,得神佑,守得粮丰鱼肥。得先贤之脉,接天地正气。天下安,三川半安;天下乱,三川半乱。天下乱,三川半不可乱天下。

赵常前思后想,在太师椅上睡着了。三川半的春天,地热百草生,人多梦。纸上故事人物,从书中走来。朝靴草莽,来去如穿梭。见过秦皇汉武,唐宗宋祖,元帝明皇。遇盗黄巢,方腊太平军。有说书人唱,无道出昏君,不良长盗贼。

春雷轰响,赵常醒来,书中故事散去,一屋烛光。觉头痛,浑身轻若飘絮。

赵自龙为赵常拿脉,脉象沉滞,是以有郁结。开方子:朱砂烹猪心服用,另用大通草熬汤。

七红、刘艺凤商量,请来快活嘴欧阳光念快板书,请杨扯白打三捧鼓,让赵常用这些民间快活大法疗养。

快活嘴唱三川半的岳母娘:

> 三川半的岳母娘,
> 一女要嫁八个郎。
> 嫁个大郎是乡长,
> 嫁个二郎是警长,
> 嫁个三郎是讼师,
> 嫁个四郎是法官,
> 嫁个五郎开药房,
> 嫁个六郎是木匠,
> 嫁个七郎是道士,
> 嫁个八郎看阴阳。
> 有个屁事找乡长,
> 有个警长好了难,
> 要打官司有讼师,
> 判个案子有法官,
> 病了药房有生姜,
> 死了不愁棺材板,
> 道士来了做超度,
> 阴阳先生看坟场。

快活嘴唱完,七红给了赏钱。
杨扯白又来三捧鼓:

> 我名叫杨老五,

来打三捧鼓。

手艺学得苦,

三岁学到一十五,

才来呀才来走江湖。

一边唱,一边抛刀,空中盘花,背后穿裆。刀是好刀,看似吓人。

杨扯白唱了一个时辰,刘艺凤给了赏钱。

同是江湖艺人,有的惜字如金,有的一开唱就不停,给不给赏钱,就是要唱。

快活嘴唱完三川半的岳母娘,不再开口。

杨扯白唱了一盏茶,这黄金茶,茶香嘴甜,又唱:

皇帝朱洪武,

从小光屁股,

得了江山三五亩。

帮忙来种谷,

得了新姑娘,

住进大瓦屋,

天天吃的大米饭,

还有小猪肉。

唱了又讲朱皇帝故事。话说朱皇帝故事,他落难时,遇和尚相救。后来朱皇帝得天下,知那和尚是前朝臣子,便去杀那和尚,又记那和尚恩,不忍下手,叫那和尚先躲起来。朱皇帝手执大刀,来到庙上,自言自语,我今天只杀一棵树,不杀和尚,也当灭了先朝臣子。挥刀砍树,不想一刀下去,树竟流血,待断树,一棵人头掉出来。原来那和尚竟藏在树中。朱皇帝一叹:躲脱不是祸,是福躲不脱,乃是天意。

从此,朱皇帝与树结仇。他领兵出娘子关一把火烧了千万森林,至今甘肃宁夏草木稀少,一片黄沙。若干年以后,西边出了个奇男子,写书的,叫张贤亮,他搞了个黄沙影视城,那景致,也是朱皇帝留下的手笔。

大家听得快活,只是赵常提不起兴致。刘艺凤和七红很是着急。一个马背上的狠角色,竟成天缚鸡之力的弱童,怎么了得?

赵自龙又给赵常拿脉,说父亲的病好了许多。又开了黄氏汤。赵常吃了八日,渐渐复原,元气大增。邓肯博士又送上西洋参。西洋参蒸冰糖吃了三天,人强壮如先。

一家人用餐时,赵常来了兴致,说那个唱快板的,把三川半的岳母娘编排成那个样子。三川半的岳母娘,我知道的也只我家岳母大人,大事小事,料理甚好,这样的岳母娘,也要编快板编三棒鼓来唱。

七红说,我哪能当书唱?好多事靠你们,我这当娘的,是想得到做不到。我这一辈子,只想做个好女人,头发都白了,我这梦也圆不了。我这辈子跟了两个男人,一个男人死了,一个男人当了和尚。我现在只有你们,一个女儿,一个婿。女婿半边子,也是我儿。还有孙子。这孙子我看他一颗菩萨心,有菩萨心肠才能算个好医生。

刘艺凤看了看娘,她突然看见,娘一头青丝已成白发。娘怎么突然就老了?

七红说,昨晚做了个梦。一个男人向我讨钱,说要买兵马。一个和尚来化缘。这两个死鬼冤家,是来要命的了。我今天也几十岁了,也该死了。人死如灯灭。有这个时候,你们不要伤心。

刘艺凤没说话,已是泪流满面。赵常说,老人家一向慈悲,悲天悯人,长寿百年。

七红左顾右盼,又用手到处找,想找她的银牙签。她的银牙签就挂在她那一串银链子上,还有一半银匙。刘艺凤帮母亲取下银牙签。七红把那一串钥匙交给刘艺凤。女儿,你把这钥匙管好。你该知道,这钥匙什么时候开锁?都锁了什么东西?

刘艺凤说,娘我知道,有急事开锁。锁的是三川半的救命钱,救命粮。

七红点了点头,牙签掉在地上。七红头歪在椅背上,像是睡着了。

刘艺凤叫了一声娘。七红睁开眼,对赵常和刘艺凤说,你俩还记得我那娘家亲戚?刘艺凤知道娘问的是大姨妈和王开明娘俩。刘艺凤答,记得。七红说,其实,那娘俩不是我的亲戚。我自幼孤身一人,哪来什么亲戚?只是人家找上门来,喊我一声姑奶奶,我就认他娘俩做亲戚。人到难中好帮人。以后,你们要当他娘俩做亲戚待。

刘艺凤说,娘放心。

七红又说,你要和三川半的穷人一起吃饭。

赵常和刘艺凤嗯了一声。

七红停了停,闲了会儿眼睛,又说,要跟穷人一起吃饭。跟富人吃饭是排场,跟穷人吃饭是不饿。

七红叹了一口长气,不说话了。

七红死了,脸变佛相,若观变面。人死变脸,后人有福。

七红死后,大办丧事七天七夜。大姨妈哭得死去活来。说好人命不长,祸害活千年。王开明戴孝七天,长跪七天七夜。到出殡时,王开明竟是长跪不起,两人架他起来,竟是双腿屈不能伸。会事的用苞谷烧酒擦一刻,王开明双腿才能动。快活嘴、杨扯白也来唱了七天七夜快板,三棒鼓。

快活嘴唱三川半的岳母娘,把词也改过,讲尽世间好话当颂辞。杨扯白唱三棒鼓,讲好女人如何如何。讲好猫管三寨,好女人管三代。

七红大葬过后,三川半的勺哈寨有岳母娘嫁女。这女这回是嫁第八个郎。

四十二 普通事物

刘艺凤照了一回镜子。很多年,刘艺凤不照镜子。一照镜子,看见了妈,看见了娘。镜子里的老女人,不是妈,不是娘,是刘艺凤自己。女人好,容易老。没有开不败的花。刘艺凤把镜子翻过去,人还在镜子里。那是一块双面镜。老相长在脸上,洗不掉,擦不掉。

女人老了,能做什么?能管一串钥匙。

刘艺凤和赵常已经分床多年了,多年不做夫妻的事。她记起那年,赵常在石板上那样猛烈地把她碎成云烟又聚拢来。女人老了,她不想男人跟她一样老去。她不能给他欢爱,她要去买,去借。

清明时节,同赵常给七红挂青烧烛。一路野花,白的红的黄的。大河刚涨过,一河绿豆汤。七红拉赵常上了一条大船,船上只一女子,十七八岁,正灿若桃花,长辫子齐腰。一身绸缎紧身旗袍。见刘艺凤、赵常上船,笑眯眯地递上茶水。口称凤姐姐好,姐夫用茶。赵常看了看那女子,灵气貌美。

春风正好，任船自漂流。这妹子叫何露，是我连人带船从洪市码头请过来的，与我们的大都督一道踏春。

游至天黑，船在一河湾泊了。岸上早有人备了酒饭，送上船来。一天星斗，新月初上。三人饮过，刘艺凤说，今夜我们只把这船当客栈，在船上过夜，妹子好好招呼你姐夫。何露低头不语。赵常不解其意，问刘艺凤，我今晚在船上做人质？刘艺凤一笑说，我今夜给二位做红娘，娶回小妹，我也有个伴儿，好说话。赵常说，我们夫妻三十年，过风过雨，哪能做此儿戏？少是夫妻老是伴，有我伴你不行吗？刘艺凤说，我们夫妻一场，恩爱三十年，我怕有一天像娘一样去了，没个人疼你。何露这妹子我已结识一年多，人心肠好，能体贴人。我一个做主，娶回来做妹妹，我家大都督要是不允，我也随义父去峨眉山做尼姑。何露敬上一杯茶说，要是姐夫不肯要我，我也跟姐姐走了。

赵常回敬一杯茶，那好，也不用你姐妹逼我，有你姐妹，也是上天赐福。我赵常天不怕地不怕，老来做一回新郎怕什么？我赵常对天土日月，这辈视你姐妹骨肉至亲，也是英雄难过美人关。赵常那一晚在船上做了新郎，那一夜千般温情。

半夜里，赵常叫刘艺凤、何露一起看月亮，其实是怕刘艺凤一人孤独。

河风乍起，水中月亮摇成一叠，波光如洒。

这样的风花雪月，让英雄无语。那许多花前月下的诗，赵常

只记得:

  秦时明月汉时关,

  千里征战人未还。

  何露抚琴,如珠击玉,一河琳琅。

  一个时辰,云遮月。刘艺凤崔赵常、何露入船舱,房事过后,易着凉伤身子。

  赵常拥新人入眠。刘艺凤坐在床头理自己的头发,几根飘落,竟了银丝。落叶可归根,不复上树。

  这河湾寨子,叫拖船洞。夏向杂姓。农家三月,正是忙月,春耕播种。夏家老汉彻夜打点农具。拧犁扣,磨镰刀,看看锄头把松了,紧紧点,泡泡水。铧锈了,擦亮,上点桐油。又去牛栏里看了一回,给牛添夜草。牛吃夜草长膘添力。又把葫芦里的种子倒出来选了一遍,选好种,出好苗。

  这些活,夏家老汉少时就会。这些农具就是他的器官。人同铁木,说不上情感,但缺了就会痛。有一回,夏家老汉割牛草,不小心把镰刀落下天坑,他下到几丈深的天坑,拾回那把镰刀。人没摔死,刀回来了。

  夏家老汉恨这些农具。有好铧,要生锈。有好犁,要犁扣,犁扣断了几十个,犁头不断,磨人。有好牛,要吃草,不吃你个牛日的会死啊!有好地,年年犁;有好苗,要锄草。这把镰刀,总要磨,缺了缺了又去磨。月亮缺了不要磨。

夏家老汉的老伴前年死了。老伴死的时候说,我嫁到阴间去了,你再娶一个回来。夏家老汉身体好,看起来比赵常老,其实比赵常小一岁。夏家老汉没再娶,虽说三川半小,找个两只脚的做老婆还是找得到。找个老婆多张嘴,多条裤子,要是不小心生了个小的,麻烦就大了。

夏家老汉一儿一女,都在外边做事。儿子当土匪,女儿在洪市码头妓院里做那个事。一家人都算有事做,托三川半的福。

夏家老汉忙完夜活,上床眯一会儿,鸡就叫了。一翻身起来,对着尿桶撒尿,手按不住下边那活儿,一泡尿没尿进桶里,直冲到木板壁上。一边尿一边骂,你就不听话,我这板壁是杉木的,桐油油过的,沤坏了你赔不起!

一个炸雷,像炸开了天门,雨泼下来。夏家老汉和牛下到田里,赶时抢天水做田。牛和人忙到午时,一块旱地变成一汪水田。夏家老汉对牛讲,你看今年又多收三五担谷。牛眨了眨眼,用尾巴甩打屁股上的一只牛虻。

夏家老汉看到河里的大船,他不知道那船上有大人物,他也想象不出有个女人帮自己的男人找小老婆。他对牛说,等我有了钱,请好木匠做条大船,我和你去洪市码头,去南京,去上海,给你洗个热水澡,给你找个城里的花花牛,做你的新娘。那个时候,你只管过幸福生活,不要你耕田,你只管去玩。我还给你买顶官帽子戴着,走到哪里都像个乡长。

夏家老汉给牛一些嫩草,他在太阳底下睡着了。

雨一停,云散了,太阳出来了。

蚂蚁们不懂事,以为是个死人,爬到夏家老汉身上,钻进裤裆里乱咬。夏家老汉伸手挖蚂蚁,蚂蚁逃了。把自己的蛋蛋挖疼了,骂了句又睡着了。

太阳照热了泥土,很香,像煮熟了的大米饭。

午时过了,来了个开船的,赵常他们的船返程了。

赵常问开船的,这岸上寨子叫什么?

开船的说,叫拖船洞。

四十三 三川半的日头

三川半的日头像一块铁,慢慢地热,慢慢地冷。

布谷鸟叫过,杜鹃叫过,麻雀往尾檐下钻,冬天就来了。

三川半的雪是暖的。三川半有很多赤脚,人,牛,鸟,兽。暖而松软的雪地,印上许多脚印,把一个三川半的冬天,这里画上一笔,那里画上一笔。走的画,飞的也画。一点一点,一线一线。那些不飞不走的也画。石头是黑色的,树是绿色的,河流是亮晃晃的。太红是红红的,月亮和星星是金色的。这是冬天。春天是什么样子?夏天是什么样子?秋天呢?那万个变化,人往往目瞪口呆。能记住的是大笔的颜色,与记忆同在的时光。生命像草一样,一季又一季,枯了又绿了。从汉唐到永远。三川半这巴掌大的天空,挂满星辰,挂着太阳和月亮。太阳很近,月亮很亮。因为汉唐,三川半变得辽阔,因为永远,三川半就会长久。

人熬不过日头,大姨妈变得越来越糊涂。她对如是说,媳妇崽,我不是装蠢,人真的蠢了。她对王开明说,我想抱孙子,等不到了。我去帮七红姑奶奶洗衣服,端茶倒水。你姑奶有一辈子有人服侍,她现在身边缺我这么一个人。

人说死就死了。大姨妈喝一口鸡汤,汤没吞下,含在口里人就死了。

如是哭了三天。王开明没哭,他只是难过。有了银号,有了钱,有了老婆,娘死了。人要不死,就一辈子有个娘。

大姨妈的坟埋在七红的坟旁边,大姨妈的坟比七红的坟小很多,王开明想把坟做得和姑奶奶七红的坟一样大。大姨妈生前交代过,她要和姑奶奶七红埋在一起,坟要比姑奶奶七红的小。姑奶奶七红住大屋,她住小屋,这样才像。

过了清明节,那位突然走了的桐油商又突然来了。

他告诉赵常,说北伐战争不打了。红军和白军现在也先不打了,打日本人。日本人打到中国来了,大家一齐打。不打我们就完了,我们就帮日本人开银号帮日本人种田了。

赵常说,我那位兄弟,那个陈大任,现在在哪里打仗?

桐油商曾可以说,陈大任现在是司令,在北方打仗。日本兵怕死了他。他手下有位瘸子团长,也是个狠人。他在打仗时掉了队,落在日本人兵营里,一个人把日本人的指挥部炸了,又一个人找回部队。立了大功,当了师长。

赵常说,我跟你去找陈大任兄弟,我还不如一个瘸子?

曾可以说,你只给我一些兵,再借你一些钱。你守住三川半这个后方,兄弟我借重你的时候多。

曾可以不等一宿就启程。赵常叫来龙二,说铁公鸡也要拔根毛。龙二一声吆喝叫来几条壮汉,你们多装些银元到船上,送给曾老板,不要把船压沉了就行。

曾可以走了。龙二对赵常说,那么多银元让人拿走了,我好心痛。

赵常说,银子变水哪个不心痛?日本人打到三川半,命都没了,还心痛?

龙二勉强打个哈哈,钱嘛,又不是爹又不是娘,生不带来,死不带去。只是交给那曾可以,他私吞了不冤枉?

赵常也打了个哈哈:龙二呀龙二,天下也只有你龙二想得出这个心思。人家曾老板是做大事的,要你几个银元?你当人家是打三棒鼓讨打发的?

龙二忙说,那是那是,我龙二也跟着做了件大事。

赵常又说,你这铁公鸡也算拔了一根毛。我还有几个私房钱。你缺钱时跟你嫂子要，钥匙在她手里。那些钱是三川半的救命钱，你这个府长莫乱花。明年青黄不接时，三川半又要花钱，你看着办。

龙二说都督大哥放心，我现在也算个父母官，替都督大哥掌印，我办事不给大哥丢面子。

日本人来得猛，那时的中央政府迁都重庆。红军在北方跟日本人打。白军在云南跟日本人打。老百姓跟一些地方部队到处跟日本人打。打死了好多日本人。打死了好多中国人。美国人、俄国人也来帮中国人打日本人。三川半人讲，人多好种田，人少好过年。打仗也是人越多越好，人多势众，就能取个胜利。人多死得也多。在云南腾冲，一座小山埋下一个师的白军将士。若干年后，那些石碑长满青苔，那座小山像沉睡的兵营。北方的红军打仗灵活一些，把日本人放明处当靶子打。红军白军，都读《孙子兵法》，心得不同，打仗也不一样。后来的军事家，想破脑壳，得了个战争话题，叫不对称作战。红军早就用过，屡见不鲜。

当时的中央政府迁都重庆，重庆就叫陪都。陪都也来人到洪市码头借钱。龙二邀集各家商号银号，照给一船银元。人家拿走了银子，龙二一拍胸脯，我龙二就是舍得。我龙二别的本事没有，就是钱多！

陪都白军早闻洪市码头好玩，日本人的炸弹也没扔到那里。就三五结伙，偷偷摸摸到洪市码头来找乐。三个五个，到了洪市码头就是一大堆兵。

开始,妓院里做事的姑娘还肯接几个伤兵,那些伤兵断腿断手,还好没断胯中一截。他们做完事,姑娘们不要钱。后来兵多了,姑娘们不干,出多少钱也不干。只陪兵们喝茶,劝他们回去打仗,把日本人打跑了,你再来,要怎么样就怎么样。

后来妓院干脆关门,门上有副对联:

青天白日你不抗日我抗日;
老枪新枪你不打仗是烂枪。

兵们看了对联,就从洪市码头撤走,上了战场,把憋着的火气喷出来,有的成了英雄,有的当了烈士。

邓肯博士的侄子是位飞行员,也来到中国战场,来到中国的白求恩医生,也跟他是同一师门。

邓肯博士和赵自龙说话,每天飞机从头上飞过,说不定哪天炸弹就掉下来。

邓肯博士对赵自龙说,日本人和中国人都信佛教,文字也很相像,又是邻国,该是好朋友,为什么要打仗?

赵自龙说,正是正是。阴阳不调,脉络不通。下过猛药,才得病好。只是这个病,要多久才能治好?

这天天气真好,几丝白云,若着白纱的女子慢慢走过,天蓝若深潭水,太阳很温和。忽然有黑压压的云过来,走得很快。近了,原来不是云,是一群鸟,哪来这么多鸟?

田里插秧的人，坡上放牛的人，都抬头望这奇妙。

又有两架飞机相逐而来，在空中斗架。一会儿，两架飞机同时冒烟，两朵白云一样的东西落下来。这是三川半人还叫不出名字的降落伞。两顶降落伞徐徐飘落，最后挂在医院的屋檐上。邓肯博士和赵自龙搬来楼梯，把挂在上边的两个人接下来。一个蓝眼睛的西洋人，一个像中国人不会说中国话的日本人。

邓肯博士和那西洋人相对一望，两人都惊呆了。那西洋人正是邓肯博士的侄子杰克。两人紧紧拥抱。邓肯博士说，上帝叫杰克来看老叔。杰克说，感谢上帝。杰克指着那个日本人说，刚才就是这小子把我的飞机撞下来的。日本人不要命，用他的飞机撞我的飞机。

外边看热闹的议论，那东西坐在上边都脑壳晕，还在天上打架，找死！

那日本飞行员不说话。邓肯博士早年去过日本，会一点日语，对日本人说，我们这里是医院，你是天上掉下来的病人，就在这里休息。

赵自龙过去拍了拍日本人的肩膀，你现在没飞机了，不能丢炸弹了，算三川半的客人，等会儿请你们吃饭。你吃饱了，给你路费回日本，莫再来了，我们人多，你们打不赢。

日本人似乎听懂了。

杰克告诉邓肯博士，他现在是陈德纳将军飞虎队的成员，少校飞行员。

邓肯博士做了一道菜,白菜、胡萝卜、豆腐、粉丝煮在一起。赵自龙说,老师做的这道菜是三川半的过年菜,叫合菜。合家团聚一起吃饭的意思。邓肯博士说,这也是一道日本菜,我在日本秋田农家吃过这道菜,可能也叫合菜吧!一道家常菜。

那日本人突然开口,说了句中国话,谢谢!他说他会说中国话,他说他的父亲是中国人,母亲是日本人。他的中国名字叫沈铁民,日本名字叫黑泽民。黑泽民说他父亲也是一位医生,中国内科、西医外科都会,在一个叫琵琶湖的地方有一家私人诊所,父亲是家乡一带的名医。

人间万事,因果联系,原来就这样天衣无缝。就是诗人彭努力那一肚子才学,也做不到这样奇妙。就如灵山秀水,鬼斧神工造就,哪容再添笔墨?

后来,杰克回了他的飞虎队。

黑泽民自幼跟父亲学得一些医道,帮父亲抓药。他留在赵自龙的医院当帮手。

日本人战败,在芷江受降后撤回日本,黑泽明还留在赵自龙的医院里。到他回日本时,已是一名医道出色的医生了。由红十字会安排黑泽民回日本。临别前,他向两位老师行日本礼,把腰弯成那样。赵常对他说,你心中有佛,能当个好医生。中医治病,是医人,医人身心。黑泽民说,只是那些死去的人再也医不活了。还有那些受伤的土地,我想种成森林。我要回去了,母亲病了。邓肯博士说,上帝怜惜,你回去吧,好好看护母亲。日本的大米真好,我再到日本你请我吃饭。

日本的太阳也很好,像三川半的日头,让万物生长,让稻麦成熟。

三川半的和风、阳光,是爱和慈悲。这太阳的风景,让人惭愧。他这个西洋人,高贵的文明的西洋人,站在这太阳底下,与一位侵略者依依惜别。他的《圣经》,他的上帝的盐,总是撒在战争的伤口上。他同胞,西洋人,东洋人,八国联军和鸦片,也是在这样的太阳底下,杀人放火,掠走财富。多么像加勒比海盗。

再见黑泽民,借给你上帝之手,捧着阳光捧着这三川半的阳光,这泥土,回去,回到你的祖国。

再见,黑泽民。用这阳光,洗净我们的手,我们的心,我们的胸怀。

我们都是由神召唤而来,我们是手足兄弟。

白求恩大夫死去,柯棣华大夫也死去后,邓肯博士回到西洋。

赵自龙娶了他的助手,湘雅医院的一位护士女孩。雅礼协会的会员,美国籍的法裔女孩,她的祖父是位伯爵。

四十四　湘雅

湘雅医院,后来是一家很有名的中国医院。那时的湘雅医院还是小医院,叫雅礼医院。后来的省政府同雅礼协会联合办院,改名湘雅医院。再后来,报当时的中央政府审批,办医学院,先办了个护理班。

赵自龙的女人就是那个护士班第八期的学生。这小女生叫玛丽·杜拉斯,怎么就来到三川半赵自龙身边,前人没说,后人不知。

在反洋教的时候,长沙城里人、乡下人要烧医院。一位三川半人,一个土匪头子,他曾经到湘雅医院治过枪伤。那天他正好来谢医院。他站在医院门口,大喊我是三川半的土匪,专门杀人放火。但是这里的洋人杀不得,这里的房屋也烧不得,以后我们有了伤病,不求这里求哪里? 湘雅就这样留住了。留下是福。

算起来,湘雅同雅礼是亲家。三川半赵常的医院是湘雅的女婿。

多少年后,三川半人到湘雅当护士,当医生,当博士生导师。西医学界有些名气的张亚林博士,是行为医学、精神病学的掌门人,是后来湘雅医学院院长杨德森教授的得意门生。按画家黄永玉的说法,三川半人有脸啊!

在张亚林博士成为学科掌门人的时代,三川半已经通了火车。火车是一个大行动。三川半的河流,水还是那么满,河道还是那么宽。水路突然间变得狭窄。这一变化,靠水吃水的洪市码头的繁华,也成为往日故事。

三川半人看事物,爱猜想。张亚林博士怎么成了湘雅的大人物?猜想源头,他可能是当年救了湘雅的那土匪头的亲戚,上帝要回招他。古丈当年有老土匪头的亲戚,上帝要回招他。古丈当年有个土匪头目叫张平,博士与他可是族人?张博士是永顺人。三川半十里不同音,五里不同族,想来也不是。

湘雅医院是一座医院,这是千真万确的。每天有许多人在那里挂号就诊,有许多人在那里出生和死亡。那里有许多看病用的仪器,有显微镜技术、光技术、超声波技术,以及这些技术的支持和延长,以及在远处和它联系在一起的仪器仪表厂、制药厂、被服厂、火葬场、殡仪馆、墓地,还有这一切的管理者、医护人员输出地、钢铁业、化工业。湘雅医院是一种组合,一个复杂的方程式,一首长诗,一篇招告文学。如果加上在那里出生和死去的人,也是一本小说。神学或者历史,都曾经附会湘雅医院。然而,那一切都不是湘雅医院,只有湘雅医院才是湘雅医院,这里的工作是杀灭细菌和病毒,让人体器官健康地工作。

湘雅医院是真实的,是三川半的参照物。三川半或者将来被写进地理课本、历史课本,但还没有,没有过。三川半只是民间艺人快板中的名词。三川半是模糊的,无以描绘其轮廓,不好确定其疆界。虽然它的季节是真实的,声音和温度是真实的,植物和人是真实的。但是,它总的来说是模糊的,只有作为湘雅医院的参照物才可能存在。

张亚林这个人物也是真实的。一位医学科学工作者,一位人文工作者,一位有灵魂的医生。一个人去找张亚林博士看病,这个人叫诗人彭努力。

一看就知道这个人有病,又老又病。他是诗人,诗歌本来就是病,诗人彭努力脱光了牙齿和头发,像经过化疗或受过核污染。

张亚林能准确地判断这个人的精神状况和各个器官的运作情况。

诗人彭努力脱光了牙齿,这并不影响他的辩才,他太有才了。他反复论证他没有病。

张亚林博士看过许多病人,他也许早忘记了这位病人。

诗人彭努力也许从没到过湘雅医院,他同他的岁月一起死了。

张亚林博士的时代是新社会。

两个社会两重天,两个场景的人物怎么会碰在一起呢?

在湘雅医院的后来,一个高速度发展的时期,一个当时的现代化时期(所有的现代化都是当时的现代化,现代化是人类进行时的一个名词)。这个时期,三川半人搞了一笔钱,在湘雅医院旁边盖了一家五星级酒店。三川半人进城,就住这家酒店。这家酒店有一种语言,是地道的三川半语言。在酒店的厕所里,抽水马桶两边的隔板上,乱写乱画有野性和下流的民歌。赵常和刘艺凤在石板做那个事的连环画,画法低劣。在这些地方,确实会捉摸到三川半这样一个地方,有人居住在那里。这些人类到城里,也视同荒野。如何地要城市化,如何地加速,三川半也只显出一个"慢"来。

三川半人进湘雅医院不会撒野,各种检查早已把他们制服了。然后躺在病床上,挂上吊瓶,看着天花板数日子。

要死也回三川半去死。

那里是世界上最好的地方。那里有他们的年节,有他们的大声说笑,还有他们治病的偏方和药草。

有他们的三川半的岁月和年景。

四十五　使我嫁妇无颜色

把火车搬走,把那些铁轨也搬走。让张亚林博士再回到娘肚子里。

一切又回到了从前。

三川半还是赵常的那家小医院,小医院治大病。

洪市码头有了十几家银号，十几家镖局，几十家大烟馆，几十家妓院，当然不算发廊和洗脚场。还有了十几家所馆。那些舞文弄墨的不像诗人彭努力一样写诗，就办报馆。报馆的包打听，捉住那些体面人宿妓院、包二奶，动不动就要曝光，捉住贪污几个银钱的也要曝光，捉住黑社会一般不会曝光。体面人花钱封口，黑社会杀人封口。那些有经验的包打听很会做事，讲个分寸。他的日子混得还好，报馆也很热火。

王开明的银号还能赚钱，他的合伙人，那位江西的银号老板李家富回江西了，他把银号的本钱留给金玲子。那时候，金玲子才二十一岁。她觉得一下子很老了。相伴的男人一走，女人就老了。女人总是不会好好计算年龄，不老说老了，老了说不老。她知道李家富一回江西老家，是再也不会回到她身边了。一场相好，就是这个结局。怨他吗？不，怨命。没有这个男人，可能更糟，两个人相好，过了许多好日子。一天一天地算，很长；一年一年地算，很短。离别的时候，两个人喝了很多酒。两个人脱光了，抱了一夜。金玲子说，家富，我们再也见不着了，你好好要我吧，把这辈子做完。李家富就是硬不起来。金玲子百般弄他，还是一根棉花条。

李家富说，别弄了，我下边那根筋断了，再也硬不起来了。别怪我，我的任务完成了。我走了，你要好好照顾自己，找个好男人，留给你的钱能过一辈子了。

金玲子流了一夜泪,打湿了枕头。

你留我的身子,留下这些钱,还有什么用?还讲什么一辈子?我跟你,不是你的钱,也不是只做那个事,是你疼我。你走了,有谁来疼我?

李家富摸了一把脸,知道自己哭了。李家富骂自己,金融危机都没哭,跟女人哭了。这女人,让人断肠啊!

第二天,王开明、如是和金玲子一道送李家上船。

船远了,李家富大喊:开明兄弟,帮我照顾好金玲子。

船行三川半大河,入洞庭湖,进长江,行江西。水流东方,人去不复回,多少心思做流水。如是想金玲子一个人可怜,便在洪市码头住了客栈,做个相伴。

那年生意还好。王开明领伙计账房先生三人送银帐给金玲子,她进了一大笔钱。金玲子看王开明,这个姐夫怎么看怎么像李家富。金玲子笑上眉梢,给伙计和账房先生一人一个大红包,留下王开明吃酒。这大雪天,亮得雪光意惹人。金玲子暖了米酒,又下手烧了腰花猪舌。两人对饮,任窗外雪飘冰封路,更显屋里温柔情。米酒加蜂蜜,吃来甜口,多饮就醉了。醉了就相拥而眠,醒来一场男欢女爱。做过两人都生悔意,这怎么得了。金玲子怨自己,这叫偷人。要偷人,两只脚的男人有的是偷,怎么就偷了如是姐姐的男人?王开明坐起来叹气,这一搞,把个忠诚节义都搞掉了,把个大男人搞小了。千不该万不该,不该甜酒又加蜂蜜,天不该下雪,人不该乱性,女人不该香,男人不该臭。

如是一人在客栈,等王开明回来。左等不来,右等不来。账房先生和伙计得了红包,吃了酒到妓院去了。找人不着,如是只好到金玲子的住处找人。门是虚掩,进去一看,两个人正躺在被窝里。

金玲子慌忙起来,叫了声姐。王开明一滑下床,跪在地上,不敢抬头。

如是说,妹子,你看,我家男人喝多了,这个样子。如是拉起王开明说,有本事就把我金玲子妹妹娶过来,别这样偷偷摸摸的。

如是又对金玲子说,妹子,选个好日子,我八抬大轿接你。只是我们家不比这洪市码头热闹,不知妹子会不会习惯?

金玲子说,妹子哪来这个福气?妹子一时糊涂,以后不会这样了。

如是说,姐姐也是女人,这种事,有了一回,就有两回,干脆一起过日子,也省得人家讲闲话。妹子单身一人,守得住一天,守不住一年。一个女人,哪能天天守得住?只是妹子嫁过来,要怜惜男人,太猛了男人受不住。男人是瓷器,经不得摔,要用得久,得小心着呢,细水长流。

如是这番话,让王开明无颜,无语。

这叫做什么事呢?捉贼捉赃,捉奸捉双。这样叫如是拿住,又一番话，句句是敲打。

如是又对王开明说，妹子这一张床也挤不下三个人。你是留在妹子这里，还是跟我回客栈？

王开明跟如是一同回客栈，一路走一路赔不是。如是说，一个大男人，能不能出息一点儿？你帮我疼了一回妹子，我感激你还来不及呢！

回到客栈，如是睡了。王开明不敢上床，一个人烤木炭火。

如是说，别坐那里当相公，到床上来。如是拉王开明上床，帮他脱光衣服，如是也脱了个精光。你这馋猫，不是喜欢吃鱼吗？你来呀。王开明做了很大的努力，想有个好的表现，临场发挥不好，像那些口若悬河的人，突然忘了演说辞。他拼命地抽打坐骑，马儿就是不动。如是说，你这真叫皇帝不急太监急呀！我哄着你，疼着你。要是你哄成皇帝，那三宫六院你要有福才能消受。男人啦，没有女人想女人，有了女人想别的女人。女人是只药罐子，迟早把男人熬成药渣。

王开明现在真的蠢了，没有一个词，没有一句话。

冬月十八，黄道吉日。

没有八抬大轿，这，金铃子早会知道。王开明一个人戴了墨镜，打了把洋伞来接她。这金玲子没想到。洪市码头天还没亮，新娘和新郎踩着雪，一路走到王家。古道新人新事。这多少人踩成的大道，走起来就这么难。积雪很冷，然后就不冷了；风很冷,然后也不冷了。

进了家门,如是叫了声哎哟妹子,这大雪天请不到轿夫,让妹子受苦了。金玲子笑了笑,姐姐让姐夫来接我,我已是皇帝命了,苦什么?

吃过饭,金玲子觉得浑身发热,头痛得要炸开。然后就昏昏沉沉,似梦似醒。

如是对下人说,我这妹子得了瘟病,这大雪天,也不好找医生来,给她找个地方先养病。

下人问,太太,这位小姐睡在哪里?

柴房,如是说。

下人们把金玲子抬进柴房,一张草席,一床被子。

天亮了。金玲子清醒过来,唤下人叫如是来。如是披着狐皮款款地过来。

金玲子说,妹子过来,是想给姐姐再赔个不是,往后一辈子伺候姐姐,可惜我没有那福气。我这病,怕是好不了。

如是说,你要好了,让姐姐好好疼你。

金玲子用力睁开眼,望着如是,姐姐不怪我了?

如是说,不怪。

金玲子闭上眼睛,觉得自己飞起来,像雪花一样飘落。

如是打了个冷战。这柴屋,积雪的天井,这大宅,都那么惨森森的。

金玲子死了,那一身秀气没死。睫毛长长的,脸那么白,像雪人,像蜡像。王开明用一块白布把金玲子盖上。

如是请来道士超度亡灵。

置了口大棺木,一路敲敲打打,唢呐爆竹声音。送上山,找个地方,挖个坑,把人埋了。后来,金玲子的坟上开了一束百合花,红的、黄的、柴的、白的。开这种花的百合叫药百合,苦的味。

洪市码头的报馆出了篇文章,标题是:

红颜学林冲雪夜奔走;

须眉不英雄羞煞新娘。

如是派下人背了钱袋子收买那些报纸,不想越买越多。报馆赚了一大笔钱。

报馆就像一只口袋,机会来了,钱就往口袋里钻。

四十六 和穷人一样吃饭

七红说,你们要和穷人一起吃饭。刘艺凤从七红手里接过钥匙的时候,娘对她、对赵常说过这句话。她一直猜这句话的意思。是和穷人一起吃饭,还是吃穷人一样的饭?穷人的饭一定很难吃。穷人经常挨饿,能吃的东西都吃。娘说的话可能是这个意思。刘艺凤叫厨房把菜减少,每日三餐,一素一荤一汤。有了鸡蛋、豆腐,就不再上荤菜。除了年节,不喝酒,衣裳不破就不添新的。这样一年下来,让刘艺凤大吃一惊,竟省下许多钱。

这还不算和穷人一起吃饭,这只算节俭。

娘说的话可能还有另一个意思,要穷人像我们一样吃饭,有酒有肉,天天过好日子。穷人食量大,他们过得起好日子吗?

娘的话留下两个意思:吃饭和穷人。

三川半有多少穷人?刘艺凤不知道。穷人有多穷?刘艺凤不知道。人生下来为什么会有富人和穷人?刘艺凤也不知道。

刘艺凤问赵常:娘在的时候说过一句话,要我们和穷人一起吃饭。你还记得吗?

赵常说,记得。老人家的意思是教我们吃三川半的五谷杂粮,莫忘记三川半。

刘艺凤说,还有,要记得三川半的穷人,要他们有饭吃。穷人都有饭吃,三川半才会好,才不会有那么多土匪。饥寒起盗心呀。

日本人炸过之后,三川半的天炸坏了,一下子来了那么多飞机,三川半的天空哪受得了?天炸坏了就连下暴雨,从清日节不到端午节,大水把青苗淹了,把三川半的沃土一直冲到洞庭湖。富人仓里有粮,穷人没仓,只有米桶。一家家米桶见了底,挖草挖蕨摘野菜。也有富人施粥,在路边摆上粥桶,让逃荒的人吃饱再逃荒。

赵常和刘艺凤商量,开仓放粮。要保甲长领饥民到各处粮仓领粮食、领钱,不逃不走,把三川半守住。

到了第二年秋天,新粮出来。赵常和刘艺凤不坐轿,不骑马,到处走走看看。走了大半天,一路上稻子很好,仓谷也很好。

到了胡家寨,村民送上包谷粑粑,他们一人吃了三四个。赵常说,真好吃,又甜又香。刘艺凤说,人饿了什么都好吃。我们走了半天,饿了。刘艺凤拿了几块银钱给村民们。一村民说,包谷是土里长的,吃几个包谷粑粑还要钱啊?

两个人回来,一路走一路想,和穷人吃饭就是他请你吃饭不要钱,你请他吃饭也不要钱。大家不要钱,就过吃饭不要钱的日子。

吃饭不要钱,后来成为三川半的一段历史。穷人们一起吃饭成为一个大场面。大家拼命砍伐森林、炼钢、建土高炉、种卫星包谷,把粮食种成卫星,产量比飞机飞得高。那个时候三川半的长官叫做书记,穿四个口袋的衣服,挂一支钢笔,戴啄啄帽子。有书记炉,书记田。那个时候诗人彭努力还是诗人,还能写诗,他有两句著名的诗:

> 书记炉,真要得,
> 又出政治又出铁。

他得了诗歌大奖。一个笔记本,不是电脑,是真正的硬壳笔记本。一支钢笔,和书记一样的钢笔。一张奖状,一定是盖了大印的奖状。诗人彭努力成了获奖诗人,李白、杜甫甚至屈原都没搞到手的东西。那个时候诗人彭努力已经脱光了牙齿,他当年那个小美人也白了头发。诗人彭努力说,有志者,事竟成。小美说,铁杵磨成绣花针。

就在日本人回到他们的岛国后的第二年,是三川半的灾年。就那么一年时间,赵常家见底了。仓里无米,库里无钱。那些米是救命米,那些钱是救命钱,为的是三川半不饿死人。刘艺凤把钥匙捧在手里,喃喃自语,娘,我们和穷人一起吃饭。家里没了米,没了银子,赵常才想自己什么也没有了。他在三川半,没一丘田,没一棵树,没一头牛。那些都是农民的,或者是地主的。他不是农民,也不是地主。

赵自龙从医院拿来一袋米,这米也吃不了几天。刘艺凤想起了亲戚王开明夫妇开银号,叫人去借钱。如是见是姑奶奶家的人,给了一个银元。赵常叫人去找龙二。龙二说,真是急了青蛙也咬人,好吧,我就叫它咬一口。也给了一个银元。

这叫吃人情,吃面子。赵常一家就这么过日子。

赵常想到桐油商曾可以,想到义弟陈大任。当初若是一咬牙,投奔义弟陈大任,也不会像今天这个窘境。

赵常也算三川半英雄男儿。一箭退中央军,一枪退竹山部队,一枪退周矮子。笑谈之间,与大英雄贺龙换坐骑。千军万马,举重若轻。这钱,这米,着实叫人为难。

一家人吃饭不难,难就难在那些兵士。赵常还有部队几万人。赵常想,三川半还有许多无主的荒地,让那兵士开荒种红薯、种南瓜、喂肥猪。那些兵士跟赵常一样,不是农民也不是地主,去当土匪,赵常的兵士没人敢要。这些兵士个个好劳力,好劳力创丰收。肥猪很肥,赵常又养得兵强马壮。

三川半过大年,兵营杀了肥猪,磨了豆腐,煮了酒。赵常叫兵士们请那些没酒没肉的穷人一起过大年。

那是三川半最热闹的年饭。

过完年,赵常和刘艺凤记起了胡家寨,那个吃了包谷粑粑的地方。他们要去那里拜个年。

进了胡家寨一户人家。茅屋柴门。这家人说猫鸡不在了,一家人叹气。

刘艺凤问,你们家是猫和鸡都不见了?

刘家人告诉他们,猫鸡是个人,他们家的小女孩。他们拿猫鸡换了一升小米。过大年那天,猫鸡回来了,她昏倒在堂屋里,手里抓着一把大米饭,拿回来给娘吃,一家人吃大米饭好过年。猫鸡不见了,这样一个疼爹疼娘的小女孩不见了。

赵常说,你们别急,我一定会把猫鸡找回来。

赵常没能把猫鸡找回来。是多少年以后,一位老人走了很多路,最后,像当年的那位小女孩一样,爬回了家。她背了一袋子米。这是老了的猫鸡,那个时候,猫鸡已经做了祖母,她的儿女都是有钱有米的人。

四十七　岩板上呀开哎花呀岩板上啊红

油桐花开花开了,一大朵一大朵。梨花开,桃花也开,野樱桃和李子树也开花了。阳光一暖,花变得很香。

有人来了,很多人来了,叭叭叭叭,脚步声一齐响。

是过兵。

像那支老歌:

> 屋里点起灯,
>
> 妹子在缝针。
>
> 侧着耳朵听,
>
> 门口在过兵。

走在队伍前边的,骑高头大马的是瘸子老五,人们认出来了。

瘸子老五的部队一个个头戴红五星,背着枪,还背着米袋子。他们住进老百姓家,帮老百姓挑水、劈柴,饭熟了大家一起吃。

这晚,燃起了大火。

部队里的女兵男兵围着火跳秧歌舞,锣鼓敲起,咚咚锵,咚咚锵,咚咚锵锵咚咚锵。小伙子大姑娘们看着热闹,也一起跳。女兵们拉着小伙子,男兵们拉着大姑娘,教他们扭秧歌。

一位女兵亮起嗓子唱:

> 崖畔上开花崖畔上红;
>
> 受苦人迎来了解放军。

小伙子大姑娘们跟着唱:

> 岩板上呀开哎花啊岩板上啊红——

他们听不懂,把崖畔上唱成岩板。三川半的话里没有崖畔,只有岩板。

一位当官的站出来大声说,大家停一停,听首长讲话。

首先就是瘸子老五,大家噫了一声。瘸子老五是大官,比赵常大都督还威风呢!人挪活,树挪死。瘸子老子出息大了。

瘸子老五说,乡亲们,你还会记得找瘸子老五不?我是吃三川半的奶水长大的,吃三川半的包谷红薯长大的。我就是那个偷你们南瓜红薯的瘸子老五。

大家一声哄笑。

我这回回三川半,就是要和你们一起种苞谷红薯,吃饱饭不挨饿不受穷,不让土匪抢我们,不让富人捞穷人的油水。我们要吃得像富人一样胖。我们还要选自己的官,办起自己的政府。我们还要,还要,还要,要的都有。

癞子老五然后带领大家喊毛主席万岁!共产党万岁!最后领大家一齐喊三川半万岁!一位戴眼镜的军人喊了一句:家园万岁!

癞子老五说,我们的秀才讲得好,家园万岁!南瓜万岁!红薯万岁!好日子万岁!

癞子老五又大声说:我忘了告诉大家,解放啦!

那个时候,癞子老五是团长。回到上个世纪初,团长是多大的官?很大。那可是个货真价实的官,打仗打出来的。身经百战没打死,才当了个团长。

解放了,有一件大事不得不做,就是斗地主,分浮财。有的财主很乐意地把财产田土分给大家,叫开明地主。请客吃饭作文章绣花绘画一样地过去了。有的财主爱财惜财,分他的好东西如割身上的肉。把银元珠宝藏起来,就要挨打。三川半土地改革工作委员会统计,解放后那阵子,三川半挨过打的财主占一半以上,这些人不开明,不挨打不行。后来搞阶级斗争,按照毛泽东年轻时写的一篇文章,叫做《中国农村社会各阶级分析》,地主怎么样,富农怎么样,小土地出租怎么样,定下阶级成分。阶级斗争,开明地主和不开明地主都是坏分子。就是阶级斗争,也是开明的不怎么挨整,不开明的挨整。三川半的地方小,没有一个地主够得上陕西的李鼎铭先生那个级别。

解放了,用的是新钱,叫人民币。旧钱不用了,铜钱、银钱、纸钱都不用了。钱这种东西说变就变。对钱的认识,还是聪明街的人聪明,什么都当钱,什么都不当钱。

龙二、王开明,还有大大小小的洪市码头的老板们,一下子变蠢了。

三川半万岁。钱不万岁。谁见过万年流通的钱?

瘸子老五的部队进三川半,只和土匪打过仗,跟正规军没打过仗。正规军和平起义了,三川半也算和平解放。程潜、陈渠珍都参加了新政府。赵常的部队也整体收编,后来参加抗美援朝。

后来的纪念碑上,记下许多烈士的名字,都是剿匪牺牲的。碑上刻着总理的题词:

剿灭土匪,功在人民。

土匪成为故事,有几本书和电视电影作品讲过土匪故事。地方志里也记下了。那些土匪跟赵常没什么联系,就不扯他们了。那些土匪差不多都死了,活过来的是几个老人,参加过抗美援朝,国家每个月给一百块钱,后来给两百块钱。那个叫师兴周的土匪头目,被拉到河滩上枪毙。几枪没射死,他倒下又爬起来。拿起一块石头扔过来,喊:你们拿机关枪杀我呀,我日你的娘。然后就死了。他的血流到河里,鱼虾都死了半条河。蚂蚁吃了他的血,也死了。三川半人说,这是个恶人,他的血有毒。

有两封信传到瘸子老五手里。一封是陈大任的,一封是桐油商曾可以的。信里说赵常和龙二对革命有功,对抗日有功,是开明人士。

划阶级成分时,瘸子老五根据政策,把赵常和龙二定为开明人士。后来,赵常是省参事,龙二当了政协委员。

王开明算个资本家,算是坏分子,如是也算坏分子。

解放那年,刘艺凤一场大病,死了。她把钥匙交给何露。她对何露说,现在我们家只剩下这串钥匙了。大都督也没有了,他人老了,你要改嫁就嫁个好人,不改嫁就和老头子一起过日子。

何露说,我都嫁了男人了,还嫁谁呀?

瘸子老五把土改工作搞完了,他还不走,他要找夏家叫菊花的女人。

菊花在解放前一年死了,她的坟埋在一棵油茶树下。菊花住的那屋还在,没人。瘸子老五推开木板门进去,屋里结满了蜘蛛网。蓝色印花被子叠在架子床上,一顶麻布蚊帐已经变黄。桌子上的一只竹篮子里装着没缝好的布鞋,旁边整齐地摆着一双双布鞋,一只脚大,一只脚小地配成一双一双布鞋。瘸子老五拿起一双又拿起一双,一共三十九双布鞋。算起来,他离开三川半已经三十九年了。

他带着那些布鞋,走了,很多人送他。

赵常、龙二,有了新头衔,以前的那些头衔都不算了。

那些买来的或委任的头衔都不算了。

以前的地契、委任状、法令、文告和钱一并作废。以前的政府叫伪政府,老百姓叫做人民。

纪年从公元一九四九年开始。

赵自龙的医院叫人民医院。

新政府叫人民政府。

天下是人民的天下,三川半是人民的三川半。

人民,所有人共享的名词。

赵自龙的医院改成人民医院,药还是那些药。麻黄桂枝汤还是麻黄桂枝汤,只有一样药慢慢改了名字:盘尼西林改叫青霉素。盘尼西林是外国的,青霉素是中国自己出的。邓肯博士走了,是在司徒雷登走了以后走的。邓肯博士走了,没有人写文章。司徒雷登走了,毛泽东主席写了一篇文章叫《别了,司徒雷登》。

解放了,王开明还是过富人的生活。只是把长衫变成了中山装,长发变成短发。皮鞋擦得很亮,要是皮鞋不那么亮,他就像一个干部。干部的皮鞋像王开明的皮鞋一样亮,是多年以后的事情。后来的这些干部不像瘸子老五,穿皮鞋很合脚,也没打过仗。把皮鞋擦亮是衣着整洁,是风度,不是资产阶级风气。

如是把旗袍变成列宁装,也是长发变短发,也像个女干部。

有一天,有人向政府举报,王开明整天听收音机,听敌台。

如是有人命案,把一个女佣人整死了。政府一查,确有其事。王开明夜深人静听收音机。有个叫金玲子的死在王家柴屋里。

政府来人问话,要他们坦白从宽,抗拒从严。政府的人一走,这两口子就在那柴屋里吊死了。他们和金玲子死在同一间柴屋。世界这么宽,他们偏偏选在这里死。日本有一处自杀森林,想自杀的日本人从东京或别的地方乘一天车或花几天时间,到那里自杀。这真奇怪。你说有鬼没鬼?

王开明和如是埋在山上,不久,他们的坟被野猪扒开了。野猪不吃人肉,不知它们扒坟干什么?这些野猪,或者它们上一代,上几代一定偷吃过王开明的红薯,住过他的岩洞。它们扒坟,大概是想看看死了的人是什么样子,是不是带着竹响篙吓唬野猪。

土地改革过后第五年,地里的黄豆苞谷长成堆,丰收了。三川半这样肥沃的土地,到了庄稼人手里,怎么会不丰收呢?这年冬天大冰雪。冰雪封路。那时候没有高速公路,也就不怎么影响交通,也就不叫冰灾。其实这样冷,这样的冰雪,也就是冰灾。三川半人穿上草鞋,草鞋上套上防滑的铁马,挑着黄豆、苞谷送公粮。丰收了,就去把天下粮仓装满。

路上,挑粮的汉子试试嗓子,看是不是被冰住了?还好,还能唱山歌。

太阳出来啰哎——

上山冈啰乐——

　　挑起扁朗朗车咣车——

　　喜洋洋啰——乐——

这个冬天,三川半的冷,也像阳光一样,能到达很远的地方。三川半的冷,一直冷到城里。

赵常穿了很多衣服,还是觉得冷。要是在三川半,就可以烤木炭火。何露给他买了件大皮袍子,东北人穿的那种皮袍子。有些南下干部也穿那样的皮袍子。赵常对何露说,这皮袍子哪比得上烤木炭火?

爹亲娘亲,不如火亲。赵常要回三川半。赵常烤不上木炭火,就觉得这个冬天难受,天天像挨刀一样。何露说,你现在是参事,国家的人,吃国家的饭。想回三川半就回三川半?挨了几天刀,赵常不行了,住进湘雅医院。卫生厅长到医院里来,告诉院长,说赵常是对革命有过贡献的人,又是民主人士,要好好医护。

卫生厅长这些话,何露都听见了。卫生厅长作指示,要家属也在场。

厅长说她的男人对革命有贡献,她明白,他给革命借过钱,给过枪。说他的男人是民主人士,她不明白。什么是民主人士?她不能问,她以后也没搞明白。她回到病房,仔细看自己的男人,看这个民主人士。这个相依为命的男人,一定还有什么秘密没告诉她。要不,他怎么是一个民主人士呢?

赵常翻了个身,要何露给她一杯水。何露给他兑了点橘子汁。赵常说,我不要那个,我要喝水。何露把一杯倒掉,再倒一杯。

赵常喝了水,捉住何露的手说,你还是这样的细皮嫩肉。我老了,要是在三川半,我还能陪你,还能和你那个,和你生儿育女,到城里半年,我都没和你那个了。再过半年,我怕是会死,我要死了,你莫哭,只给我一滴眼泪就好。

何露抓紧了赵常的手,你不会死,要死我也死在你前面,我给你做好饭菜,等你来吃。你要先死了,我怎么办?

赵常说,我死了你就去嫁人,你年轻,漂亮,嫁个教书的,天天学文化。嫁个唱戏的,天天拉胡琴。嫁个当官的,天天搓麻将。嫁个开杂货铺的,天天吃零食。天下好男人多得很。

何露一边流泪一边笑,你呀,才吃了半年国家粮嘴贫话多,以后怎么得了?你放心,我这辈子只嫁你这个男人。

赵常觉得这会儿呼吸心跳脉搏都正常,话也多。

赵常说,我也是读过《红楼梦》的,那《好了歌》怎么唱的?

> 世上都说神仙好,
>
> 只有娇妻忘不了。
>
> 君生日日说恩情,
>
> 死后又随人去了。

何露说,你也莫当我没读过书。你怎么不说梁山伯与祝英台,不说那鹊桥仙?

赵常说,你嘴甜,满嘴文章,说得让我心痛。那好,我们回三川半。

赵常吵着要回三川半,说死也要死在那里。一个民主人士的要求,政府会尽可能满足。赵常和何露先坐车后坐船。南方的河流再冷也不结冰。大年三十前,他们回到了三川半。

回到赵家大宅,那里正举办阶级斗争展览。板壁上挂满了四川大地主刘文彩的画片。

他以一个参事的目光去打量那些事物,他想起七红她老人家的话,要和穷人一起吃饭。富人和穷人一起吃饭,就不会有那样深的仇恨。种在别人心里的恨,迟早会成为自己的罪。

回到三川半,赵常闻到了豆腐和肉的香味,何露燃起一盆木炭火。

夜,夫妻俩脱光了衣服。只有在三川半,才会这样睡觉。

赵常对何露说,你看,我又行了。

过了那个很冷的冬天,赵常又长出了新牙,头发也茂盛了许多。

在三川半,赵常领政府的钱。他现在要做的事,是把那些容易忘记的事写下来,成为文史资料。记不起来的事,赵常问何露,你帮我想想,三川半过去还有什么事?土匪,鸦片,洋和尚,革命,外国人。还有什么?你记一记,想一想,还有什么?何露说,你在那条船上娶了我。还有呢?还有就是我家凤姐姐死了,她把一串钥匙交给了我。你看,问你一句话,你都说不好,你说的都是我们自己的事,这些事我也记得,是不能写到书里去的。我要你说说三川半的大事。何露想了想,三川半的大事呀,就是天晴,下雨,下雪,种植和收粮食。这些事就和季节一样,记在那里,写在那里,只要抄写一遍就行了。

赵常摇了摇头,你呀,真是吃露水长大的,你的记性只是露水一样长。早上起来,不到中午就没啦!

人的记忆力真的像露水一样,不长。我们做过的事,很快忘了,就再做一遍。为了长记性,就出了马马迁,出了班固,出了很多历史学家。

三川半就出了个赵常。

赵常编写文史资料,一天天下来,把故事变成文字,把文字变成一册一册的书,一册一册地总是记不完,写不尽。用一个人的时间,记下漫长的时间。赵常领过兵,他想,用一个人的几十年去打历史的几百年几千年,这真是不对称作战。

何露帮了很多忙。那些文章靠边的事她都得做,要纸要墨要灯要茶。因为这些工作,何露也挣到一份薪水。她算是赵常的助手。她常常会加进一些不重要的细节和无关紧要的人物。

她把七红、刘艺凤、龙二、王开明这些人放进书里,她还添进龙二赶尸救彭铤,赵常一箭议合,一枪退兵,英雄换坐骑。后来看到的文史资料,大事是赵常记的,小事是何露加进去的。

到后来的"文化大革命",赵常的书,那些他读过的旧书,混在这些文史资料里没被销毁,它们全被当成文史资料保存下来,包括《青苗法》。

四十八　三川半人民的情况

不是人民,就是敌人。这是三川半人慢慢形成的共识。共识,总是慢慢形成的。经过很长时间,人们才认为地是圆的,天是空的,天上不能盖房子。

三川半人民政府、人民银行、人民医院,后来成立人民公社。

人民有福,敌人有罪。这也是三川半人花了些时间得到的共识。

那个时候,三川半有了电影。找一块宽绰的地方,拉上一块大白布,白布上的人一出来,是人民是敌人一看就明白。敌人有时候是人,有时候是鬼怪神仙。有时候是中国人,有时候是外国人。除了敌人,剩下的就是人民。

赵常和何露带了条凳子,坐在那里看电影。赵常突然想起何露问过他什么。她问过什么是民主人士。赵常指着电影里的一个人说,你看,那个戴眼镜的留胡子的戴礼帽的人就是民主人士。何露说,你又不戴礼帽不戴眼镜。赵常说,不管戴没戴眼镜,为人民、为政府做过好事的人都算民主人士。

别说话!旁边有人不高兴。他俩就不说话了,在别人不高兴的时候不能说话。后来不久,有了互联网,人们就随便说话。说话的人听话的人都看不见。不像人和人挤在一起看电影,鼻子挨着鼻子眼睛挨着眼睛,一不小心就碍了别人。

三川半从看露天电影的时代到互联网时代也只过了三四十年。

赵常的马活了很久,最后还是死了。这英雄的坐骑倒下的时候,还是很雄壮的样子。它听了赵常的一句话死的。那个时候,正是人民公社大跃进。赵常对马说,现在天下太平,不打仗了,你要能耕田就好了。马听了这句话,三天不吃不喝,最后就死了。赵常给马修了一座坟,在刘艺凤的坟旁边。赵常对何露说,我死了也埋在那里,它饿了我好给它添草料。何露说,日子还长哩。

日子很长。

三川半的太阳很暖和。赵常喜欢暖暖的太阳和太阳底下的青草、树和庄稼。天气和地气联结,变化出暖洋洋的气象。在这个气象里,人和植物都静静地不说话。说什么呢?有什么话说呢？语气都融在这个气象里。三川半人在火塘边，在饭桌边，都不怎么说话。饭吃得很响，火烧得很旺。不声不响地，添柴，添饭。菜咸了也不说话。自己家里做的饭菜，有什么好说的。又不是饭馆，要老板赔一道菜？火烫着了也不说话。自己的火自己的皮肉，说什么？

开会的时候才说话。那个时候，三川半开很多会，不分季节地开会。大会小会，白日会夜晚会，学文件会，念报纸会，生产会，批判会，斗争会，妇女会，干部会，群众会，学生会。各种各样动员会，学习班。台上的人大声讲话，台下的人小声讲话，大会里面开小会。台上的大声喊，莫开小会，台下的声音小了一些。过了一刻，台下的话声又大起来。这样一场大会开下来，台上的人讲些什么，下边的人没听见几句。也有台上台下可以一齐大声说话的时候，这不是说话，是喊口号，这是批判会和斗争会。那口号很有气势，很吓人。

这个场面，赵常编写的文史资料里面没有。这些当时都很重要的会，很快被三川半人民忘了。人民有时候又叫做大家，或者叫群众。大家都很忙，群众一分心，就把一些事给忘记了。事情一过去就忘了。有几个人记得赵常他们往年的那些事呢？连"土匪"这名词，"地主"、"富农"、"坏分子"这些名词，很多名词，不久就忘记了。

过去了就过去了。

三川半人民的情况大致上就是这样。

赵常喜欢山坡上的太阳,他会拿着一张报纸,有时会拿一本书,一本国家领导人写的书,不光是《毛泽东选集》、《毛主席语录》。那个时候别的领导人也写书,刘少奇、陶铸都有书。

山坡上有一群牛,黄牛,黑牛,水牛。有一位放牛的老汉,他就是当年的杨扯的杨二哥,唱三棒鼓的。

赵常喜好那些牛。马死了,他喜欢牛。马是战争,牛是和平。战事多,马多,人爱马;农事好,牛多,人爱牛。

杨二哥到赵常家唱过三棒鼓,七红死的时候,他唱了几天几夜,他当然记得赵常。

杨二哥说,赵大都督,光你一个人学问,也让我学问学问,念给我听听。

赵常说,没什么都督了,现在都是人民,我就给你念。

赵常拿了报纸念:西哈努克亲王,八日到京……

杨二哥是唱三棒鼓的,断句和报纸不一样。

杨二哥说:西哈努克亲,王八日到京。这是什么话?报纸也骂人吗?

赵常到山坡上念报纸。杨二哥到山坡上放牛。日子久了,赵常只能在山坡上读书看报,还一定要大声朗读。这成为一个习惯。一个人的水平就是在习惯中提高的。后来有一种阅读法,叫做喊读,就是在那个时候发明的。这种读法可以增强记忆。

赵常念,杨二哥听,后来杨二哥编成了很多三棒鼓词和山歌,他成为有名的山歌手。广播电台做过他的专访。

也就在那个时候,种卫星苞谷和大炼钢铁。诗人彭努力开始种诗歌豆和诗歌玉米。红色的玉米种子,种植诗歌;紫色的大豆,种植诗歌。在那秋天,他收获了红玉米和绿豆。那个时候,粮食定量,不能随便多些粮食,扣除他的基本口粮,他还是可以享用红豆玉米和紫豆。吃了一个冬天,他就写出了那首很经典的诗歌:

> 书记炉,真要得,
> 又出政治又出铁。

这首诗从地方升起来,一直流传到大的钢铁企业,传到京城,上了《人民文学》。

那个时候,沈从文不再写小说,他到故宫研究古代服饰。

那个时候,让赵常感到惭愧的是两件事,一是要打右派,三川半没找到一个右派。右派分子都是些有大学问的人,三川半找不到一个右派分子,是三川半没有什么大学问。这么大个地方,没有个右派分子。

报纸上批判的右派分子,都是些会讲大道理会写大文章的人。三川半没有。文史馆有一个右派,他讲共产主义好,是天下大善,只能当观音菩萨,要信,却不会就有,喊到就到,菩萨哪有这么灵？说大跃进好,我们的力量不够。大炼钢铁好,土高炉不出钢,把树砍了炼铁划不来,破坏生态。这个右派讲的,真是右派言论。

向家的孩子叫向世林。这孩子当时十来岁,到青草坡上晒太阳。对赵常说,赵爷,我要好好读书,读右派那么多书,长大了做学问,不当右派。向世林是三川半读书读得好的,他后来没当右派,先当了首长秘书,后来当了州长。

那个时候,不敢说读书做官,也不敢说读书当右派。

不敢说。

开大会批判。

三川半开批判大会,像一个仪式。

这已是赵常感觉惭愧的第二件事,他活那么大岁数,竟然没见过那几位挨批判的人,最多只见过他们的画像。他竟然不知道孔圣人的小名叫孔老二。

开批斗会,那些被批判的大人物总是不在场。那些人有的死了,只批判他们的灵魂。有的关在北京的秦城监狱,人来不了。这样的批斗会,总要找一些三川半本土的坏人陪批,这些人是地富反坏四类分子。开批判会人多要烤火取暖,那些四类分子来陪批,要他们带来一些柴火给大家取暖,他们用这样的义务劳动减轻他们曾经的罪过,洗掉他们历史的污点。

当过伪保长的吴品字写过许多交代给新政府。那个叫田尚志的怎么把委任状给他,土匪怎么勒索他,旧军队来了说他通匪,怎么打他。他又是怎样地帮解放军抬伤员。他要人民政府饶恕他,莫拿他当坏人,好让他的后代安心做个好的人民群众,有机会入共青团,有机会当兵,有机会当干部。

有一次上面来了位领导,到村里来视察。吴品字杀了只大肥母鸡,要请领导吃饭。那个时候他是保长,上面来的人都要到他家吃饭的。这回他请上面来的领导吃饭,人家不来,到村长家里吃饭去了。吴品字跑到村长家,对上面来的领导说,我不是坏人,真的不是。那位领导很和气地说,好好改造,改造好了就摘掉坏分子帽子。后来,他的坏分子的帽子被摘掉了。这是二十年以后。批过林彪,又批过"四人帮"。他的坏分子的帽子摘掉了。三川半的坏分子们的帽子都摘掉了。吴品字的儿子也可以读大学,他的儿子后来成了一位教授。

吴品字死的时候,不断地叽叽咕咕。他儿子说,爹在骂人,骂田尚志,那位给他委任状的。他儿子不知道田尚志是什么人。

吴品字最后对儿子说,你爹是人民。

儿子说,好的,我们都是人民。

四十九　州长

这年过大年,赵常家里来了位年轻人。陪年轻人来的人告诉赵常,州长来给他拜年。

州长就是向世林,人民代表选的州长。

赵常打量州长,浓眉大眼一张国家脸,大模大样,是干大事的样子。南人北相,男人女相,都属异相,异相异才,能成大器。这位州长正是南人北相。

赵常说,州长好年轻。向世林说,不年轻了,今年三十八岁。赵常当年任都督才二十八岁。赵常说,我那个都督是别人送的,你这个州长可是人民选的。我是旧的,你是新的,哪能一比?我们这个地方穷,你这州长不好当呵。向世林说,地方穷,我就当一位穷州长。其实呢,我们这地方不穷,是人穷。我们这地方,山上长药材,河里有鱼虾,地里长庄稼,怎么是个穷地方呢?山旺,有好景色;人旺,有好气象。赵常说,年轻人有阳光,能看到的,你都看到了。向世林说,哪有赵常看得多?我们这地方,除了那棵千年老樟树,就是赵常经过的岁月多,还要多向赵常讨教。赵常说,我是旧皇历,你是新皇历,节气一个样,节气不一样了。我是读旧书的人,送给你两本旧书。向世林接过两本书,一本是《青苗法》,一本是《齐民要术》。这是两本线装书,明朝的木刻版。这两本书的命大,混在文史资料里,躲过了"文化革命"。

向世林当州长那个时候,干部不叫公务员,也不叫官。那个时候,干部是选的,考的,查的,做的。州长是个大干部,要从下往上做。做办事员,当县长,当副州长,当州长。要选,要考,要查,这些都要,就是不要钱。花钱当官是以前的事和以后的事。先考个人资历、能力、政治思想,再查社会关系。往上查三代,往旁查六亲。调查组到一条大河边叫湾塘的地方,那里是向世林的老家。乡亲们见有人来查,以为人在外边犯了什么事。查起来很简单,向家族人也很简单,他们历来只做两件事:种植和收割。村上的贫下中农协会主席叫向心亮,半瞎。村人有时叫他亮主席,有时叫他亮哥,有时叫他亮瞎子。

向心亮拦住调查组说,同志,我反映个情况。工作组的说,你讲,亮主席,我们来,就是要听各方面意见。向心亮说,那我就要讲了。工作组的说,你讲呀。向心亮说,向世林小时候往田里撒尿。工作组的说,好,好。向心亮又说,他还往河里撒尿。工作组的又说,好,好。田里有泥鳅,河里有鱼。它们吃他的尿,人吃鱼吃泥鳅,也吃了他的尿。这是什么性质?工作组的说,好,好。

后来向世林当了州长。向心亮对村人说,我要是眼睛不瞎,起码也当个县长,搞不好那州长也是我当。

向心亮最不满人们变着称呼叫他。你们这些人要我的时候叫我亮主席,不要我就叫我亮瞎子。你们是瞎了眼,中国哪个干部最大？毛主席最大,贫下中农协会主席也大。

后来,毛主席像印在人民币上,贫下中农协会没有了。向心亮激愤不已,你们这些人,拿毛主席当钱用,穷人不值钱。要是他老人家在世,我要告你的状！你们不死也要脱层皮！

向心亮不当贫下中农协会主席了,人民公社也没有了,土地和山林分到各家各户。向心亮不能劳动,成为五保户。五保,也和后来的社保差不多。人们管他叫向瞎子,听多了也就习惯了。亮瞎子没什么事做,天天找来硝石和硫黄做火药。火药不是亮瞎子的发明,但是他做的火药确实很好。他对村人说,多做些火药,将来解放台湾有大用途。他那些火药被几个小伙子偷去打猎了。亮瞎子气得跺脚,我日你娘。我要当特务,用新式武器搞死你们！

一个立场坚定的贫下中农,被一些事物弄得立场颠倒。

存在决定意识,这个哲学真的有道理。

向世林当州长那个时候,三川半铺了铁路,有了火车。三川半通了火车,法国人都知道。三川半的打溜子队到巴黎演出,有个曲目叫《火车开进三川半》。他想着有一天要修一条高速路,一座世纪乐园,一个飞机场。种很多树,修一口水井。让山更绿,水更清。把州长当成州长的样子。当然,先要让人民吃饱肚子,要不,怎打溜子,唱山歌,跳摆手舞呢？

他来到一个叫苦寨的地方,进了一家茅屋。男人出来和他说话,女人在床上半坐着,一条打过许多补丁的被子盖住下半身。向世林问,你老婆病了?男人哈哈一笑,她没病,她没穿裤子。向世林说,我先出去,你让她穿裤子。那男人说,她没有裤子,我们两口子只有一条裤子。两口子穿一条裤子,你说亲热不亲热?向世林下意识地提了提裤子。人家两口子穿一条裤子,我一个人穿三条裤子。他把外面的裤子脱下来,递给那家男人,好了,现在你们都有一条裤子了。他又从口袋里掏出两百块钱递给那家男人,那是刚领的一个月的工资。那时候州长这么大的干部,一个月也就两百来块钱。那家男人接了钱说,你们当干部就是好,钱多人爽快。女人穿了裤子下了床。她说,干部也有好有坏,那个江青也是干部,吃大米饭住大瓦屋还要反对毛主席。一个女人要好好当男的婆娘,当了干部心就大就狠。三川半人说人心狠不说狠,说狼,狼比狠要多一点。

那家男人问向世林,同志贵姓?是什么干部?

向世林说,我姓向,以后有什么事找乡长,要他们告诉我。

那家男人说,屁大个事找乡长?挨骂啊?找村长也开不得那个口。

州长一走,县长来了,乡长也来了。这家男人有些惶恐。怎么搞的,一下子大干部都来了。乡长一脸笑。就是这个乡长,这家男人在两口子结婚时到乡政府找过他。这乡长不高兴,屁大个事找乡长啊!这家男人说,我们要结婚。这乡长说,你结婚管我卵事！等了一会儿，这家男人又说，乡长，那这个事归哪个管？这乡长实在无奈，你莫吵了，我的老子，我手气痞得很呢！乡长正在和几个乡干部玩一种叫九十六的纸牌。乡长对其中一个玩牌的说，小王，快给他盖个章，我们再玩，我输惨了。

这乡长跟着县长来了，这家男人不说话。村长一头汗一脚泥，上下温乎乎地起来了。村长说，县长和乡长都来了，你有什么困难就说。这家男人说，我也刚分到地，分到山林。我们两口子有四只手，今年穿新裤子，明年杀大肥猪，后年盖大瓦屋。这家女人说，要是能给我们家一头大母牛就好，母牛生母牛，母牛再生母牛，我们就发财了。

县长说，你这个发财的想法很好，现在就是要一部分人先富起来。要贫困人口脱贫。比照联合国贫困人口标准，三川半的贫困人口和非洲一个小国差不多。

这家男人只知道中国外国，还有个美国，这联合国是哪一国？乡长说，联合国就是全世界无产阶级联合起来的国家，目前的情况是秘书长当家。是吧，县长？

县长说，我们现在先不管联合国。我们要有饭吃，有水喝，有钱花，还要有路，村村通公路。这是省里的要求，州县的要求，也是县里的决心。

县长对这家男人说，我们几个到这里来，是向州长的指示，要你做个发财致富的榜样。

县长姓刘,叫刘路平。他的官声很好。官声就像庄稼,是从庄稼地里长出来的,从庄稼人那里长出来的。官声好就是不霸,不贪,做官就是做事。把事情一件件办完,一件件办好。

三川半水慈山厚,天悲地仁。人守古训,存善良心。草根人生,心通神灵。山人村夫,先学圣贤,后习文章。三川半多好官贤达,也如青山流水一般自然。就如先前那个龙二,跑江湖染恶习,把心思扶一扶,做起正事来也是一大堆。

刘路平有回去拜见赵常,赵常拉刘路平去拜观音菩萨。赵常说,你是新政府的县官,我们见观音也不烧香,也不磕头,只为见观音。这菩萨,灵就灵在她的名字。观,是看;音,为听。人间疾苦,她看见了。人说我好苦啊,她听见了。看见了听见了就生菩萨心,有菩萨心就能当官。

刘路平说,赵爷修炼百年,也成了活神仙。赵常说,我从大清活到如今,也只是多经历些世事。平生所为,有时心动手不能,有时是伸手心不济。功德不够,哪能登仙?

两人出得观音庙,已是日落时分。天忽然放亮,天光无疆。

赵常说,这是佛光。我平生第一次见到。佛光普照,世人有大福。

刘路平说,好景色。

州长向世林得到《青苗法》和《齐民要术》。这书,他念中学时就听老师讲过。闲时翻读,讲的是变革之法,农经农事。这

《齐民要术》,古人一千多年写成,读的人必不会少,能经习的人未必多。这农经农事,如今看来,也着实是一本三川半书,一本州长书。

秘书喊,州长,来了文件,您签个字。

五十　亮瞎子

赵自龙给人治过多少病?救过多少人?他不记得了,他经手的医案写成书,怕也比得上《黄帝内经》。

三川半人要给他做八十岁的生日,他不干。他说我老子还在,我还在做崽。老子在,儿子怎么做生日?

妻子玛丽·杜拉斯在"文化大革命"那年走了。一些人捉住她,给她剃了光头,她会讲三川话,你们这样搞不行!还讲不讲法?讲不讲理?你们对人怎么可以这样?

她照了照镜子,发现自己那一头金发没有了。她可以捐头发,损器官,捐生命,就是不能被剥夺。

她对赵自龙说,你走不走?你不走我要走。我们一起走,这儿太可怕了。

赵自龙说,我不走,把儿子留给我。

她走了,回到她的国家去了。她说,这里是我的家,我还会回来。有位病人子宫脱垂,我还没给她治好,我还要回来。

她走了就没再回来。

儿子叫艾迪。生下来缺钙,吃维生素 AD。吃到五岁,就给他取名艾迪。艾迪黄头发蓝眼睛,黄皮肤,漂亮的混血儿。这漂亮的混血儿到了入学年龄,进了学校,别的孩子叫他小杂毛。老师不让他入少年先锋队。他妈是基督徒,他是小基督徒。

当过伪保长的吴品字拿小艾迪做比,我怪那个送委任状的田尚志,艾迪怪他爹娶外国人。

艾迪和母亲离别时,已经十五岁。他说妈咪别走,我保护你。

妈咪走了,一些就来找艾迪。围着他,叫他长大了当洋和尚。

那个时候,亮瞎子就是贫下中农协会主席。他抓了块牛屎扔那些人。你们敢欺侮赵医生的儿子,我就搞你们的阶级斗争!那些人一听就吓跑了。那个时候,连造反派也怕贫下中农协会。

玛丽·杜拉斯能出国,艾迪不能。要出国不叫出国,叫偷渡。三川半有个洞叫卯洞,一条大河穿过的洞。激流乱石,不能行船,只有艺高人胆大的放排人驾木排穿过那卯洞。有一天赵自龙问艾迪,你能抱住一根木头游过卯洞吗?艾迪不知道老爹为什么问这个问题。

赵自龙要艾迪每天到河里练水,到激流处冲浪。练了几个月,赵自龙领艾迪到卯洞,让他抱一根木头穿过这个黑洞。赵自龙对艾迪说,你能穿过卯洞,就能找到你妈咪。

艾迪成功了,但是没见到妈咪。

赵自龙给艾迪穿了件夹衣,衣服里缝上两根金条,这两根金条他一直藏在一个药罐子里,又给了艾迪一点人民币。他要艾迪先到广东,再到海边,游过去是香港。到了香港就去教堂,对神说你妈咪是什么人。他们或者能帮你找到妈咪。

艾迪运气好,偷渡到香港,没被淹死。他没找到妈咪。很久以后,有人发现了艾迪这个名字,是他在一家很了不得的科学杂志上发表了了得的文章。他被美国人找去帮忙做核炸弹。

帮儿子偷渡,是大罪,贫下中农协会主席亮瞎子也帮不了忙。

赵自龙吃了马钱子,死了。不准开追悼会,那些找赵医生看过病的人,找个好地方把他埋了。

这个事怕是要牵连赵常。情况反映上去,上面指示,这个事就不扩大了。一切不了了之。赵常想,可能是义弟陈大任帮他讲话。他不知道,义弟陈大任被关了。那个时候,贺龙也被关了。口渴了,拿碗接屋檐水喝,让看守把碗给打烂了。

这些事,亮瞎子没看见,他听见了,气得要死。他对人说,等我见到毛主席,我要告状!

亮瞎子没见过毛主席,他只见过州长、县长、乡长、村长,他还见过赵常。

毛主席去世多年,他以为毛主席还在世。那个时候,亮瞎子由五保户变成低保户。州长向世林回老家,特地看他,问亮瞎子愿不愿意去福利院,那里管吃管住,有人照顾。亮瞎子说不去。在这个地方可以听杨二哥唱三棒鼓。杨二哥的嗓子还那么好,他还能抛刀,那刀在空中翻几个跟斗,像孙司空演戏。

杨二哥一天到晚笑嘻嘻地像个孩子。赵常和妻子何露也爱听杨二哥唱三棒鼓。赵常对何露说,我就爱看杨二哥笑。他笑得像个孩子,他一笑我就开心,好像才活到二三十岁。何露嫁给赵常,没生过孩子。何露对赵常说,我要给你生个儿子,就是没有。要是从前,我帮你到洪市码头再娶个小美人回来。赵常说,你还是个小姑娘,怎么就生儿子呢?在赵常眼里,她总是个小姑娘,赵常总叫她小姑娘。

小姑娘,我们去听杨二哥唱三棒鼓。何露说,人都老了,还小姑娘。

从解放那年起,何露留了辫子。后来她就一直那个样子。一些小女孩长大了,嫁人了,人老了。何露还那个样子。一朵花开了,不再凋谢。何露这朵女人花就是这样。她成为三川半的一个传说,从母亲传到女儿,从祖母传到孙女。那个何露吃了灵芝,吃了仙桃,长生不老。

杨二哥听到传说就笑,我也不老,我吃了三棒鼓。越久远的人越不老。你们看,盘古十九岁,女娲娘娘十八岁,汉武帝三十岁,唐皇李世民四十岁,大清皇帝两百岁。

人们就笑,杨二哥我这是个杨扯白。

杨二哥又说,我杨二也十八岁,和女娲娘娘差不多啊!

杨二哥拿出三棒鼓腔,各位莫见笑,听我说根由。我儿子读了十八年书,做了博士,当了科学家。我那栋大屋盖了十八年。我过了十八年好日子,天天过地主生活,有酒有肉。我种了十八年烤烟。省烟草局那个杨局长,是我杨二本家,也就是大宋杨家将后人,到我们这是大种烤烟。一年二五八万。人家把钱存银行,我把钱锁在箱子里,每天睡觉前,我打开箱子看一看,数一数。再放几个屁到箱子里。第二天早上再打开箱子,一箱子钱臭烘烘的。这样的钱,老鼠就不敢咬。我告诉你们这个办法,保证管用。

赵常跟何露来听三棒鼓,却听到杨二哥讲段子,也是一齐笑。

何露问赵常,杨二哥讲的那个杨局长,是不是到过我们家的那位白面书生?

赵常说,就是他。他那个时候是我们这里的副州长。他回省里的时候,要我领他到处转,说看看风水。他说,赵爷,你就是三川半的地理书,又研读过《齐民要术》,三川半哪里的土好?我说,皇天后土,土都是好土。他和我走了几个地方,每到一个地方,他都抓了一把土,他说他要把这些土带到省里去研究。他果然研究出了名堂,选在这个地方种烤烟。老百姓种烟就是种钱啊。

何露说,害得杨二哥每天往钱箱子里放屁。

三川半的土好。长苞谷、长稻子、长红薯、长烟叶、长辣椒,也长美人。杨局长告诉州长一个简单的秘密,三川半的泥土有一种叫硒的东西。还有那里的阳光和露水,让会走的和不会走的都长得好。

一切就是这样秘密地慢慢地生长。以前没见过书上没写过的,就这样慢慢地生长。

三川半的四月天,阳光晒在那儿都好,照到亮瞎子身上就不舒服。阳光把身上的黑衣服晒成灰白色。这阳光,能把黑夜变成白天,也能把黑衣服变成白衣服。把日子照成流水,把富人变成穷人,又让穷人变成富人。让落叶下来,又让绿叶上去。

这些变化,足以让亮瞎子心烦。他开始觉得身上的衣服不舒服,脱掉衣服,让阳光披在肌肤上。这阳光也不舒服。在他的记忆中,四月的阳光是最好的阳光。从四月一直到九月,阳光都可以当成衣服穿。亮瞎子快乐的时候,他有自己的歌:

　　天是屋,地是铺。
　　睡背板,盖肋骨,
　　胳膊当枕头。

风扫地，月点灯，

太阳当衣服。

穷快活，穷快活，

穷就是快乐。

瘸子老五回三川半，专门看亮瞎子，亮瞎子，穷人翻身了，当主人了，好好过日子。亮瞎子吃饱了，穿够了，当了贫下中农协会主席。日子过得很好了，衣服多了没处放，粮食多了没处装。钱呢？有钱能买不生病眼不瞎吗？好日子就是刚刚好，多了少了都不好。

阳光太多太暖和也让人不舒服。

亮瞎子有话，想对瘸子老五说。现在，人民公社变成了乡政府，贫下中农协会也没有了。乡长是谁？王乡长，旧政府王乡长的孙子。吴保长的儿子当了个博士。田财主原来是四类分子，他儿子当了县长。龙二收了个干儿子，叫什么名字？大家叫他开发商，他买下洪市码头搞开发。就是把新房子拆了盖旧房子。把那些大烟馆、妓院、镖局、银号再摆出来赚钱，这干儿子真比龙二还狠。三川半这么好的地方，年轻人不肯留在这里，都想跑出去，好像外边到处有钱捡。人在外边，好的坏的都学，三川半的爹娘管不住他们。城里没有他们的一亩地，没有他们的一棵树，没有他们的一丘田。他们就是要往城里跑，城里不种田不种地不产粮食。人到城里要吃饭，吃饭要钱，不吃饭要命。人在城里拼了命搞钱。听说三川半人在城里做事一天能赚三十块钱。十块钱吃饭,十块钱寄回家,十块钱留在口袋里救急。伤风感冒不吃药,一口药口袋里那十块钱就飞了。病不要命不吃药,病要命药治不好。我们老向家一家人进城,老子被火车撞死了,铁路上一翻文件,赔三百块钱,算人道主义救助。马路上轧死一只鸭子也是这个价。儿子见命不值钱,就去打劫,一动手遇到便衣警察,抓去坐牢。孤儿寡母回到三川半,没有一个会使耕牛种地的。

瘌子老五,你也在城里,做大官,你要管一管跑到城里的三川半人。你听得出三川半口音,看得见三川半人在城里走路的样子。你要他们回来,你要给他们回家的路费,不要让他们死在外边。三川半人不多,死一个少一个。不要让他们在城里打劫,让人以为三川半又出了土匪。莫让人笑话三川半人。说三川半人勤劳、勇敢、善良、智慧。勤劳,到城里捡垃圾。勇敢,去打劫。善良,不懂事。智慧,见人就撒谎。瘌子老五,你是大官,是老革命,你光荣,那些离开爹娘的孩子不光荣,你会觉得虱子在脸上爬,羞惭得很。

瘌子老五,你要回三川半看看,三川半确实大变样。有路,有水井,有大屋。还有,你听了不要不好意思,我们这里有好几个二奶村。不是我们三川半人养二奶,是我们的姑娘被人养成了二奶。一村一寨的二奶多了就叫二奶村二奶寨。那些姑娘在家时,逢场赶集听人讲痞话,庄稼地里听人唱痞歌就脸红心跳,在外边过了些日子,就大大方方把野男人领回来过年,叫老公,当着爹娘和野男人亲亲热热。姑娘们领回来的男人会给村里寨里修一条水泥路,几栋大屋。建一所学校,叫做希望学校。做爹娘的一开始骂女儿死丫头,等路修好了,房子盖好了,希望学校建成了,做爹娘的就叫宝贝女儿。要宝贝女儿好好跟男人过日子,做二奶也不丑。过去当皇帝的,二百奶二千奶都有。只有男人宠你爱你就行,男人不宠你不爱你怎么会给你修路盖房子?东风村的老妇女主任走进二奶村,姑娘们把箱子里的衣服拿出来给她穿,把手上的玉镯子摘下来给她戴。老妇女主任穿了戴了给大家看,给大家讲,你们看,我这衣服这镯子就是二奶们给的,我穿着戴着。人家国家领导人敢跟艾滋病人握手,我穿二奶的衣服怕什么?我人老了,要是年轻二十三十,也去当二奶,给三川半修条好路,多盖几栋大屋。当二奶不给人家生孩子,不搞乱计划生育,也不违反国家政策。你看,瘸子老五,这妇女主任大小也是个干部,她都讲了些什么?你听得懂,就像现在唱的那些歌,一顿乱唱,谁也听不懂,怪腔怪调的。这都不怪三川半的爹娘,只怪三川半的泥巴,怪三川半的水。人长得漂亮,那些有钱人就要这个漂亮。那些有钱人好像比政府还厉害。政府修路他修路,政府盖希望学校他盖希望学校,政府不养二奶他养二奶。政府的人养二奶也是偷偷摸摸的,哪里像那些有钱人明目张胆,不偷税漏税,他什么都不怕。听人讲,他们不怕报纸电视,不怕纪律委员会,不怕公安,不怕坐牢。这些事,我都只是听说。我一个半瞎子,又老又瞎,走不远,看不见。瘸子老五,你腿不好眼睛好。你是个老革命,一切反动派都被你打倒了,你怕个卵!看不惯的东西你就日他的娘!我们俩,一个老革命,一个贫下中农。一个瘸子,一个半瞎子,我们两个合成一个,你把上半身给我,我把下半身给你,就是一个不瘸不瞎的人。过河也过得,爬山也爬得,我们怕个卵!瘸子老五,我还给你讲个事情,就是喝酒这件事情。你晓得的,三川半人爱喝酒,进城打工挣几块工钱也要喝。人家有钱人喝几千几万一瓶的好酒,好酒养身体。他们喝一两块钱一瓶的酒,好好的小伙子,喝了几次眼睛就瞎了,瞎了还能做什么?回来当贫下中农协会主席?听说城里有很多好东西,都是给有钱人准备的,他们不要的才是穷人的。他们占有城里的一切好东西,还不满足,还要把三川半的女孩子找去当二奶。我们的小伙子一半是光棍。他们喝了劣质酒,醉得在城里乱唱:

没车靠走。

没电话靠吼。

性生活靠手。

取暖靠抖。

要钱,守在银行大门口。

这班鬼崽子,被捉住就挨骂,唱什么唱!打工仔想当歌星影星,你们以为打工仔个个都是傻根啊!

亮瞎子见不到瘸子老五。州长向世林回来,又去看亮瞎子,亮瞎子把这些话说给州长向世林听。亮瞎子最后说,州长,现在政策讲,一些要先富起来,是不是讲,要让一些人永远穷下去?索性就讲让一些人先穷起来?

州长向世林说,亮哥,现在的日子是不是比以前好过些?你吃饱了穿好了爱讲卵话!要是以前,你一个瞎子,早饿死了!

亮瞎子想想,州长讲的也是实在话,就不再说什么。他到青草坡上晒太阳,又对赵常说,赵爷,现在什么东西都好,就是我亮瞎子不好。什么东西都有,就是我亮瞎子没有。

赵常说,这么好的太阳,人人都有,你也有啊。你有的,你没看见,你没有的都看见了。别人有的,你不受用;你有的,又当没有。亮老弟,我老哥哥讲的你可爱听?

亮瞎子脚大热烘烘的,他踩着一堆刚屙的牛屎。

牛屎!亮瞎子说。

五十一　赵常

赵常确实上了岁数。除了那棵千年老樟树,也除了那些石头和流水,就只有赵常的高龄了。州长向世林、县长刘路平,说要给赵常过生日。赵常确实记不起自己是哪一天的生日,他问何露,我的生日哪一天?何露说,你从来没有告诉我呀。我嫁给你的时候,你都是那么大的人了。我也不是你的接生婆,我怎么会知道你哪一天生日呢?

赵常只记得娘说,他生在绿豆地里。天旱,赵常爱喝水,一把紫砂陶壶不离手。年轻时,赵常一天是酒一斗,米一斗,水一斗。到后来是一天酒一碗,米一升,水一斗。他从小就能喝水。娘爱说,崽,你是渴奶水了。水就像娘的奶水,要喝,喝不够就会渴死。赵常就像一块旱地,要不停地浇灌。三川半好像从来不缺水,天再旱,三川半的大河也不会断流。那年天大旱,三川半的大河细成一根线,慢慢地那根线就断了,剩下一个一个深潭。人下河洗澡,人和鱼挤在一起。等潭水也枯了,人就可以像捡卵石一样捉鱼了。还好,不到那个时候,天下雨河涨水了。离大河很远的地山上,林子里的水凼,野猪、蛇和鸟在那里抢水。那个时候,蛇不吃水里的青蛙,它只喝水。野猫不捉鸟,它只喝水。野猪不洗澡,它只喝水。这些飞的跑的爬的,没发生战争,它们喝饱了就行,它们谁也没有霸占那个水凼意思。这些动物,还不知道什么叫抢占资源。也就是那个时候,一位大姑娘从石头缝里接了半桶水。一个小伙子也去找水,他向姑娘要这半桶水,说我妈要喝水。以后我每天给你挑水。姑娘只肯给他一瓢水。争来争去,姑娘用扁担把小伙子打死了。小伙子是三代单传的独生子,这一下算是灭绝人种了。这就是三川半一场两个人的水战争。后来有个大记者叫吴兆林的写了篇内参,瘸子老五看到了这篇文章,他对上面报告,水,搞不好要死人的。

　　这天,赵常觉得特别渴。何露给他添过几次茶水,他喝了又要。喝着茶,人就睡着了。何露说,你晕茶了吧?扶他上床睡了,他忽然觉得往很深的地方落下去,掉在一块干硬的泥巴上。一位妇人在那里摘绿豆。那妇人说,崽,我把你生下来了。赵常突然想起什么来,他想问,娘,你生我今天是几时?我好记住我的生日。他说不出话,只觉得很渴,嘴张了张。娘对他说,我知道你渴了,想吃奶。娘把奶头塞进他的嘴里,他吮了一会儿,又把奶头吐出来,哭。娘说,别哭,我给你去找水,找王母娘娘的奶水。娘往青山那边往白云那边走了,来了个男人,踩着洪水而来。他抱起赵常,把他放在一片很大的树叶上。那个人对他说,你躺在树叶上别动,洪水很快就过去了。赵常问,你是谁?那个人说,我是禹。赵常又问,你就是那个治水的大禹吗?大禹领洪水东去,又有尧驾云舜乘风而至,一路种天下五谷。赵常问,二位路上好走?舜答,有德便行。尧说,遇而知礼。我等过礼水走德山而来。赵常又问,那山水可远?舜答,近在咫尺,远在天边。又见二女联袂而来,原是娥皇女英,七红、刘艺凤、何露、大姨妈、如是、金玲子一齐迎上,还有诗人彭努力、龙二,他俩还是谁也不理谁。娥皇女英摘斑竹枝点云梦水,点点滴滴,稻麦滚浪,化做酒香,有彭锭、刘金刀、瘸子老五、亮瞎子、曾可以、陈大任,又有陈渠珍、沈从文、黄永玉、向世林、刘路平,一众乡民,个个醉成酒仙。吕阳光说笑,杨二哥唱三棒鼓,鼓乐齐鸣。

春雷轰响,赵常惊醒。口渴,何露递上一杯水。适才梦中人物,一一在目,说与何露。何露一笑说,一梦几千年,走古今,遇尧舜。暖雨随心翻做浪,春风着急化为桥。通天通地通古今,通三川半。是个有福的梦,三川半人有福。

两朵雨伞,两个人,州长向世林、县长刘路平。两人把雨伞斜置在门外靠壁。两人进来,刘路平说,赵常,我们就把今天当您的生日。州长向世林说,今天三川半通高速公路,办通车典礼,请您参加,就当给您过生日。赵常想适才一梦,见娘问生,莫非今天正是生日?州长向世林又说,去冬三川半修完一万口水井,再不会有为争半桶水打死一个人的事了。今春三川半又造了一万亩林种一万亩树。县长刘路平说,现在搞退耕还林。政府给老百姓补钱补粮。让当年大炼钢铁砍掉的树,让历年刀耕火种毁掉的林子长起来。赵常,您看这个办法可比那个青苗法还好?赵常说,好,今天梦里梦外的事都让人高兴。赵常叫何露,小姑娘,就不给州长、县长沏茶了,拿两把雨伞来,去参加通车典礼,过个热闹生日。

参加完高速公路通车典礼。赵常和何露站在高处,看三川半高山深谷,这样一条又宽又直的路,鬼斧神工,真是神力莫为。

赵常问向世林,这高速跑汽车到底有多快?向世林说,三川半这边米下锅,省城来的客人到刚好饭熟。赵常对何露说,我们也置辆好车,跑一回试试。

赵常想起他的马,那匹好马,死了。多好的马会死,多好的人也会死,多好的世界要长长久久的。

五十二　村长的牛不见了

村长问杨二哥,你看见我的牛了吗?

那个时候,杨二哥的那条母牛正发情,村长的那条黄牯牛老往杨二哥的牛群里跑,骚牯子去泡发情的母牛,天经地义,正常的牛性,正常的性关系。杨二哥就是不肯成"牛"之美,不善解"牛"意。就是不让村长的牯牛和他的母牛交配。一交配就要生小牛。杨二哥的牛已经够多了,再多条小牛不好照顾。杨二哥扯了把青草,里面包上辣椒给村长的牯牛吃,又在发情的母牛屁股上洒上辣椒水。这样的坏事只有杨二哥想得出来做得出来。

村长的黄牯牛吃了亏,就再也不来了。他哪里知道村长的牛就不见了呢?那牛莫不是得了相思病?人得了相思病会跳楼,牛得了相思病也会跳崖坎的。要村长的牛真有个三长两短,杨二哥会伤心一辈子的。

杨二哥对村长说,我没看见。

在三川半,人们可以不知道赵常,不知道州长、县长、乡长、村长,没有人不知道杨二哥。他就是三川半的笑,三川半的快乐。杨二哥,不会让村长不快乐,他说没看见就是没看见。杨二哥想,要是村长的牛再来,他一定不再为难它,哪怕母牛会怀孕呢。

村长的牛不见了。

村长又问亮瞎子。亮瞎子说,牛不见了问瞎子呀?

亮瞎子不喜欢村长。村长差一点就是二奶村的村长了。这个村出去的女孩不多,出去的女孩也相互约定,在外边苦死累死穷死饿死也不当二奶。要不然,村长也不会为一条牛着急。这个村,算是经济欠发达的村。

村长

村长在这里叫我们村长。毛伢总跟在他身边,叫他我们村长。村长,你就是村里最大的官,没有秘书的大干部。你有我毛伢,你领导我,领导村民,领导村里的粮食和果树,领导村里的水井和泥巴路,领导牛和猪羊。我们都跟你走,你是这个村长不是那个村长。那个村长见母的都要,你不是。

村长说,毛伢你嘴巴甜,我把我女儿嫁给你。毛伢说,毛伢还穷,等我有了钱,娶你女儿做二奶。

村长拍了毛伢一个嘴巴。毛伢说,村长打得好,再打我一巴掌,毛伢就会有钱有老婆。

牛

村长的牛在杨二哥那里吃了亏,很是郁闷。杨二哥,你给所有人快乐,就是不让我快活!黄牯牛跑一阵走一阵,走一阵又跑一阵,路边的嫩草它也没心思咬上一口。它一路乱跑,怎么就窜上了高速公路。路有许多汽车,没长尾巴,红的,蓝的,白的,黑的。它们全像发了情一样奔跑。它开始跟着那些汽车狂奔,后来实在累了就慢慢走。它虽然不懂交通规则,它还是靠着路边走,人家跑那么快,不要拦着别人的路。那么多汽车往前面跑,前面一定有什么好东西。它不紧不慢地跟着,前面的远了,后面的又来了,没完没了。它们都是哪个妈养的,哪条母牛生的?那些车有坐人的,也有不坐人的。还有大汽车拖着小汽车的,像一条母牛领着许多小牛。黄牯牛很无奈地跟着汽车紧走慢走。它又看到车上装着鸡鸭,装着牛羊。黄牯牛叹了口气,这年头,鸡鸭不飞,猪羊不走,都坐汽车了。它们是去旅游还是去走亲戚?

它又看见一些牛在汽车上。一色的好牛。那些牛也看见了它,一头花母牛还对它哞了一声。黄牯牛就跟着那辆汽车跑起来。追了一阵儿,前面的汽车越来越多,那些牛坐的汽车开不快,黄牯牛才省了些力气。车上的花母牛又对它抛媚眼。

黄牯牛跟了一阵儿,天黑了,汽车的眼睛亮起来,长长的光。

它就这样进了一座城。它盯住花母牛的车,快快地走。到红绿灯处,那辆汽车停下来,它也停下来。路边的人看到黄牯牛在红灯亮起来的时候停下,夸它是条好牛,懂交通规则,是一条文明的牛。看一个人是不是文明,要看它怎样对待红绿灯和斑马线,这些旁观者就是这样评论一条牛。

花母牛的车经过湘雅医院,那个时候,张亚林博士在值夜班,正在给一位病人做心理治疗。他没能够见到三川半来的黄牯牛。黄牯牛也不知道城里的医院会有一位三川半来的大医生。从行为医学的角度来讲,黄牯牛的行为跟社会文明行为无关,只是一次盲目的冒险,一种强迫症。它的理解能力够不上一座城市。

匆匆地经过湘雅医院,又经过几处红绿灯,到了一个灯火不太亮的地方,花母牛和别的牛被人从车上赶下来,那些牛被洗澡,然后,是血的腥味,剥皮,把肉割成一块儿一块儿的。黄牯牛一阵头晕,然后一下子蹿起来,飞快地跑了。后边有人大喊,牛跑了牛跑了。

天亮了,到处是人。这些人和这座城市,好像一点也不知道就在昨夜,在昏暗的灯光下。几十条牛被杀,被剥皮,被割成一块儿一块儿的。这不是个好地方,到天黑就会有危险。它要回三川半,回到村长那里。三种半多好,村长是个多好的人。

几个三川半进城打工的人认出了它,是村长的牛。他们把黄牯牛送回三川半,交给村长。村长想揍它一顿,举起棍子没落下来。村长给黄牯牛许多青草。

杨二哥领了母牛来看它。不过那母牛已经不发情了。

这些都没关系,都不重要,重要的是又回来了。

五十三　把蛋蛋劁掉会怎么样

三川半有兽医,兽医同时也是劁匠。有病治病,没病就劁蛋蛋。

蛋蛋也是个病,劁掉就好了。太监都没蛋蛋,一个个都活得好好的。太监要是有蛋蛋,被皇帝知道了,就会杀头,会死。这蛋蛋确是大病,大灾。没病没灾就好。

村长的黄牯牛不会被杀,它肯定要被劁掉蛋蛋。

劁匠算个职业还是算个职务,都是要办事要干活的。

村长请来劁匠,叫人把黄牯牛绑起来。劁匠端了一盆清水,往牛卵包上一喷,拿了劁蛋刀飞快地把蛋蛋取了丢进那盆清水里。又拿水给黄牯牛洗了刀伤,最后炒了那两个蛋蛋喝酒去了。

黄牯牛痛了几天,好了。蛋蛋让劁匠拿去喝酒了,就不再想母牛那些事了,这一辈子就做好牛,耕田犁地。

没蛋蛋就变得平心静气。

英雄气短,儿女情长。没蛋蛋就没了气,做不得英雄了,也不儿女情长了。

英雄气短,不过一寸;儿女情长,不过一尺。

赵常已经气定神闲。时间也像个劁匠,偷偷摸摸就把蛋蛋给拿走了,让你不再翻江倒海,让你气定神闲,让你回首往事,让你做些稀奇古怪的梦。

三川半邻里有哀牢山。曾经有过哀牢国。哀,就是很大,很雄伟;牢,就是虎。说成汉话,就是大大的虎国。意思顺一点,用汉话说叫做英雄国。这里的虎人其实很平和,帮中央王看好一块疆王,要纳贡的。

哀牢国是一个故事。那清的流水,善的流水,涓涓细流,流入大江大河。

赵常曾经站在三川半的高处,眺望远处的哀牢山。心如涓流,叮叮咚咚的故事。英雄豪气,淡如炊烟。

山坡上开满野花。一个一个的土包。大的是山,小的是坟。

何露的鞋被露水打湿了。赵常说,要是骑马就不怕露水了。

何露说,我们再买一匹马,一匹汗血宝马。赵常说,我只是说说,不想骑马也不想养马了。如今是汽车、火车、飞机,人骑马还赶得上吗?

何露摘了朵野花让赵常闻一闻,赵常闻了闻,很香,鼻子还好。

人的器官都要好,要齐全,这是做人的起码条件。爱护一个人,是先要爱护他的器官,这个道理,村长的黄牤牛不知道。它同样不会知道它已经不是一条黄牤牛,只是一条黄牛了。

赵常的器官还好,还能保证他对事物对时间的知觉。

他能在高处眺望,那一寸长的英雄气不见短也不见长。能闻得到花香,能看得到颜色,蛋蛋也还好。

就在赵常眺望处的山下,那个村子,那位叫李自真的村民,他见到劁匠就躲开。虽然那些劁匠是找那些牤牛不是来找他。他早已没有蛋蛋。李自真本来很快乐,他说他要像杨二哥一样,快乐一辈子。人,不会唱三棒鼓,也可以快乐。政府又给他修了储水池,修了烤烟房,他种了七八亩烤烟,每年有七八万块钱收入。水泥路修到他家门口。他盖了不算大的一栋屋,砖木结构的,很结实,坐西朝东,向阳。这一切都好,就是没有蛋蛋不好。那个时候他还有蛋蛋,他对村里的水秀说,等着我,我盖了大屋就娶你,要你爹娘把你嫁给我。水秀说,好,我嫁给你,我喜欢你,不知道什么叫愁。

有位会麻衣相术的给水秀看相,问水秀的奶子上有没有一颗大黑痣。水秀脸一红,不肯说。她大吃一惊,这麻衣相术就这么厉害,穿着衣服就能看见里面的一颗痣,还不什么都被看相的给看了？看相的说,姑娘眉清目秀,脸是脸,腰是腰,童子声,贵人气。本来天生富贵命,奶子上那颗痣没长好。那颗痣又偏偏长在奶头上,一奶二头,婚嫁多变。水秀找到李自真,到僻静处脱了衣服给他看,我奶子上有颗痣,你别娶我。李自真说,你奶子上有颗痣就是有个疤我也要娶你。说了就去捉水秀的奶子。两个人正是青春期,人又在僻静处,把不该做的事做了。

第二天,水秀不见了。等到一年过去,到三川半杀猪宰羊过大年的时候,水秀一身打扮回来了,染了红头发,穿金戴玉地回来了,还带了个男人回来。

村里人说,水秀做了二奶。

李自真见水秀走到哪里那个男人都跟着。他不远不近地看着水秀,像吃多了辣椒,心里发烧。村里的茅厕很臭,水秀已经不习惯村里的茅厕,她要到野地里尿尿。她对那个人说,我去尿尿你跟着我干什么？她就一个人去野地里尿尿,那个僻静处,正是她和李自真做好事的地方。等她尿完尿,还没穿好裤子,李自真从后边抱住他,把她裤子脱了。李自真骑上她,狠狠地弄她。

这大白天,男欢女爱,真如筛子关门,眼多,再僻静的地方也有人看见。

到了晚上。一些生面孔和熟面孔来捉李自真,把他用棕索子绑起来,吊在梁上。突然一熄灯,他觉得下身剧痛,昏过去了。等灯又亮了,他醒过来,才发现蛋蛋没有了。

人没死,蛋蛋没有了。

他要告状,他要找人赔他的蛋蛋。男人怎么可以没有蛋蛋。

村长来了,乡长也来了。要他不要闹,不要告状。一闹影响不好,影响投资环境。乡长说,三川半人能吃亏,什么苦没有吃过?人没死就好,没蛋蛋不算什么,留得青山在,不愁没柴烧。人家答应赔钱,那些钱你一辈子都挣不到,一辈子都花不完。

李自真说,我蛋蛋都没有了,还留什么青山烧什么柴?牛可以没蛋蛋,人怎么可以没蛋蛋?乡长,你莫讲卵话,把你的蛋蛋劁了试试?

乡长火气上来了。好好好,屁大个事,我不管了,我这个乡长是专门管你蛋蛋的啊!

村长出来打圆场,说算了算了。

李自真说,我就是我的蛋蛋,不能就这么算了。

李自真想来想去,要找人,要找帮他讲话的人。他先去找亮瞎子。亮瞎子说,现在人民公社没有了,贫下中农协会没有了,亮主席也没有了,你找我有什么用?你该找谁找谁吧。

他去找赵常。

赵常听了,觉得这个事又严重又复杂。这个蛋蛋的事不只是蛋蛋的事。只是他早就不办公案,虽然是国家的人,却办不了百姓的事。李自真的劓蛋蛋,又叫去势,若用旧刑,叫做腐刑,是很严重的刑罚。村长,乡长,还是钱很多的人,都不能用这样的刑罚。

赵常向李自真,是谁下的手呢?这个人是凶手,要法办的。

李自真说当时灯一关,人也昏过去了,不知是谁下的手。我也看过电视,读过报纸,我是个人民,还是个公民,也算是国家的人。我现在蛋蛋被人摘掉了,不完整了,不算一个好好的人民,好好的公民,一个不完整的国家人。把人搞坏了,也就是把国家搞坏了。赵爷,你德高望重,是有能力的国家人,你要为我做主。

赵常打量着李自真,这位年轻人这样认真,这样固执,这样严肃地看待自己的蛋蛋。如果他不能帮他,还算什么德高望重,哪来的德?哪来的望?那棵老樟树是靠绿叶活这么长久。人的血,人的性情。心还在跳,血还在流,性还有善,人还知情,人才算个活人。

赵常问李自真,你是要我帮你把蛋蛋找回来?

李自真说,找不回来了。我的蛋蛋早被别人当下酒菜了。我蛋小,只当小猪蛋。只要人赔个不是。

赵常说,我先给你赔个不是。

李自真说,赵爷一生高风亮节,哪来不是?

赵常说,我当年一人一马一枪,谁敢拿走三川半的蛋蛋?

赵爷……爹娘生我,守蛋有责。如今痛失蛋蛋,真是愧对爹娘。

赵常说,人多势众来取你蛋蛋,也不能怪你没守好。那夜瞎灯熄火,也不知道是谁下的手。在场的人,谁都可能下手,在场的人都该给你赔个不是。你回村里,告诉村长,叫他把村里的人召集拢来,说我就来。

李自真回到村里,传话给村长。赵常随后就到了。

赵常对村长说,村长,你问问这些男人,他们的蛋蛋都在?

大家不作声。

赵常又对大家说,这位李老弟的蛋蛋不在了,被你们当中的一个人摘掉了。这李老弟也不要赔钱,也不要赔蛋蛋,也不要查哪个下的手,也不要哪个去坐牢。你们有些人当时都在,现在当着李老弟的面,给他赔个不是。

大家不作声。

赵常说,那好,我赵常面子不够,我可以要县长来,要州长来。县长、州长的面子够不够。

村长一听急了。他说,大家一齐说声对不起,就像以前开大会喊口号那样。

大家嗡嗡了一声。

赵常说,我没听清。

村长说,大家跟我喊,李自真,对不起!

大家喊,李自真,对不起!

赵常说,我不满意。你们这些人,怎么总要个大人物出场,要抬出个大官来吓唬一下才肯认错呢?你们不会就自己讲个道理?

村长忙说,赵爷,我们哪像你见多识广,我们觉悟低,我们要向赵常学习。

赵常摇了摇头,走了。再多说有什么用?这些人。这些人,说不定什么时候他们的蛋蛋就被人搞掉了。

被大烟害,被土匪害,被日本飞机的炸弹害,种棉不暖身,种粮不饱肚。吃饱了穿暖了又会有蛋蛋的麻烦。

人要过上好日子真不容易。

五十四　谷

立春过了,谷雨过了,芒种也过了。五月收麦,八月收谷,九月十月挖红薯。

八月,晒谷坪是谷,石板上是谷,水泥路两边是谷,中间留一条缝开车。开车的人小心地开过,怕伤着马路两边的谷粒。那些金黄的谷粒摊在水泥路边,是粮食,是饭,不能碰着伤着。

三川半人有两样大禁忌,一是米粮掉在地上要捡起来,不能踩;二是有字的纸在地上要捡起来,不能踩。踩米粮遭雷击,踩了字会瞎眼睛。

耕和读是两件大事。米粮和文字,是耕的,是读的。耕和读,是人的本分。勤耕苦读能做圣贤,通尧舜。

州长向世林从州里下来,一路西行,一路金灿灿的谷场。一路上他要司机小心,别伤了那些谷粒。司机说,晓得呢州长,我爹也是种谷的。司机小龙从部队回来就一直跟州长开车。按照部队的习惯,他开始叫向世林首长。日子久了,这位州长大人就不那么神秘了。这位州长要做的事比董存瑞比黄继光差远了。他管修路、修水井、修垃圾站,管种树、种粮食、种烤烟、种药材,也管开会、读文件、读书。州长管读书像管种粮食一样认真。他开会说,不种粮食人会饿死,不读书人会蠢死。他把文化局长、教育局长叫来商量,要评三川半"十大书香人家"。这次下去,是去看赵常老爷子,州长说三川半赵老爷子看书最多,他自己读书,也让别人读好书。赵常老爷子被评为"十大书香人家",名列榜首。除了赵常,"十大书香人家"还有吴家大妈、状元李光庆、小学教师田万国、乡村眼镜王东升、打工妹李小芳、冉木匠、退休教授胡世汉、老中医张长、诗人彭努力是末一位。这些书香人家评出来,都有理由。有个读书奖,得了这个奖,可以在三川半任何一个图书馆、图书室读书、借书不要钱。赵常得奖,是他就是一本书,哪本书香也没有他香。状元李光庆,六十多岁考上大学。小学教师田万国两代人读书超过一万册。打工妹李小芳搞了个流动图书馆,她把自己喜欢读的书读完了就放在公园的凳子上,放在公共汽车的凳子上,得到这本书的人再去这么做,很多人就可以读到这本书。吴家大妈中年丧偶,一个人把三个儿女送上大学,当了博士,她收藏了儿女从小学到大学的全部作业练习本和各种考卷。大妈只念过小学,现在让她教中学语文也不难。

向世林叫司机小龙把车停在路边,下车抓起一把谷,在手里一搓,粒粒饱满。好谷好米。

司机小龙说,州长,我们撒泡尿,上车赶路。向世林看了看太阳说,太阳还没偏西,太阳不急你急什么?

向世林不戴表。有回小龙问他,州长,你怎么不戴块表?向世林说,戴表误事。有次乘飞机,表停了,时间也跟着搞错了,误了那班飞机。以后就不戴表了。再好的机器也没人靠得住,汽车跑不动了,人还可以走路。表停了,不转了,太阳不停,地球还转。

两人上了车,小龙对向世林说,州长,你说的话我说不来。你做的事我都会做。粮食啦,树啦,水井啦,跟你久了,我也能当州长了。

向世林打个哈哈说,我像你这个年纪时,还没你这个水平。

小龙说,州长,州长是多大的官呢?

向世林说,三川半过去只有赵老爷子他们是官。我不是官,以前叫干部,现在叫公务员,要算呢,在部队我算个师长吧。

小龙说,那太大了。

向世林又打了个哈哈。要说大呢也大,一州之长嘛。要说小呢也小,我爹娘都是老百姓种谷种红薯的。我吃三川半的五谷长大,是三川半的儿子。儿大要养娘,我们要把三川半养肥,养好。

小龙喜欢这位州长。他说,我到老了还给你开车。

向世林说,你老了我都什么样了呢?我能和赵老爷子比吗?等我不当州长了,我回老家种树。河边种桃树、梨树,山上种樟树、杉树,半山上种药材、种苞谷。

小龙说,你怎么会不当州长呢?

向世林说,我不当州长了别人来当,我去当个老百姓。

小龙哦了一声,一个人怎么当州长了又怎么去当老百姓?小龙不明白,三川半人也不会明白。在三川半的人记忆里,一个人当了官再不当官了,是一个人的灾难,或者是改朝换代的大事。

小龙开了一段路,突然问一句,州长,你没犯什么错误吧?

向世林笑笑说,好好开车,怎么会问这个话?你把自己当纪检干部呀。

小龙忙说,州长,我不是那个意思。

向世林说,我暂时还没犯下什么错误。大炼钢铁那会儿,我还是个小学生。大跃进搞公共食堂过苦日子,我和三川半人一起挨饿。"文化大革命"的时候,我还不够造反派的年龄。改革开放,我从办事员当到科长、当到县长、当到州长。我这个州长是饿过饭的人,我想的做的都是些吃饭的事、种谷的事、三川半人过好日子的事。

小龙说,那好,我放心了,你这个州长当得稳稳当当的。

车窗外是青山,田园,房舍。一片一片地推过去,又拉过来。

向世林又说,我也有错。我小的时候,三川半的河水很清,有很多鱼。一群一群的鱼从深处游到浅处又游回深处。要吃鱼,就像到菜园里摘菜。现在呢,你看这河变成什么样子了?要是有一天这条河枯干了,不能再出鱼虾了,这不是天大的错误吗?赵常老爷子送给我一本书,叫做《齐民要术》,很久很久以前的一个人写的,讲的就是种粮、种树、养鱼这些事。这是一个爱山、爱水、知天、知地的人写的书。自古以来,山上有树,河里有鱼,地里长庄稼,村里有人家,日子才会过下去呢。

小龙说,州长,你给我上课啊。

向世林说,和你说说话,帮你提提神,开车莫打瞌睡。

一块一块的稻田,农民在收谷。女人割稻,男人打谷,有孩童拾穗。几只白鹭在收割后的稻田里找田螺和泥鳅。鸟雀在寻找失散的谷粒。土地让谷吃饱,谷让人和雀吃饱。秋天,都那么肥。

　　小龙问，州长，你会种谷吗？

　　向世林说，我十四五岁就会犁田打耙。牛总是不听话，拖着我飞跑。一天下来，人就累得像一根棍子，蚂蟥叮在腿肚子上吸血也不知道。小龙，你知道种谷有多不容易吗？

　　小龙说，汗滴禾下土，粒粒皆辛苦呗。

　　向世林说，种谷比背两句诗要难得多。一开始没有水稻。有人在一万多年以前发现了稻种，开始种植水稻。一万多年以后，大科学家袁隆平又培植出高产优质水稻。一万多年的种谷，你看有多难？水稻是我们最早的粮食，一粒种子接一粒种子，种到今天。

　　下起雨来。收谷啊收谷啊，到处有人喊。男人女人老人孩子一齐奔跑。拿了箩筐，把晒在路边的、石板上、晒谷坪的谷收拾起来，挑进屋里。谷被雨一淋，被水一泡，就出不了好米。

　　向世林叫小龙停车，就近帮农民抢谷。赶快搬，赶快运。还来不及搬走的，先用晒箩用塑料布盖上。向世林叫司机小龙从尾箱取出雨衣，把一堆谷盖上。雨衣这东西，一般来说只有乡长以下的人才会有。州长一级，已经多年没有雨衣的待遇了。

　　向世林和司机小龙忙了半天，人们才发现来了两个帮手。一位姑娘问小龙，你们是哪家亲戚？小龙说，还未和你相亲还不能算亲戚。姑娘红脸了。姑娘又看了看向世林，认出他是电视里讲不好普通话的那个人,讲种树和修水井的,是个大干部。

忙完了,向世林和小龙开车走了。姑娘告诉大家,那个人我认出来了,姓周,叫周长。

离公路远一些的地方也在抢谷。白岩村年轻力壮的男人都进城了,帮城里人盖屋,村里只有老人、妇女和孩子。村长马大叔还留在村里,他领着这些不太得力的人抢谷。李小妹的男人也出去了,一个人在家,种田和收谷都是她一个人。下雨要抢谷她只有一双手,一边收谷一边骂天骂男人。村长过来帮忙。她对村长说,打湿了。村长说,嗯,我人也湿了,李小妹说。村长说,嗯。李小妹又说,我全身都湿了。村长又嗯了一声。李小妹家的谷抢完了。她说,村长,我里面外面都湿了。村长,把你的裤脱下来给我穿,帮忙帮到底呀!村长说,以后开会讨论,我要去帮忙抢谷。

村长跑了。

李小妹踢翻了一箩筐谷,骂自家男人,你死在外边呀!我好去偷人!

一只大公鸡领了一群母鸡来吃谷。李小妹拿起竹竿就打,有本事去吃别人的,莫惹我!

过几天,三川半开大会,给"十大书香人家"颁奖。赵常领何露一起到场,少是夫妻老是伴。

赵常穿了一身银灰色的中山装,何露穿了一身列宁装。他们像两位电影人物。电视台来拍电视,让赵常换上唐装,何露穿旗袍,这样才有书香书韵。

文化局长说,赵常穿什么都得体,你们就拍吧!又不是拍戏,随便点好,随便点好。

电视台的说着就拿出唐装和旗袍,要赵常和何露换上,说这样效果更好。赵常说,我要去厕所。何露说,我去涂点口红。两个走了老半天,没再回来。电视台的几个不时地看表。

文化局长说,你们几个别看表了,人家赵爷不会来了,你们当人家赵爷是演员啊!你们电视台,就爱搞这样的卵事,你们有点文化行不行!这条新闻出不来,你们直接跟宣传部长讲!

文化局长也走了。电视台的几个一肚子气,骂文化局长是头猪。

文化局长也听见了,人家是故意让他听到的。大小是个局长,不跟电视台的小记者一般见识。文化局长也是经常骂电视台的没文化,是猪,讲话半截舌头在口里打滚,打字幕尽是错别字,还做假广告帮人卖假药。

文化局长想转身说几句,又想算啦算啦!大家都是吃谷的,都不是猪。

吃谷,就会有共同语言。

种那么多谷,就是要让人吃的。人吃了大米饭,聪明又健康。

五十五 穷

人就是这样,住茅草屋喊穷,住大瓦屋也喊穷。没衣穿没饭吃喊穷,锦衣玉食也喊穷。人忙就忙一个"穷"字。穷就穷在总是不够,哪个傻瓜能说够了?钱少的说没钱,钱多的还说没钱。吃了穿了用了住了,还有些剩余,人们就把这些剩余放在钱上面。放在钱上面还是不放心,人们就想着把那些剩余放在嘴边,挂在自己的脖子上。挂在牛脖子上的叫铃,挂在人脖子上的叫财富。人的脖子比牛的脖子承重能力大得多。一位细长脖子的女人,能带上一连串蓝宝石还缀上多少克拉钻石,就是说,她的脖子能挂上一座楼房,她的脖子相当于起重机的大吊臂。这细长的脖子为什么要这样地吃苦耐劳,完全是因为害怕,怕穷。一个女人对你说,太可怕了,你一定会相信,会感动,会心惊胆战。想一想我们的女人一直是多么穷,多么需要我们努力。

三川半的人大主任老吴爱讲笑话,也爱讲真话。三川半要变化,什么都不缺,就是缺钱。以前种鸦片,让一些人赚了钱。搞土匪,又让一些人赚了钱。闹起义,一些也发了财。现在种烤烟,一些人也发财。要大家有钱,搞旅游,把三川半好看的东西、好玩的东西摆出来,让那些来三川半走玩的人留下买路钱,三川半人卖水都要发财。

乡干部麻老二听了不服气说,吴主任,莫讲卵话,我们的女人出去都没发财,卖水能发财?

吴主任说,你才讲卵话,那些出去当二奶的回来,哪个没发财?

麻老二说,我们的女人本来就不够,还出去给别人当二奶。人家一个男人几个婆娘,我们几个男人没得一个婆娘。我们赚了什么?我们赚了个吃亏哟!

吴主任又说,她们是二奶也不是跟人家一辈子,赚了钱回来嫁我们的男人,生孩子。她们去的时候是一块荒土,回来是一丘肥田,一块熟地,三通一平都搞好了。你这个认识水平,也指望提拔,当一辈子乡干部。

吴主任先笑,麻老二也笑,大家跟着笑。

笑过之后,吴主任对麻老二说,你们这个乡山高林密,水也来得高,像天上一条河。这山这水,是好看的。你们这里人能歌善舞会打鼓,是好玩的。河里有鱼虾、山上有竹笋、蕨菜、野生菌,是好吃的。要把旅游搞起来。这里路也通了,只是要把卫生环境搞好。牲畜不要乱拉尿,人不要乱扔垃圾。

麻老二领着吴主任到处转。一边走一边指着那些房子说,那些好房子新房子都是养女的人家,那些旧房子烂房子都是养崽的人家。以前是重男轻女,现在是重女轻男。

吴主任问,老二,你说,是崽的本事高还是女的本事大?

麻老二说,这也不好说。像你吴主任这么大的官养崽养女都一样。一个小老百姓养女就是养银行,一家人花钱就靠她。养女成本低效益大,养崽养一身力气能赚几个钱? 那个叫张军的抢银行抢金铺还是要杀脑壳。

吴主任有些不高兴。老二,你大小也是个乡干部,思想觉悟高一点好不好?

麻老二说,吴主任,你莫骂老二,老二水平低,只能当乡干部。乡干部是天下最难当的官。上面领导说你没把事情办好,老百姓说你吃粮不当差。一年到头辛辛苦苦讨挨骂。像以前那些当保长的,土匪来了要吃喝,官兵来了又说你通匪,两边挨打。就是那些文人写书编电视剧,也拿乡干部当反面人物。

吴主任说,老二,你就出息一点点儿。我给省烟草局的杨局长讲了,支援你们一点钱,你们成立个旅游公司,你当总经理。这个市场大,能卖的东西多。你们搞得好,老百姓开心,我们也有面子。

麻老二看了看四周,这个地方确实长得标致,长得俊俏,他以前怎么就没看见。

麻老二说,要是赚了大钱,就给每家每户分钱,给男人分婆娘,一个男人分三个婆娘,一个生孩子,一个做饭,一个扫地。吴主任,你那个时候来,保证家家户户干干净净的。牲畜不乱拉尿，人不乱扔垃圾。

这个时候，雾岚绕山。有布谷鸟叫，溪水在跳跃。

这两个说着笑着的人在溪边的一块石头上坐着。他们再说些什么，远处听不见。

天天想着钱又变着钱的人，最不缺钱的人是聪明街的人。多少年了，聪明街的人还是那样的人。他们不缺钱，他们天天有钱。那些金银铜铁做的钱他们一般不用，要用就太少了。那些太值钱的东西也不能当钱用，用多了就没有了。他们的钱大概是三大类：竹木的枝叶、草，一种叫做栗的坚果，这是植物类。竹木和草都要新鲜的，不要枯枝落叶。草要很贱的草，能做中药材，很名贵的不要当钱。比方说人参，不能当钱。人参贵，要拿能当钱的草去买。第二类是泥石类，泥要深土黄泥，能做砖瓦的那种。第三类是鸟兽虫类。鸟兽只取毛当钱，虫可任选。石头钱一般不用，赶集从来不用石头，只有请了木匠篾匠到家里做活，给工钱就给一块石头，这当然是些好石头，猫眼石，鸡血石，洞石，玉石。沙子也不用，要等到别的钱用完了就用沙子。沙子多，用不完。聪明街的人把沙子不叫沙子，叫银行。听别处的人说去银行取钱，他们以为是去取沙子。那些人真穷，连沙子都用上了。

多少年来，聪明街的人一直不缺钱。那些枝叶，那些羽毛，那些泥石，那些虫蚁。他们靠这些盖出坚固的房子，养出强壮的牲畜,种出丰硕的庄稼。

他们还会一种聪明文,用这种聪明文编出了聪明歌。聪明街的人出门求学、经商、从军,做别的事,喝一点酒就会唱聪明歌,你虽然听不懂那些歌,但你能听懂欢乐,为你解忧,为你消愁。那些歌声能让你化为聪明歌,你成为一种声音,一种韵律,一首长歌。那些聪明文好像一种法力。

就算你是一位三川半人,也很难找到聪明街。当年大姨妈和王开明母子,是无意之中来到聪明街的。那里的路总是七弯八拐转来转去。聪明街前面是河,后面是山。河上没有桥,山上没有路。聪明街远看一条街,近看是云雾。就算找到那条唯一进聪明街的路,进去了也不一定会知道这就是聪明街,不赶集,街上一个人也没有,只是一片平地。聪明街的人上哪里去了,谁也不知道。

电视台想拍聪明街,做个纪录片,他们一直没找到那个地方。

五十六　霉玉米

龙二拉住赵常的手说,我要先走一步了,我在那边给你盖个大院子,准备些好酒好菜,还备一匹好马,你来了,还是大都督。

赵常说,你哪能就走了呢? 一路过来,也只剩你我两个了。

龙二说,快活人杨二哥先走了,我也要去。在那边听杨二哥唱三棒鼓。诗人彭努力一辈子看不起我,他也先走了,到了那边。我要请他喝酒,对他说,我龙二也算个好人。

赵常说,龙二是个好人,做过大好事的。

龙二说,诗人彭努力一直当我龙二是个无情无义的人,见钱眼开的人,为富不仁的人,鸟过拔毛的人,连草木见了我都会枯的人。他恨我。我狗屁不通。但是,我龙二一辈子不欠情,不欠人债。我做到了。

赵常说,你做到了。

龙二抓不住赵常的手,赵常就抓住他的手。

龙二说,大都督,人来到世界上,打了个转,又回去了。

龙二不说话了,龙二死了。

一个冬天,诗人彭努力死了,杨二哥死了。

真是老牛老马难过冬啊,人总是在冬天里死去。这个季节,草枯叶落,天地收了元气,真是个丧命的季节。

三川半产谷,也产玉米。玉米也叫谷,叫苞谷。玉米吃多了不坏胃,不坏人。玉米养人,霉玉米吃多了坏胃,也坏人。

诗人彭努力的胃坏了,吃多了霉玉米。杨二哥也是这样。龙二没吃多少霉玉米,他吃多了油水,把人肥死了。

赵自龙给他们治病,没治好。三川半的药,治不好霉玉米和肥病。

赵自龙来看赵常。他对赵常说,老爹,对不起,我的胃坏了,怕是不能陪老爹了。

过苦日子那些年,人什么都吃,也吃了很多霉玉米。赵自龙的胃,就是那个时候搞坏的,用药养着胃,养了这么多年,胃病养成了胃癌。儿子要他到美国去治病,他不去。那位日本人要他到日本治病,他也不去。天下的病都是病,这里治不好,那别处就能治好?三川半的病服三川半的药。用了活血化瘀的药,又用扶正祛邪的药,又用强胃健脾的药,都治不住霉玉米。开始吐酸,后来吐血。胃痛眼花,流鼻血。人不行了。一生行医救人的赵自龙被霉玉米打败了,小小的一粒米,能让人活命。小小的一粒霉玉米,也能要人性命。人要死,所有救人的方法都不是好方法。一个医生,身边都是药,脑壳里都是药方。像一位雄兵百万的将军,守住自己的城池,敌人照样打进来,要消灭你。又怎奈何?死就死吧,很多人都死了,很多人又生了。儿子是老子生养的,要死了也得先给老人家报个信。老人家生了个儿子,被霉玉米搞坏了,努力修理过,还是不如老人家生养的那个儿子健康。儿子要走,得跟老爹说一声,先商量一下,再最后告别。

赵自龙说,老爹,我对不起爹,人不想死却要死。我死了,你还有何露姨娘,还有个孙子在美国。

赵常说,儿子,你是老爹的血脉。老爹没死,血脉怎么会枯呢？——那个小子,叫艾迪吧？他一直不回来看看,有信来吗？

赵自龙说,他要回来,要写个信,都要美国国防部批。不知道他在那边做什么？这么多年,他只来过两封信。一封信是他结婚的时候写的,一封信是他生孩子时候写的。他娶了个美国婆娘。

赵自龙拿出那两封信给赵常。老爹,那上面有他的电话和地址。他要不能回来,老爹去找他,有何露姨娘陪你。

何露在一旁听他们说话。她就这样,赵常同别人说话时,她就静静地听着,不说一句话。无声胜有声,也是一种交谈方式。赵常也喜欢她这个样子,这个样子才像小姑娘。

赵常把两封信递给何露说,你看,这两封信就是凭据,这小子在哪里都是我们家的孩子。你陪我去美国,见了他我要拧着他的耳朵,把他拉回来。我就不信美国国防部能把我们家的孩子抢走了。

何露笑笑。如果她给赵常生了孩子,也该有孙子,就不用同人家国防部争抢孩子了。她笑笑,没说什么。

她只能笑笑,除了笑笑,她不知道能说点什么？这世界就是一张脸,太阳是醒着的,月亮是睡着的。人同这张脸,天天照面,说理会了吧,也理会了。说没理会吧,也没理会。一切都跟她没关系。她只有赵常这个男人,这个男人就是她的世界。这个男人叫她小姑娘,她一直就是个小姑娘。她看着手里的信,从来也不会有什么人给她写信,要有信,一定是赵常写给她的信。两个人在一起,就不要写信,就不要送信的人。要是两个人离得很远,有信从远方来,一直传到你的手里,这是一件多么奇妙的事情?美国有多远?送信的人真了不起,能把一片纸从很远的地方送到很远的地方。

赵自龙真想起要对何露说什么又记不起来。霉玉米把人的记忆力搞坏了。

赵自龙说,何姨娘,艾迪是我儿子。他再也记不起自己要说什么话,就这么说了一句。

何露说,我知道,一个有出息的孩子。

赵自龙现在想起来他要对何露说什么了。

何姨娘,你陪老爹去看看艾迪,我不能陪你们了。

赵自龙医生的葬礼,有很多人来。很多人把他送上山,埋进土坑里,一个很深的土坑,一座很大的坟。人们找了很好的石头,砌成一大圈坟墙。

第二年,赵自龙医生的坟上长出一株玉米。很苗壮,一共结出五个玉米棒子,每个玉米棒子都结了红胡须。那玉米秆的顶上有一朵很大的青白色花链子。红胡须里雌花,顶上那一大朵是雄花。顶上的花粉落在红胡须上,那一根一根的红胡须连着每一粒玉米的胚芽。

玉米就是这样繁殖的。

一粒粒玉米像一个个金色的日子。

霉玉米是一个坏天气。

五十七 一些品种

像赵常整理那些陈年旧事一样,土地整理植物。那些文史资料把同一类旧事装在一起,土地把同一类植物集在一起。人用文字把故事记下来。土地文字就是那些植物,它们把土地编写成书。植物是土地的记忆,它们给土地命名。三川半有许多地名是植物的名字:枫香坪、樟树坳、茅草坡、荞子土、韭菜园……

三川半的野生植物,一定是本土的品种。地球上长出的第一株植物在什么地方?它的后代一定是在这个地方,这个地方保存着最古老的植物种子。

人们种植的植物,多半是本土的品种,外来的品种叫洋品种。土豆不土,叫洋芋。有一种红薯叫洋红薯。玉米呢?这个品种常常同地球那边的品种混在一起。鸦片当然也是洋品种。黄牛是本土品种,黑毛猪是本地品种。有一种叫约克夏,叫巴古夏的白毛猪是英国种,洋人个大,洋猪也个大,肉多。

有些洋品种来了很久。赵常在很小的时候就吃洋芋,吃洋红薯。那些洋品种成为本土的记忆。

别处的品种，在这里也能丰收。成为土地的新文字，成为《齐民要术》的补记。

粮食就像雨，在这里落下来，也在那里落下来。我们去很远的地方不要背一袋子米，别处也一样吃饭。

赵常这几天心里有些不快乐。儿子死了，孙子呢，成了别人的国家的养子。

湘雅医院的张亚林博士从美国回来，他和艾迪一起喝咖啡。他捎了个口信回来，这是关于艾迪的确切消息。

不管怎样，他是我赵家的品种。

赵常想。

五十八 人可以嫁接吗？

当年的苏联有位植物学家的叫米丘林，他把苹果和梨嫁接起来，最后结出了一种果实，叫梨苹果。梨的形状，苹果的味道。

这位植物学家的故事后来成为中国的小学语文教材。

梨苹果远远没有中国院士袁隆平的杂交水稻的意义重大。中国人搞吃的，外国人搞玩的。

人可以杂交，出混血儿。人不能嫁接。比方说，把一个瞎子和一个瘸子嫁接起来,一双好腿,一双亮眼。再高明的医生也不敢这么做。

亮瞎子是笑死的,他最后的那几天一直在笑。

多年前的杨二哥给亮瞎子讲了个段子。瞎子和瘸子一起过河。他们想了个好办法,瞎子背瘸子过河,两得其便。瞎子背着背着,瞎子突然对背上的瘸子说,河里有女人洗澡。瘸子问瞎子,你没瞎?你怎么看见女人洗澡?

杨二哥问亮瞎子,你说,瞎子怎么看见女人洗澡的?

亮瞎子问杨二哥,怎么知道河里有女人洗澡?

杨二哥说,等瘸子老五回来,你背他过河,要是河里有女人洗澡,你就知道了。

多少年以后的一天,亮瞎子想起了瘸子老五,想起杨二哥讲的段子,他明白了,想通了。好笑,一想起就笑,那几天他不停地笑。

要和瘸子老五的身子接起来就好了。上半身是他的,下半身是我的,上半身的好处归他,下半身的好处归我。有好车,我先坐,有好房子,我先进去。好女人呢?他碰上边,我碰下边。

瘸子老五是大官,他要动,我偏不动,他要走,我偏不走。他只能动动嘴,做做眼色。

这好笑不?好笑,比杨二哥那个段子还好笑。

瘸子老五看见女人洗澡,下边就会硬起来,顶在瞎子的背上。瞎子当然知道女人脱光了衣服在河里洗澡,瞎聪明。

亮瞎子边想边笑,别人问他笑什么,吃了笑和尚的尿吧?

亮瞎子说,我又不是女人,吃和尚的尿?

说了就笑。越想越好笑,笑得停不住,被笑堵住了气管。

亮瞎子笑死了。

人们给他堆了一座坟,埋在医生赵自龙的坟旁边。

亮瞎子死了的时候,想见瘸子老五,想见州长向世林,想见赵常,想见许多他见的人,他一个也没见着。他走得太快了。

瘸子老五没生什么病,中午在沙发上睡着了,再没醒来。

陈大任、曾可以都赶来参加他的追悼会。人在城里死了要火葬。骨灰送回三川半,建一座大坟,也在亮瞎子的新坟不远处。

送走瘸子老五,陈大任、曾可以不久也走了。陈大任活九十八岁,曾可以活九十六岁。他们安葬在革命烈士公墓,立了墓碑,刻了墓志铭。

这几个前后走了的人,都在报纸上发了讣告。只有亮瞎子没有。亮瞎子死了就死了,没那么复杂。人都会死,有各种各样的死。

亮瞎子是笑死的。

那个时候杨二哥参加毛泽东思想宣传队,他把那篇有名的《为人民服务》唱成三棒鼓词:

人固有一屯死呀,

或重呵如泰山呀,

或轻也如鸿毛呀。

为人民利益而死比泰山还重,

为自己利益而死比鸿毛还轻,

咚咚咚,咚咚咚,咚咚咚咚咚咚……

五十八　一块亮晶晶的东西

不知道是世界出了毛病,还是人出了毛病?赵常总觉得哪里不对,浑身上下不舒服,把手脚不知放在哪里?热的时候太热,像把人放进炉灶里。冷的时候太冷,人好像冻在雪地里的麻雀。这老天呢,也一年四季发脾气。要雨的时候,偏偏干旱,要晴的时候,偏偏涨洪水。

何露每天早晨陪赵常爬山。到了山上,赵常练太极拳,何露在一旁练瑜伽。

这两种功法,练人内气,接天地之气,成生命之气。

练过之后,人还是不舒服。人不可以长生不死,但不死的时候一定要舒服。鞋穿在脚上不舒服可以换一双鞋,人不舒服该换什么?

吃过晚饭,何露陪赵常到河边散步。河水清亮亮的,有鱼跃出水面。水鸟时不时袭击一条鱼。

河边也不舒服了,河边堆满了垃圾,水上漂着垃圾。没有鱼,也没有水鸟,河边很慢地流,水黑得发臭。

赵常不爱去河边了。

赵常看着檐下的蜘蛛网,一只大蜘蛛在捕捉黏在网上的大苍蝇。

赵常对何露说,小姑娘,我们搬家吧?

何露说,我们去哪儿?再搬回省城?那里医院好,医生也好。好好调理调理,再搬回来。

赵常说,有比我的儿子更好的医生吗?我在这里都调理不好,还上哪里调理?

何露说,那我们就坐一条大船,船到哪里,人就到哪里。

何露总是会想起大船,她就是在大船上和赵常在一起的。她从此不再是红颜薄命,因为红颜成知己,人间多少恩爱意。总是笑笑的何露想哭,想哭就有了泪水,止不住泪流满面。

赵常搂过何露,他好久没这样搂他的小姑娘了。小姑娘有了许多白发,真是朝是青丝暮成雪呵。

赵常说,要是有那样一条船,能开回以前的日子里,我们像渔夫一样打鱼,和农民一样种庄稼。油菜花多看啊!

何露说,要那样,我再给你娶个小姑娘回来,我老了。

赵常从何露头上扯下一根白发。

赵常说，人哪能不老呢？我和你这些年就像是一起爬山，走路。我怕自己走得太快了，把你一个人丢下来。我就走一走，停一停，看一看你，拉着你的手，你拉着我的手。你就像是留客，把我留在这世界上。这世界就像你的一间屋子，满屋子里是你的味道。我喜欢这间屋子。

何露说，你才是我的家。

那一天早晨，何露陪赵常很早去爬山。锦鸡还未下树，何露第一次看见在树上的锦鸡。惊动了它，锦鸡飞起来。红霞金光，世界最美丽的鸟。为什么有人要猎杀它？锦鸡晚上在树上睡觉，黄鼠狼、野猫，或者别的动物就不能捕捉它。只有人能用装了火药和雾弹的枪射杀它。锦鸡的肉很鲜，锦鸡很美，它的肉也很美，这就危险。

锦鸡住在一片森林，它会永远地守在这片森林，这片森林就是它的家。有时候它会突然飞起来，飞得很高。它就是这样一次一次逃脱猎杀、人或者别的动物。

何露还认得一种叫做阳春的金甲虫。能飞，很漂亮，像绿宝石。它们会在树上，吃一种亮晶晶的树脂。

何露在练瑜伽的时候，拾得一块亮晶晶的东西，是一大块树脂，里面有一只金甲虫。

赵常说，这是琥珀，几万年前的树脂和金甲虫。

何露拾起那块亮晶晶的东西,她把它带回家,装在首饰盒里。

几万年,就是神仙物。几万年是多久?美丽的东西死了几万年还是美丽。那美丽的呼吸凝固成亮晶晶的,一动不动。

五十九 有种东西叫基因

中医还没完全把气血讲清楚的时候,有人找到了一种叫做基因的东西,人、动物、植物都有这种东西。这种东西好像是生命的意志、意愿。比方说,一株植物要开花,那是基因要开花。它要开花,并不是因为它要开花,它为什么开花?因为它要开花。不是这样,是先有蛋,还先有鸡?是先有基因。

三川半女人漂亮,是基因。长寿,也是基因。

把好的基因找出来,再还给人,人就美丽、聪明、年轻、善良。等人一天一天变得可爱变得聪明的时候,神就会把好的东西一件一件地交给人,让人类自己经营幸福。神不会把一条鱼送给一只猫,不会把刀送给孩子,不会把手枪送给劫匪。

找到基因这种东西,人们开始制造幸福,让西红柿长得像南瓜这么大,让兔子长得像牛那么大,让马长出鹰的翅膀。

奇迹再不是奇迹。神创造了人,人又会自己创造,这是神始料未及的。有几本书说神死了,神话也没有了。神怎么会死?神话天天有。

出现了奇迹,人们就会兴奋。奇迹一个接一个,人们就开始恐惧。一恐惧就出谣言,人类要完蛋了,赶快地吃点喝点。

找到了核子这种东西,人们就造核炸弹。人上了天,就把斧头悬在人们头上,找到了基因,传说有人要造基因炸弹,制造基因士兵、基因将军、基因总统;制造一些专门投反对票的议员,制造一些专门吃钱的银行家;制造一些骗子,制造一些海盗,制造一些战争瘾君子,制造一些赌徒和妓女。

到那个时候,神仙再来收拾局面。

水与火的办法,神仙都用过了。神仙的水净法,是齐天洪水,淹死所有人,留一男一女再造人类。火净法是天降三天三夜棉花,再降三天三夜油,再降三天三夜火。

这些办法用完了,神还会用什么办法?

千真万确不是谣言,是有人要建基因库,来了几个人带了许多钱,到三川半买基因。他们只要赵常的一根头发,要何露的一片手指甲。

赵常、何露说,不卖,爹娘的东西怎么能卖?他们还要买梭罗树,买锦鸡,买那叫阳春的金虫,买何露拾到的琥珀。州长、县长、乡长、村长、老百姓都说不卖。

那几个人只好带着钱走了。他们走了,又有人来了。再来的人也一样走了。

三川半人只听说过有基因这种东西,基因是什么样子,他们谁也没见过。反正不能卖,卖了社会出大事。

赵常没卖他的一根头发。这根头发让他想起在美国的孙子,那不就是他的基因吗?那么大一块基因就让人家国防部用了,还不让回来。

他要去美国,找国防部,找他们总统,把孙子要回来。

赵常和何露收拾好行李,到银行换了些美国钱。美国钱不叫人民币,叫美元。

州长向世林帮他们办好护照,湘雅医院的张亚林博士陪他们到美国大使馆办了签证。张雅林博士送他们上飞机之前,又给艾迪打了电话,说老爷子就去看他。

张亚林博士还为他们选好时间,这边是夜,到那边正好是白天。

赵常和何露出了机场出口处,赵常一眼就认出了艾迪,艾迪也很快认出了他。什么叫基因?这就叫基因。相隔这么多年,在这许多人当中,爷孙俩很快就相认了。

芭比现在已经是芭比太太。

艾迪对芭比说,这是爷爷奶奶。赵常打量芭比,这金发碧眼的美人,也像三川半的女孩一样漂亮。芭比打量何露,她对艾迪说,奶奶?这么年轻漂亮的奶奶?她像个小妹妹。艾迪说,奶奶是仙女,仙女怎么会老?

芭比去拥抱爷爷奶奶,还在他们的脸上亲了一下。弄得何露和赵常不知所措。

艾迪说,你可别吓着爷爷奶奶。

美国不停想象中的集市,美国和三川半一样,不吵。

艾迪住的地方也像三川半的那座大院,很大,有很好的阳光和花草。

艾迪告诉赵常,他请了假,好好陪陪爷爷奶奶。

知道爷爷奶奶要来,艾迪领芭比到唐人街的中餐馆吃了几次饭,告诉她怎么做中国菜。

第一顿饭,赵常和何露吃到了地道的中国饭菜。芭比习惯给汤里添点牛奶,有点甜,还能喝。

爷孙俩说很多话,艾迪不停地问三川半,问老爹埋在什么地方?他要在某一个清明节回去为老爹扫墓。老爹叫他游泳,闯卯洞,他一游就游到美国来了。听爷爷说三川半有了高速公路,种了很多树。艾迪说,美国也修高速公路,也有很多种。三川半和美国一样好。赵常问艾迪在美国做些什么?做多大的事?艾迪笑笑,只说是科学研究,老板是国防部。赵常问,你们老板是管什么的?管打仗的吧?艾迪又笑笑,爷爷猜对了,管打仗,也反打仗。我的工作就是研究出一些东西,制服另一种东西。我小的时候,爷爷给我讲封神榜的故事,姜子牙总有办法降服别人。赵常说,你是在美国当姜子牙,帮他们打别人。我给你带了两本书,一本是王安石的《青苗法》,一本是贾思勰的《齐民要术》,你好好研究研究,告诉美国人怎样种庄稼。我们那里出了个袁隆平,种水稻,让人人吃饱饭。美国这么宽的土地,为什么不好好种植呢?你要在美国做事,就要换个老板,他们有没有农业部?你要不换老板,我明天就带你回去。我去找美国总统讲道理,看他敢扣留我的孙子?艾迪还是笑笑,爷爷,我是您的孙子,我也是美国公民,我宣过誓的。赵常说,那好,你也给我宣个誓,说你是我孙子!艾迪笑笑说,爷爷,我向您宣誓,我是您孙子!艾迪做出宣誓的样子,把赵常和何露逗笑了。芭比先看爷孙俩像吵架,看到他们笑了,也跟着笑。

艾迪收下爷爷的两本书。爷爷,您这两本书我有大用处呢。

过了几天,艾迪和芭比请爷爷奶奶到一家有名的西餐馆吃饭,喝汤,吃面包,吃牛肉。不好吃,也不难吃。艾迪说,我知道爷爷奶奶不喜欢吃美国饭,我是要您两位老人家知道美国饭的吃法,到时候有个人要请两位老人家吃美国饭。

赵常问,我在美国只有你这个孙子,还会有别的孙子请我吃饭?

艾迪说,到时候您就知道了。

又过了几天,艾迪为爷爷奶奶买了两套唐装,要爷爷奶奶换上,说美国总统要请他们吃饭。何露说,怎么能让人家总统请吃饭呢？麻烦人家。赵常说，总统不就是天天请人吃饭吗？没有人吃他的饭才麻烦呢。我们去和他吃个饭，我付我的饭钱，他还我的孙子。

艾迪笑笑，爷爷，您给我的两本书，就当送给总统的礼物吧。

总统是位有东方血统的美国人，还会说汉语。总统夫妇很热情地招待从三川半来的老者，他们身着唐装，设中国宴席。用餐时不涉及筷子问题或刀叉问题，各人请便。

总统举杯致辞，我非常欢迎来自一个伟大国家的长者，为美国养育了一位杰出的公民，他为美国做出了骄傲的成绩。我要谢谢尊敬的赵常先生，美国也是个伟大国家，能让人实现他的梦想，能让年轻人做出骄傲的成绩。

赵常举杯回敬总统，总统先生，我和我的夫人非常感谢总统先生的盛意，也感谢总统先生看重我的孙子。总统先生，我来自我们伟大的国家一个叫做三川半的好地方，总统先生也可以把您的孙子送到三川半来，他也一样会做出骄傲的成绩，他的梦想也会像山花一样开放，他的成就也会像瓜果一样成熟。

赵常把《齐民要术》和《青苗法》两本书送给总统，总统把一座自由女神铜像送给赵常。

总统说他知道这两本书。多年前美国也有困难时期，当时的美国总统就读过《青苗法》，对农民发放农业贷款，帮美国度过了经济危机。

赵常说,这本《齐民要术》,讲的是与种植和吃饭有关的事。我们国家,几千年来就关心这个事。

总统说,我知道,你们还出了个袁隆平。

不远处有些人喧闹,总统仍然笑容满面。他说,他们不知道我有尊贵的客人,打扰您和夫人了。他们和我一样,很欢迎您和夫人。他们是对他们的总统有些不高兴,他们在喊口号,要让我听见,他们要什么和不要什么。

赵常说,美国人民可以吵他们的总统吗?

总统说,美国人民?他们是公民,是我的选民。总统的工作就是要让他们高兴,他们也让总统高兴。

赵常说,外边那些人是对他们的总统不高兴了?

总统说,大概是吧。不过,美国人不会离这么近骂总统,要骂,也只在电视上、报纸上骂。骂的时候,他们会称总统先生。他们对总统不高兴,但他们对美国高兴。他们想总统像美国一样好。

赵常点点头,这位美国总统有点像说中国书。

何露和总统夫人说话。总统夫人问她,中国有凤凰吗?艾迪翻译给她听。何露说,她见过锦鸡,一种美丽又很胆怯的鸟。艾迪翻译给总统夫人听了,总统夫人说,小姑娘一样的鸟吗?

告别的时候,赵常对总统说,总统先生,我就要回去了,我想让我的孙子和我一起回去。

总统大笑,你当然需要您的孙子,美国也需要一位优秀公民。这事好难办,我们慢慢商量吧。还要听听艾迪先生的意见。

那个晚上,赵常做了个梦,在三川半的老院子里,有个叫赵常的人来找他。那人说,你就是赵常呀,找到你了,找到你了。赵常见了赵常很纳闷,我娘怎么生了个双胞胎兄弟呢?

早上起来,赵常对何露说,我做梦看见自己的魂魄了,人怕是要死了。我们得回三川半去,我那孙子是不能跟我回去了。

老爷子要回去了,怎么也留不住。艾迪领爷爷奶奶看纽约,看曼哈顿,看白宫,看五角大楼——这座楼就是他的老板。还看世贸大厦双子星座,这是纽约的城堡,又看唐人街。纽约尽是房子,还有许多人。

第二天,回家的飞机,突然不能飞。纽约所有的飞机都不能飞。有两架飞机撞上世贸大厦双子星座。飞机炸了,楼毁了,很多人死了。何露和赵常在电视里看到了那个可怕场面。一位妇女躺在废墟里,她紧抱着她的孩子。电视里说,是恐怖分子干的。

赵常对艾迪说,一个人拿自己的性命当炸弹去轰炸一座城市,这是多大的仇恨呢?你这个美国就那么招人恨吗?

艾迪说,爷爷,我不想这样,美国不想这样,全世界都不想这样。

艾迪和芭比泪流满面,何露也止不住流泪。赵常没哭,他一生都没哭过,他只是忧心。

人老了,会有很多忧心。

他和何露回到三川半。

一路忧心。

六十　信使

回到三川半,赵常耳朵老是响,轰轰隆隆,他得了飞机病。那么远来回折腾,人就像一团灰尘,聚拢来又散开去。

有个人来到老院子,那样悄无声息地影子一样地飘进来。赵常见过这个人,他在梦中见过他,他叫赵常,他的孪生兄弟。

那个人对他说,我是送信的,给你送一封信。

那个人把一封信交给赵常。人不见了。

那封信盖满了邮戳,贴的是大龙邮票。大清的邮差送出来的,它在路上走了多久?一封信走久了也会很累,它现在到了收信人手里也该好好休息一下了。

赵常躺在一块石板上,怎么会躺在这里?何露在他身边。他问何露,我怎么会在这里?何露说,是你要我陪你来这里啊。你躺在石板上睡着了。

赵常问,人呢?

何露说,只有我和你,哪有什么人呢?

赵常问,那个送信的人呢?

何露说,哪有什么人来送信?没看见啊!

赵常说,你看,信在我手里,那送信的人呢?

何露看见赵常手里确实有一封信,她觉得奇怪。

是什么人送信来了。

赵常躺在石板上,看着天上的流云。

这块石板,是他年轻的时候,第一次和刘艺凤做爱的那块石板。

有蚂蚁钻进裤裆,在他的蛋蛋上咬了一下。一只蚂蚁,也能当劊匠,劊人的蛋蛋。

何露紧紧握住赵常的手,眼泪一滴一滴掉在赵常的脸上,像雨。

赵常说,你要留我,我不想走。我要死了,你给一滴眼泪就够了,不要这么多。

何露流了很多泪,头发一根一根地白了,全白了,像雪。人一下老了。

她再不流泪,变成一尊石像。

赵常想起身,抱一抱他的小姑娘。

很多蚂蚁。

……

后来,三川半人在这块石板上修了一座墓,立了一块石碑。

三川半的树长起来了。

青山绿水。

河边,一个人在钓鱼。

那是州长向世林,他退休了。

几个种田的人过来跟州长向世林打招呼。

州长,我们不要缴农业税了,是真的吗?

真的,收多收少都是你们的。

一条大鱼。

沿河两岸,油菜花开得热闹,遍地青苗。

公元 2006—2011 年 完稿
长沙　东风二村

后记
找回丢失的三件东西

我的堂兄六哥,一把弯刀掉到天坑里去了,很深的天坑,他爬下去,拾起他的弯刀,又爬上来。他要用这把刀砍柴,割草,收庄稼。这把弯刀就是他的器官。他要把它找回来,哪怕丢了性命。又一次,他守的一头耕牛掉进天坑里去了,他叫来村里的人把一头大黄牛拖来,他没受太多的责难,大家吃牛肉。杀一头耕牛是大事,要乡政府盖章批准。乡政府不会批准杀一头耕牛。牛自己摔死了大家吃肉,六哥挨了一顿骂。他也可以吃牛肉,他没吃。他丢失了再也找不回来的东西。他很难过。他最后是丢失了一条鱼。他得到一条鱼,他以为那是一条大鱼,其实只有半斤多重。鱼在他手里一挣扎就掉进河里去了,他跟着鱼跳进河里,去追那条鱼。六哥被淹死了,他丢了性命。他想找回丢失的鱼。这代价太大太悲惨了。

六哥是个普通人,他丢失的不是主义、不是理想。他丢失的是普普通通的东西。不该丢失的东西从自己手里丢失了,他要找回来。东西丢了,责任心不能丢。六哥丢了性命,丢了东西。他找回来了责任心。

我们把一些东西丢了,没想到要找回来,后来就忘记了。忘记了,才算真正的丢失。

诗人梁小斌有句很多人会背诵的诗:

祖国,我的钥匙丢了。

诗人是个孩子,他的钥匙丢了,进不了门。祖国是他的监护人。于是,他说。

屈原呢?李白呢?杜甫呢?苏轼呢?那位会写诗的皇帝老李呢?他在梦中把宫墙摸遍,把栏杆拍遍。

我们确实丢了许多东西。物质的,非物质的。有些能找到替代品,有些不能找到替代品。丢失了翅膀,可以找到飞机。还有别的东西呢?

我们丢失的第一件东西是责任心。

这种东西丢掉了就对人很淡漠。对世界,对国家,对民族,对社会,对环境,都毫无知觉,神经麻木。责任心没有了,就追求利益,只剩贪心。像那个民间故事,老大和老二到太阳山找宝,老二找到了锄头,回来了。他需要一把锄头。老大只顾往口袋里装金银珠宝,忘了灾难就会来。太阳回来了,老大烧死了。我们的民族,是个讲责任的民族。国家兴亡,匹夫有责。国家管理者要对国家负责任,老百姓也要对国家负责任。在没有责任心的地方,会出事故。出人祸,出大事,没有责任心是悲惨的。出了事,才知道喊天喊地喊菩萨。

从我们的历史来看,好官加好老百姓等于好社会。这个历史的算术题的前提,是要有责任心。于政于民,不可或缺。

我们丢失的第二件东西是善意。我们的观世音菩萨,是善心。我们的孔夫子,讲仁爱,讲天地人和,是大善。我们的马克思,讲共产主义,消除三大差别,讲人的高度完善,各尽所能,各取所需,是善的哲学。我们讲人之初,性本善。上善若水。不当恶人,不做恶事。悲惨的事让你心痛,不侵害别人。对环境,对社会要有善意。

没有善意,社会只剩下残忍。有情变无情,水火不相容。

政要善政,民要良民。善政加良民就等于好政治。这是人对社会的最低要求。善政比恶政好,良民比暴民好,善意比恶意好。

我们丢失的第三件东西是思考。思考出思想,出创造力。什么是思想?思想就是提出问题和回答问题的能力。

我们已经习惯了不去思考,别人想好了,说出来了,照着说,照着做。我们讲知识产权,还立了法,版权法,专利法。为什么我们总是要搞盗版呢?盗技术层面的,看得见,要受罚;盗思想层面的,看不见,不受罚。没有思想,没有思考能力,只剩下一些小算计。一个人,我以为要有大的想法,想大问题,做小事情。如果偏偏是小算计要办大事情,弄得精气失调,人会出毛病。

小说这种东西,也是小事情。你的小说,在一大堆书当中,别人看见了或者没看见。看见了,也可以读,或者不读。别人花钱买了,读了不好也可以退货,就像到超市买了一瓶劣质酱油。

写小说,出书,也有个诚信问题。

诚信,是需要找回的第四件东西。还丢失些别的东西,慢慢地找。